講談社文庫

アメリカの夜
インディヴィジュアル・プロジェクション

阿部和重初期代表作Ⅰ

阿部和重

講談社

目次

アメリカの夜　インディヴィジュアル・プロジェクション

阿部和重初期代表作Ⅰ

アメリカの夜

ブルース・リーが武道家として示した態度は、「武道」への批判であった。リーは、自ら創出した「武道」である截拳道《ジークンドー》の理論化＝体系化をもくろみ、それについての膨大な数におよぶメモやイラストを遺している。日本人の武道家である風間健という男が、リーの遺した截拳道に関するファイルを、一九八〇年に『魂の武器』という一冊の書物にまとめている。これは風間自身が一九七六年に編纂《へんさん》し出版した、『截拳道への道』というおなじ資料をもとにして編まれた本にたいして、読者からあまりにも難解すぎるという意見が多くとどいたため、編みなおされて上梓されたものである。両書の内容にどれだけの異同があるのかは『截拳道への道』が手元にないためにわからない。わからないといえば、『魂の武器』の「まえがき」によると、フェルディナン・ド・ソシュールのように、リーは截拳道の全体像をまとめた著作をついに発表せぬまま他界しており、入手についての経緯がとくに記されているわけでもない風間の集めた資料が、はたして「原資料」とよべるものかどうかもわからない。というわけでここでいう『魂の武器』という武道書の著者とされているブルース・リーは、映画のなかでの彼のように虚構の存在である。虚構の存在だからいい加減なことをいってもよいだろうというのではない。虚構の存在なのだから、武道家ブルース・リーという幻の曖昧な輪郭を、具体的になぞってみたいのだ。——

いったい、それを書き上げてどうしようというのか、発表するあてなどあるのか、だれの眼にもふれさせずに自分ひとりでたまに読んでたのしみたいだけか、ただ暇つぶしのために書いているのか、私は、「ブルース・リーについて」という表題のついた一冊のノートをひろげてみて、筆圧がつよすぎて鉛筆書きとはおもえないほどの異常な濃さをもつ、紙面に記された文字の羅列を眼にし、それが職業というわけでもなく、とりわけ教養があるわけでもない唯生《ただお》が、性懲りもなくまた何事についてか文章などをしたためていることを知り、毎度のごとくそのようにおもった。文章を書くという行為が特別なにかだなどというのではない、いくらかの書物を読みかじった程度の文学的知識しかもちあわせぬものが、読むものの思考をゆさぶりかける言葉にふれたというささやかな感動に勇気づけられてか、自分にもそれと似たようなことが書けるかもしれないとほのかな錯覚に身をまかせ、まっ白な紙片をまえにして筆をにぎってみるというそうした一連の過程に透けて見える心の動きが、いかにも短絡にすぎはしまいかという気がするのだ。だが、唯生はそのことに無自覚なわけではない。というか充分に自覚的なのである。この唯生という男は、もうすこしやっかいな存在なのだ。私はいつもそうするように、「ブルース・リーについて」を、途切れるまで読みすすめてみることにした。

――リーは、従来のあらゆる「武道」がその原理としてもつような、いわゆる「型」というものを第一に批判している。「絶えず変化する現実」のなかでおこなわれる実戦において「型」が有効性を欠き、闘うものの身振りや思考を限定し束縛するのだという。しかし、リー自身が独自の武術として完成をめざし、あらゆる「武道」の諸要素や特徴をとりいれ、ひとつの新たな「武道」として截拳道の組織化を試みたとき、理論化＝体系化によって自ずと導きだされる形式、つまりある種の「型」をはらみもってしまうことをまぬかれない。『魂の武器』における第二章は「肉体の武器」と題され、拳による打撃や蹴りなどの技法が写真やイラストをまじえていくつもの例を提示しながら細かく解説されており、第三章「精神の武器」は実戦における技の応用や戦術法などが主題となる。要するに『魂の武器』という書物の大半のページは、截拳道における「型」の記述なのだ。これを二律背反的だと批判するのはやさしい。

だが思考を活性化するのはもっぱら批判ではなく肯定である。注目すべきなのは、リーが、截拳道の理論化＝体系化を遂げることなく、それをひとつにまとめた著作を発表することなく、三十二歳という若さで他界している点であろうか——たしかに、截拳道という「武道」の完成をはたさなかったことで、最終的にリーは「型」を回避しえたと捉えることも可能ではあろうかとおもえるのだが、しかし、たんにその死が完成を阻んだというだけのことともいえるだろう——無論そうではなくて、彼が武道家であり、同時に映画俳優でもあったという点である。彼は「武道」にたいして、いわば「外部の視線」をもつことができたわけなのだ。結果として彼の「武道」である截拳道は、両義的な性格をもつことになる。

リーが截拳道の全貌を概論的に述べている『魂の武器』の第一章で語っていることは、たんに「型」の批判にとどまるものではない。最初に「型」を批判しておきながら、そのあと執拗に「型」を列挙してゆくことになるこの書物がそうであるように、その第一章で語られていることの多くは、否定と肯定の共存へといきつく。闘いのとき、思考を充分に活用し、たえず相手の動きを予測しながら隙を狙いその裏をかく、むだのない的確な動作がもとめられる、だが一方では、頭で反応せず身体で反応せよ、つまり攻撃とは無意識のなかから反射的になされねばならないといわれ、それが可能となるためにはつねにパターンを訓練＝反復することが必要であると指摘されるのだが、同時に反復練習はファイターを束縛するのだと否定される。実戦＝現実の「流動的」な「絶えず変化する」状況のなかでは攻撃および防御のパターンをいくら分析してみたところで普遍性をもつことなどありえないだろう、ゆえにある状況では有効とされていた攻撃法でも他の場合では無効とされ、いきつくのは臨機応変な姿勢である。つまり実戦において「型」は自ずと放棄されなければならない。だが、「型」によって「武道」は創出されるものだ。その「武道」が、実戦においては最終的に「型」を放棄しなければならないのであるならば、「武道」とは、まさに不可能であるということにほかならない。だが、そこから「武道」とは開始されなければならないのではないか、ブルース・リーは、そういっているようにおもえるのだ。「武道」とはかならずしも実戦を想定してなくともよいではないか、という批判は野暮である。「型」が、実戦において消去してしまうように、実戦を想定しないかぎり「型」は生まれてはこないからだ。それではなぜ、「武道」＝「型」の批判者であるリーは、截拳道の構想において執拗なとよべるほどに実戦を意識しなければならなかったのか。「自覚が截拳道の基礎」だと彼はいう。その「自覚」には不可能性への夢が見え隠れする。可能であった「自覚」が、その限界へと達し、ついには「自覚」しえない境へとたどりついてしまう一点を見据えてみたいという夢。その夢は、まさに実戦＝現実を意識しつづけることによってしか見ることのできない夢であろう。リーはいう、「突きや蹴りは、自己を殺すための武術である。それらの武器は、本能的な率直さ＝人間が本来持つ純真と無心の中で、与えられた任務を果たす。それらは、目には見えない魂の象徴である」、さらに、「鏡は、姿勢、手の位置、および技を不断に点検するために不可欠である。多くの武道家は、真実に気がつかない。その原因は、『より一層』を好み『何か変わったもの』を求めるからだ。真実は、単純な日常の動作のなかにこそある。触れ、感じ、見ることで手中に出来るはずの真実を、大半の武道家は一点（全体でなく）を探り掻き回すことで、知りそこなっている」。「自己を殺すための」技が、「本能的な」ものであり、「魂の象徴」だとするならば、「武道」とは、死への意志にほかならない。それは「勝つ」ことも「負ける」こともものぞまない、しかもその両方を欲する、たえず不可能性を背負い込みつづけるひとつの試みである。「武道」が、実戦において最終的に不可能となるのは、ルールも存在せず、「流動的」であり、変化と停滞を同時に日常とする現実においては、すべての「型」が無効化してしまうほかないためである。それゆえに「日常性」をとり逃がしてはならない。「日常性」とは、「型」＝形式化によってはみだしてしまったもののことであり、それをとり戻すことで、「武道」が、截拳道が、ふたたび開始されることが可能となるだろうと、リーはいっているのだ。「鏡」を見るとは、自己の内面とむきあうことではない。リーは内面的なものを批判してもいる。それはたんにおのれの技がどのようなものかを確認するために見るということであり、表象された技を見るためであるのだ。「鏡」に映しだされる「突き」や「蹴り」は、だれにもあたることがないため、そこでは存在としてあるものはなく、対象も消え、あるのは相手のいない闘争がくりかえされる場ばかりだ。反復は否定されるが、無意識による反撃は、たえざるパターンの訓練＝反復によってしか生まれない。「鏡」を見ながらの技の確認は、いつしか見る側に立つものが、反映された自身の技へおのれの身振りをちかづけているというような逆転現象を生じさせるであろう。「鏡」を見ることによって自分の技を変化させ、修正させることで、見る側のものが、「鏡」に表象されたおのれを模倣し、反復しているのである。「自覚」を推しすすめることによって、「自己」が消える瞬間。そこに残されるのは、「日常性」ばかりである。もはや、闘いの相手は消え、自己も消え失せている。そのときはじまるのは、すべての「型」を無効にしてしまう現実との、たえることのない闘争ではないのか……

哀しい男の話をしよう。その男は、中山唯生という。唯生のなにが哀しいと、はっきりいえるわけではない。「哀しい」とは、ほとんど嘘にちかい言葉である。だから「哀しい」というところには、どんな言葉をあてはめてもよいのであろう。だが、ここで「哀しい」という言葉がすでに選ばれた以上、私は唯生の話をとりあえず「哀しく」語ってみることにする。そうしなければならないという確かな理由など、おそらくない。だが、じつはいま私がここで唯生の話などを語ることの正当な根拠も見当らないのだから、その話を理由もなく「哀しく」語ることをやめ、なにかもっともらしい理由を見つけるか、もしくは「哀しい」という言葉をとり消して語りはじめるか、してみたところで、不当な行為をおこなっていることにかわりはなかろう。それでは唯生の話を語ることじたいをやめてしまえばよいとひとはいうだろう。無論そのとおりである。それは決定的にといえるかどうかはわからぬが、正しい意見である。だが、人間というものは正しい意見を耳にすると、それとは逆に不正な行為にあこがれを抱くものだ。私も例にもれず、不正な行為にあこがれるもののひとりである。だから私はここで不正にふるまってみたいのだが、しかし、不正なことにかぎらず、なにかに成りつづけているということはことのほか困難な営みである。不正な態度でいたつもりが、いつのまにか正しい態度をとっていたなどということは、よくあることだと聞く。いや、聞いたというよりなにかで読んだのである。その種のことを本で読んだのだ。まあ、そんなことはどうでもよろしい。つまり私は、なんら正当な理由もなく中山唯生の話を「哀しく」語ってみるつもりなのだ。が、にもかかわらず、理由もなくなにかを語ることが不正であるのかどうかを、はっきり「こうだ！」と示す自信が私にはない。私は、ここですでにおのれが不正をおこなっているのかどうかもわからない始末である。だからもちろん、私が唯生の話を「哀しく」語ったつもりが、まったく別様に感じられるということも、充分にありえるとおもう。あるいは、ひょっとしたらその「別様の感じ」というものが、私の無根拠さの地平を地盤からゆらしめる根、それが蠢《うごめ》く地下の断層、つまり根拠なのだろうか。そのことは、いずれあきらかにされるかもしれないし、判明せぬまま放りおかれてしまうかもしれない。どちらにしても、それにはまず中山唯生という男の話を、私が語りはじめなければなるまい。

都内S区の駅周辺区域に位置し、日本における有数の大手企業組織とよんでよかろうSグループの系列会社であるS百貨店S店が、八〇年代の中頃、同所に新店舗としてオープンさせたファッション・ビルS館の最上階に、Sホールという多目的文化催事施設が存在する。Sホールという多目的文化催事施設。多目的、とはいうが、それはかならずしも「多」というようにあらわされるほどいくつもの「目的」をもった施設といってよいものか、断言はできない。じっさいには、これまでそこでおこなわれてきた「文化催事」といわれるものは、四つの「目的」にわけられる。演劇、映像、音楽、美術という四つのジャンルである。だが、その四つの「目的」のうちのひとつである音楽の催しがおこなわれることは、最近では皆無といってさしつかえないであろうから、現在では実質的に「目的」は三つだけである。この「三つ」という数字がはたして「多」とあらわされてよいものかどうか私はわからぬが、おそらく「よい」のだろう。多目的ホールの「多」が「三つ」でも困るひとはあまりいないだろうから。ともかくSホールで現在おこなわれている「文化催事」は、美術、映像、演劇の三つであり、そこで唯生はアルバイトをしている。アルバイトの業務内容は主に、映画・演劇の催しでは受付やモギリを担当し、美術催事のときには場内警備がそれに加わる。勤務時間は各催事によってそれぞれ異なるが基本的には八時間、休憩時間は一時間三十分と設定されており、アルバイトのものは各催事ごとにS百貨店S店と契約を交わす。現在、唯生が一度目のアルバイトの契約をS百貨店S店と交わしてから、約二年半の日月が経過している。

唯生がこの二年半の間、アルバイトの勤務時間中になにをしていたのかといえば、彼はその大半のときを読書で費やした。これは唯生の怠慢をとりあえずは意味しない。Sホールのアルバイトは皆、勤務時間中の読書をゆるされていた。それは全面的にゆるされていたというわけではなく、たとえば美術催事での場内警備では、会場の何ヵ所かにパイプ椅子をおいてアルバイトのものが勤務時間中ずっと坐っているのだが、一日のなかで客が姿を見せぬ時間というときがあり、その間もアルバイトは決められたパイプ椅子に坐っているわけで、まあその暇なときぐらい読書する程度ならよいであろうと、社員のだれかがいったのか、あるいはアルバイトのだれかが独自にそう判断して本を眺めはじめたのか、いつのまにかアルバイトが休憩時間外でも書物を読んでいることを咎《とが》められることはあまりなくなったのである。アルバイトたちは大抵、美術催事の場内警備にかぎらずとくに仕事のないときは、おしゃべりをしているか、読書をしているかのどちらかであり、それをゆるすほどの暇な時間がSホールの営業時間にはあったのである。つまり、そのような「暇なとき」があるほど客の出入りが著しくない催事は（とくに美術関係は）けっして稀《まれ》でなく、それでも創設以来——S百貨店S店の一営業部署である——Sホールは今日までやっていけたわけであり、それをゆるす時代の経済的余裕があったわけで、そのおだやかな空気につつまれた春季の日向にも似た場に身をおく唯生は、これまでのSホールにおけるそうした日日を、「小春日和《びより》の時代」とよんでいた。

そして現在、その「小春日和の時代」は終わったと、はっきり断言できるだろうと唯生はおもっている。世間ではいま「不景気」であると、ことあるごとに深刻そうな表情をうかべたひとびとが口に出し、どこそこの名のある企業も「人員削減」などを実施してもいる昨今の経済的不調の波を、Sホールもまぬかれはしなかったわけだ。だが、唯生がSホールにおける「小春日和の時代」が終わったとおもうのは、この大手百貨店内に所属する職場でも「人員削減」がはじまったからだとか、膨れつづける損失の改善について考えられた結果、企画運営用の予算を削られ、その影響で企画内容も限定されてしまったからだとか、そうした要因だけではない。というか、彼にとってとりあえずそれらの要因はどうでもよいことだ。もちろん彼がアルバイトをつづけられなくなるかもしれぬという危険性はあるだろう。しかしそこでアルバイトをしつづけることが彼にとって重要なわけではない。重要なのは、そこで働く時間の過ごし方のほうだ。では唯生がなぜ「小春日和の時代」が終わったと確実に感じたのか、それはSホールのアルバイト全員に対して、勤務中における「読書禁止令」が出されたからである。それならば、勤務中の読書を禁じられることが唯生にとって「小春日和」の日差しを遮るに充分な事態であるのはなぜか、それをあきらかにするために、これから私は語らなければならないだろう。しかもその物語は、ある「哀しさ」を漂わせていなければならない。

　唯生は二十歳になるまでまともに本など読んだことはなかった。だがそれはとくにめずらしいことではなかろう。世間的にも日本人の「活字ばなれ」がここ数年の間でひじょうにすすんでいるなどと、その種の調査のたびにテレヴィのニュース番組が報じている。唯生がめずらしい人間だとすると、彼の場合は「活字ばなれ」したのではなく、みずから「活字」へ歩み寄って行ったという点だろう。いまどきめずらしくみずから好んで書物へ眼をとおす奇特な男、おそらく日本人の「活字ばなれ」を視聴者へつたえる「ニュース・キャスター」とよばれるひとは唯生をそのように表現するかもしれない。あるいはその「キャスター」がアメリカだとか外国のテレヴィ局が放送する番組のものだとしたら、「漫画を読まない日本人がいた！」といって大騒ぎしてくれるかもしれない。だがはたして「活字ばなれ」はそれほど世の中ですすんでいるのか。ニュース番組で報じられている「アンケート結果」なるものを見ると、たしかに書物類の売れ行きは減っており、新聞の購読数も減少の一途だ。事件・事故などの事象について情報を知るのに、ひとは新聞を読まずテレヴィのニュース番組でそれを得ることが増えており、「活字」から「映像」へ情報入手の対象は移ったのだと、「ニュース・キャスター」らは得意げに口にするのである。なぜ「活字」から「映像」へなのかといえば、まず「活字」は読むのがめんどうなのだそうだ。無論それはごもっともな意見である。さらに、「映像」はいっぺんに多くの情報を得ることが可能であり、明快で出来事の内容が具体的につたわるから、という声も多いらしい。まあ「映像」というやつはただ映しておけばよく、のんびりして見ていられてらくだ、ということなのだろう。端的にいってこれはおめでたいひとびとの考えである。人間というやつはやはりどこかおめでたい。「アンケート結果」がどうだというのか。それがひとつの事実とやらなのだとしたら、ひとはいまだに「活字ばなれ」していないというのも事実である。現にひとは「言語」を介してしかコミュニケートする手立てを知らぬではないか。日本人は「活字ばなれ」しているといってまもなく、まさにその舌の根も乾かぬうちにニュース原稿として手元にある紙片に記された「文字」へ眼をやる「ニュース・キャスター」と名乗るそのひとは、はたして「活字ばなれ」しているのだろうか。なるほどその「文字」は印刷された「活字」とよべるものではないかもしれない。だがその「活字ばなれ」で問題とされなければならないのは、印刷された文字が必要とされなくなってきているということではなく、もっぱら行為の問題——文字を読むという行為——であるはずなのだ。なぜか、文字どおりの「活字ばなれ」であるのだというなら、「活字」から「映像」へという話はでてこないからである。「活字」から「映像」へ情報媒体を乗り換えたという連中のあげる理由がそのことを見事にいいあらわしているではないか。「活字は読むのがめんどうだから」と。そう、連中は「読む」のがいやなのである。その点「映像」のほうはというとただ見ていればことの成り行きが簡単にうけとれるのだと。では仮に「読む」という行為からひとびとがはなれたがっているのだとして、そのことを「活字ばなれ」という「現象」として扱ってしまうことは、いったいなにをもたらすのか。ひとが「活字」＝「言語」からはなれ得ることが可能なのだと無邪気に信じ、「活字ばなれ」を平気で口にしてしまうものたちは、人間どうしがコミュニケートすることの困難、それにより対話の場で日常的におきている苛酷な状況というものを隠蔽《いんぺい》しているのではないか。

中山唯生とかいう男のことを語ろうなどといっておきながら、さきほどから「活字ばなれ」がどうのといってばかりで、いっこうにその男が話に姿をあらわさぬではないか、とおもっているひとがもしいたらどうか安心してほしい。唯生本人について直截《ちょくせつ》のべるまえに、この「活字ばなれ」の問題にふれておかなければならないのだが、もちろんそれには理由がある。ここでそうしておくことが、唯生というひとを私が物語るにあたって、彼の姿をより鮮明で具体的なものにしてくれるだろうからなのだ。

それには、ここで「活字ばなれ」について語るのをやめてしまうとしたら不充分である。だからいま少し、それについて私は言葉を繋がなければならないが、それはほんとうに「少し」で結構だとおもう。とはいえ「少し」かどうかはじつのところ話をはじめてみなければわからないのであるが、まあここらで言い訳めいたことをいうのはやめて、さっさと「活字ばなれ」問題をかたづけてしまおう。つまり、というかむしろ、日本人の「活字ばなれ」など、はっきり申せばどうでもいいことだ。どこのだれが「活字」からはなれようが知ったことではない。無論、それによっていつか職業的にこまるひとびともいるだろう。ひょっとしたら私もなんらかの形でこまるかもしれない。しかしそこで、だからといって、「ではわれわれで活字文化をまもりましょう」などと怒鳴ってみたいとはおもわない。いや、私がいいたいのはそんなことではない。そうではなくて、「活字」がどうしたということではなくて、「活字」から「映像」へ情報入手のメディアが移ったといわれ、その理由と称するものをはずかしげもなく述べた連中と、その述べられた理由とよぶものを容認し、納得してしまう風土がいまだ存在しており、私はそれにひとまず憤ってみたいのだ。私に憤る権利があるのかどうかは、とりあえずここで問わないでほしい。それはやはりいずれあきらかにされるかもしれないし、放りおかれたままになるかもしれない。それより話をつづけることが望ましいとおもえるのでさきへすすむが、私がなにへ憤ってみたいのかもうすこし具体的にいうと、つまり、ひとはなぜ「活字」から「映像」へ移行したのかという問いにたいする回答が、あいもかわらず「映像」はらくに見ながら情報を多く得ることができて便利だ、というようにとりあえず要約できる文脈にそったものばかりだという点である。はたして、「映像」はらくに見ながら多くの情報を得ることが可能か。いや、「映像」から多くの情報を得るのは、はたして簡単なことか。ひとがいう、「映像」から得た多くの情報とは、はたしていかなるものか。さあどうか。「映像」の代表的なメディアである映画を例にとると、多くのひとが知るように映画では一秒間に二十四コマの像がスクリーンに映し出されるわけだが——コマ数の異なる場合もあるが——ということは、それが時間的連続によって表現形式をささえられたものであるとすれば、一秒たつごとに二十四もの「映像」が消えてゆくわけである。つまりこういうことだ、消えてゆくものから情報を得ることが「らく」なはずはない。たしかに「映像」はそれを構成する最小単位であるワン・フレームからですらたくさんの情報を見るものにつたえることが可能だ。とすればなおのこと、そのかなりの速度で映し出されては消えてゆく多くの情報を、確かめることがらくで簡単なはずはないのである。「映像」から、自覚しえない領域で送られる情報が、「潜在意識」などというものに「刷り込」まれているとかいった楽天的な話があるが、逆にいえばそれだけひとは「映像」のなかから情報を見落としており、そのことに意識的にすらなれていないということをその説は裏付けてもくれる。「映像」を見ることは、瞳が正常に機能しているものであれば、まったく容易《たやす》いことだ。しかしその容易いことがどれだけ困難なことであるかを、東京の某国立大学教授という肩書をもつ映画批評家が、もう二十年以上もひたすらいいつづけ、いまなお涙ぐましい奮闘ぶりを見せてくれているではないか。ここでさらに「映像」とはなにかを論じている暇はないが、とりあえず私がいいたかったのは、「映像」にしろ「活字」にしろ、それを「見る」ことも「読む」こともともに困難なのであり、ともにめんどうであることにかわりはないということだ。グーテンベルクの時代やリュミエール兄弟の時代といまとで、その「読む」と「見る」という行為それじたいに、いったいどんなちがいがあるというのか。

けっきょく私は一言ですむことを、しかもいまさら私などがいう必要もないようなことを、唯生の物語がいっそう明確になるはずだなどと言い訳じみた理由をつけくわえ、余計なこともふくめながら、ながく語りすぎたのだろうか。もしそうだとすれば、これは不正行為というやつなのだろうか。いや、そんなことはどうでもよかろう。ここらで言葉のむかう方角を、唯生の側へひきもどさねばならない。

　ここまで私が述べた「活字ばなれ」に関する挿話が、中山唯生の姿をどのように、鮮明で具体的な領域へとみちびいてくれるのかというと、それはこういうことである。唯生は、《「活字」から「映像」へ》のひとではなく、むしろ《「映像」から「活字」へ》のひとである、という図式を描くことが可能となるためだ。それはいったいどういうことか。さきに私がいったように、唯生は二十歳になるまでまともに本など読んだことのない男である。逆にいうと、二十歳をすぎたころから彼は、まるで生まれてはじめて「読む」という行為を発見したとでもいうように、「読書のひと」へと変貌した。では「読書のひと」と成るまえの唯生は、いったいどうだったのかといえば、それまでの彼はもっぱら「映画のひと」であった。「映画のひと」中山唯生、とりあえず唯生をそうよんでみると、いまだぼんやりとして下書きも中途で投げ出されたままの彼のイメージを、ひとまず色を一塗りするくらいのことはできるとおもう。私は、できれば下書きを終えずにこのまま、まっ白い平面へ色ばかり塗ってみたいとおもっているのだが、いつのまにか逆のことをしているかもしれないので、それをいうのはひっそりとつぶやく程度にしておく。たぶん、下書きを終えぬまま色ばかり塗っていたいというその理由はのちに、私か、あるいは唯生の口から述べられるであろう。ともかく、話をもどすと、唯生は「映画のひと」であった。あったというより現在も彼は「読書のひと」でありながら、やはり「映画のひと」である。したがって「映像」と「活字」は彼にとって代替可能なものどうしではないのだ。だから彼が、「映像」から「活字」へ移行した、というのは正しくないといえる。とすると、私はさきほど嘘をついたのか。いや、《「映像」から「活字」へ》のひとと私がいったのは、かならずしも嘘ではない。なぜか、つまり「映画のひと」唯生が、「読書のひと」唯生を生んだ、そうした意味で私はさきのように述べたのである。

「映画のひと」唯生が、「読書のひと」唯生を生んだということは、まず唯生自身の発言からたしかめることができる。唯生がSホールでアルバイトをはじめるようになったのは、三年制の映画専門学校を卒業し、そのまま映画の製作現場で助手の仕事をする気にはならず、かといって自主製作で映画をつくり、それをコンテストにでも応募してみる気にもならず、映画学校一年生のころからたったひとりそればかりして三年をすごしたシナリオの執筆を、ただ今後もつづけていこうというくらいの考えしかもっていなかった彼が、とりあえず適当にやっていればよくて仕事の内容もたいしたことはなく休みも個人で自由にとれるからと、すでにSホールでアルバイトの経験をもつ映画学校の同期生である武藤という男に勧められたことがきっかけであった。唯生が武藤と知り合ったのは、彼らが三年にあがっておなじ「演出コース」のゼミにはいったころであり、それまではたがいに口をきいたこともない。武藤という男をきわめて図式的に紹介すると、性格はいわば「外向的で目立ちたがり」という部類に属し、どこからが本当でどこからが嘘か、というよりまるっきり出鱈目なようなことばかりおのれの体験談と称して皆に語り、単純なものはその話を鵜呑みにするしはじめから疑ってきいているものでも適当にひきつける程度の魅力がそなわった語り口を発揮することができて、同期生のなかでもちょっとした「人気者」というやつであり、強引なところもあるからそれなりに敵も多いという、そこらの小説だとか漫画だとかのなかに掃いて捨てるほどごろごろころがっているような、まあいってみれば陳腐な人物ではある。武藤が陳腐な人物である、というのは唯生の印象でもあり、その印象ははじめて言葉をかわしたときから抱きつづけているのではあるが、しかし、その武藤の陳腐さ加減は唯生にとってどうということではなく、かえって武藤が小説や漫画のなかにありふれていそうな男であることは、唯生にとって関心をひかれる要因にもなっていた。その関心は、唯生が武藤の誕生日を知ったときから生まれたものであるのだが、そのことはのちにふれることになるだろう。いまは、「映画のひと」であった唯生が、同時に「読書のひと」であるおのれを得ることになった経緯を、彼自身の口から語られた言葉によってあきらかにすることが先決なのだ。そしてその言葉をちょくせつ耳にしたのが、「人気者」であり「陳腐なひと」の武藤だったわけである。

はたして唯生はどんなことを語ったのか。いまにしておもえば、映画学校という環境のなかで、それなりに文学的な知識も豊富な他の生徒らにくらべ、あまりにも乏しい自身の読書量を彼なりに恥じて、いまさらながら書物などを真剣に読みはじめようとするおのれを正当化するために、それらしい理由を苦しげにでっちあげた結果、そんなことをいっていた気がするのだが、それはこんなことだ。

――つまりだ、おれがいま痛切に感じているのはさ、「言葉」というやつは回避できないってことだよ。それにつきるよ。二年のときにおれは実習でプロデューサーをやったんだが、班のなかで演出コースのやつはみんなワン・シーンごとに監督をできたわけだ。おれも演出コースだから監督もやったよ。そこでだね、そんなカリキュラムに組み込まれた映画製作実習で学生どものなにがためされるのかというとさ、創意だとか演出の力量だとかいうよりもまず、現場での指揮を担当する人間の政治手腕というもんじゃないか。ほかのスタッフ連中にしろ、その政治的空間のなかで自分の欲望を監督やプロデューサーに提示された理念やら原理やらと対峙《たいじ》させていかに昇華させられるかという駆け引きでの、その戦略性がためされるんじゃないのか。もちろんそんなことはわかりきったことだろうよ。おれもそのつもりではいたがね。だがそのつもりでいたうえわかりきったことだと高を括《くく》ったやつがだれでもそうなるように、おれはちょっとした痛い目にあったわけだ。しばしば自信過剰な人間がなめてかかるのがこの種の政治力学というやつさ。つまりな、演出の最中や製作会議の最中なんかにとつぜん自分の言葉が相手につたわらなくなっちまう瞬間がしょっちゅうあったんだが、そんなときはべつにおれがわざわざ意味不明なことをいったりしたわけじゃあないってことはわかるだろ。他者が露呈するっていうやつかね、いってみれば。そこでおもしろいのはさ、その言葉の伝達障害というやつはだ、それぞれがべつの目的をもって勝手にやってるような連中よりもさ、むしろおなじ目的にしたがってその関係を維持させながら個個が動いているような連中のほうに起こりやすいものじゃないかって、おれはおもったよ。どういうことかっていうとさ、べつの目的もって勝手にやってるやつらはとくにたがいのイメージを共有しあう必要はないわけだけどな、おなじ目的にしたがってやってる連中のほうはとりあえずひとつのイメージを共有しあいながら動かなきゃいけないわけで、そうしなきゃ関係内の秩序が安定されにくいっていうことだ。しかしだ、ひとつのイメージを共有しあうっていうのはそこですでに賭けをしてるみたいなわけだろ、たがいのイメージが共通のものであるのかどうかなんてわかりっこないんだから。そうなるとそれを確認するには言葉が必要になるんだけど、その言葉にイメージをおきかえるって作業はもうすでに二重のおきかえってことだから、伝達障害が日常茶飯事になるのはあたりまえだよ。そうなのだとすればさ、その言葉とかかわるってことがどんなことかっていうのを、しばらくおれなりに考えようとおもったんだよ。その実習がおわったころからだな、おれが本などをまともに読みだしたのはさ。それまではいまのように本なんか読んじゃいなかったね。だからいまほど饒舌《じょうぜつ》でもなかったってことだ。映画をやるから映画だけ見てりゃあいいってわけじゃないってことは、おれもよくわかったつもりだよ。いまじゃあむしろな、作品の創意や工夫だとか革新性やら高度な技術だとかよりさ、それを可能にする言葉がどんなものかってことのほうがおれにはずっと関心があるよ……

このようなことを映画学校の同期生に述べていたこともある唯生が、いかなる意味において「映画のひと」であったのかは、じつはたいした問題ではないといえる。私は、唯生が「映画の申し子」だとか、その将来を嘱望される「映画的才能を秘めた存在」だとか、そのように彼を特権的な「映画的存在」として、「映画のひと」などとたとえたつもりでは毛頭ない。仮に唯生が特権的な「映画的存在」とよばれるにふさわしい資質をそなえた人物だとしても、彼は、これまでそれを他人に認めさせうる痕跡をのこしてきたとはいい難いのだ。だからここでいわれる「映画のひと」という言葉は、たんに「映画好き」であってもかまわないのだろう。それならわざわざ私が唯生を意味ありげに「映画のひと」などとよんだのはどうしてなのか。それは、唯生本人の自覚にもとづいてえらばれた言葉だからと、とりあえず私は申したい。するとここでひとつの推察がうかびあがる。私はついさきほど彼を、特権的な「映画的存在」もしくは「映画的才能を秘めた存在」としてあつかうつもりはないと述べた、しかし、唯生自身は、すくなからずおのれが映画と特別なかかわりをもつ（あるいはもつことになる）ものであると認めているらしいという推察が、にわかに浮上する。その推察にたいするこたえは、事実、彼はそうおもっている、とひとまず述べておこう。なぜひとまずなのかは、彼なりに自身を特別視することの不毛さというものを実感してもいて、にもかかわらず、それをやめずにしかもいっそうつよく「特別な自分」を確信してしまう唯生の意識は、いくらか屈折したものたらざるをえないからだ。中山唯生とは、そんな男である。どんな男なのか。いま目前にあきらかなのは、その男は「特別な存在」などではなく、それを憧れている、その意味ではまことに「普通の人物」であるという、単色で描かれたのっぺらぼうな彼の表情のみだろう。

「特別な自分」を確信してしまう唯生。なぜ彼が、自分は「特別」であらねばならないと考えるようになったのか、そのことのたしかな原因とよべるものをここで提示できるかどうか、私には自信がない。それについて唯生の過去をさぐってみれば、なにかもっともらしい要因がいくつか見つかるかもしれないし、あるいはこれといった成果はつかめないかもしれないが、私には、なぜ彼がそうなったのか、という問いはどうでもいいようにおもえもするのだ。なるほど私は、唯生が「映画のひと」から「読書のひと」である自身をみちびきえたことの原因らしきものをあきらかにしようと企ててそれを実行しかけてはいたし、さらにまえにはSホールのアルバイトが勤務中の読書を禁止されたことでなぜ唯生は「小春日和」の終焉を実感しなければならなかったのかをこれからあきらかにしようなどと、いくぶん大袈裟にいいもした。だがそれらの問いにたいするこたえのいずれもが、唯生という人物がおこなうあらゆる行為を説明可能にする彼の内にねざした根源的ななにかをあかるみにだすなどと、私にはとうていおもえない。唯生がおのれを「特別」であらねばならぬとおもわずにはいられなくなったのはなぜなのかと問い、その解答にふさわしい事柄を手にしえたとしても、それが彼の行為すべての基底とよべるものであるのかどうかなど、わかるはずもなかろう。私には、唯生という男の思考や行動を彼の内からささえる契機となるものを言葉にする意志はいまのところない。そのことの理由はなにかといえば、おそらくそれがいかに厳密さをもって追窮されたとしても、そのあきらかにされたなにかが、それをあきらかにした考察それじたいをも根元からささえてくれるわけではなく、またそこからあらたな考察がくりかえされなければならないからである。そんなどうどう巡りは唯生の話になんら関係もない領域へまでおよぶだろう。そんなことをするのは、私はこわいのだ。しかし、にもかかわらず一方で私は、唯生の「人間像」というものをさぐりながら彼を物語ろうとしていたようでもあり、けっきょくのところそうした作業は、虚構の存在である男がその幻像のゆらぐなかに描く動作の軌跡を認め、それをひたすらなぞることでしかない。

中山唯生という虚構の存在。ここであきらかにしておかなければならないことがひとつできた。この場で語られる唯生がもはや虚構の存在にほかならず、しかもその幻の姿や内面を「正確」に言葉であらわす自信がないと述べられたいま、語り手である私は、あるひとつのことをあきらかにしなければならない。それはことさら、あきらかにしなければならないなどと、切羽詰まっていう必要もないような、すでにだれもが見抜いていたであろう他愛もない仕掛けの「種明かし」である。それは、中山唯生という名のもとにこれまで語られてきた男とは、私自身なのであるということだ。これはたとえとしていっているのではなく、あくまでもひとつの事実として私は述べているのである。もともと私には自分のことを「ありのまま」に「告白」する意志はなく、というかそうすることは自分のことにかぎらず最終的に無理だろうとおもっている、ということはまえに述べたとおりだ。私は、とりあえず自身をモデルにして物語の主人公を形成してみようという魂胆から、中山唯生という男を捏造《ねつぞう》した。だからその名も仮のものである。中山唯生などという人物を私は知らない。私はこれまで嘘をついていたわけである。ではなぜいまさらそんなことをあかすのか。そんな素人手品のぶざまな芸の、あってないような手の内をあかすようなまねを。それは、唯生が虚構の人物であると、とりあえず確認されたであろうと私が独断的に判断したためであり、そうしたほうが今後、語り手の立場としてやや気がらくになるとおもわれたためである。ということはつまり、これから語られる中山唯生という男は、よりいっそう虚構のなかへその身を浸透させねばならず、したがって、その男はさらに私自身からは遠く離れることになるだろうし、これまでに語られた中山唯生とも若干ちがった姿をしているかもしれない。すこしまえに私は、唯生を物語るにあたって下書きを終えぬまま白い平面に色ばかり塗っていたいと述べたが、下書きという正確さへの配慮が私には不毛におもわれたことがその理由といえるだろう。だが、いま私はかならずしもそうだとはおもわない。なぜなら、自分の書いた「ブルース・リーについて」という文章が、それについての反論を、非力ながらもすでにおこなっていたことに気づいたからだ。

というわけで、じつはいまだにそれがはじまっているのかどうかも曖昧である唯生の物語は、唯生自身がおのれの物語を自覚する地点から、何度目かのはじまりを告げる。唯生が自分の物語を自覚するには、「読書のひと」である彼をよびだし、どんな書物を読んだのかを具体的にたしかめてみなければならない。

ファットのもともとの体験は、三月のヴァーヌル・イークノクスの翌日に起こった。〝ヴァーヌル〟はもちろん〝春〟を意味する。そして、〝イークノクス〟は太陽の中心が赤道をよぎり、世界じゅうどこでも昼と夜の長さがおなじになる時点を意味する。だからホースラヴァー・ファットは、神あるいはゼブラあるいはＶＡＬＩＳあるいは自分自身の不死の自己に、一年で光が闇より長くなりはじめる最初の日に出会ったのだ。また、一部の学者によれば、この日はキリストの実際の誕生日でもある。

これは、フィリップ・キンドレッド・ディックが一九八一年に発表した小説、『ヴアリス』からの引用である。『ヴァリス』では、語り手である「わたし」＝ディックの視点から、じつは「わたし」自身の分裂した意識であるらしいホースラヴァー・ファットという男の「狂気」が物語られる。唯生は、「狂気」なるものについては慎重な態度をとる男だから、ホースラヴァー・ファットの「神経衰弱」が小説の冒頭からはじまり、そこから展開される神学的であったり形而上学《けいじじょう》的であったりあるいは神秘主義的であったりする数かずの議論や記述がすすみ、しだいにそのファットという物語の主人公は語り手のべつな人格であることがほのめかされてゆき、後半になるとファットは「〈救済者〉」をさがしもとめて旅へ出たとされ、「わたし」＝ディックはもうひとりの自分が世界中から送ってよこす便りを受け取りながら、自身も「聖なるもの」からの「メッセージ」を待ちつづけそれを「調査」することが「使命」であると自覚することで物語はおわるこの小説の、「精神分裂症」的な主人公の描写にことさら惹かれたわけではない。唯生がこの「SF小説」のどのあたりにつよく関心を示したのかといえば、いうまでもなくさきに引用した箇所にである。

九月二十三日が誕生日の唯生は、そのことが「特別な存在」もしくは「運命の男」であるおのれを約束してはくれまいかと、ながらくおもっていたものだ。彼岸の中日にあたり「秋分の日」とよばれる九月二十三日は、昼夜のながさがほぼ等しい。それは中途半端に「特別」さを唯生にあたえる、いわば「罪つくり」な日付である。中学生のころ唯生は、自分の誕生日がもっとも「UFO目撃率」のたかい日であることを、「宇宙人スペシャル」とかいうタイトルのついたテレヴィ番組で知り、興奮したあげくにとうとうそれを真にうけてしまった。おれはなんらかのかたちで「異星人」とかかわりがあるのかもしれない、おれはやはり「特別な日」に生まれたのだ、彼はそのおもいをよりたしかなものにするべく、九月二十三日を誕生日としてもつ著名人をしらべてみるが、それほど多くはいないということがのちにわかった。それでも、ジョン・コルトレーンというアメリカのジャズ・ミュージシャンや、アンナ・カリーナというデンマーク生まれの映画女優などと、自分がおなじ誕生日をもったことを彼は素朴によろこんでいた。無論、「六〇年代ジャズの巨人」や「ゴダール映画のヒロイン」とおなじ日に唯生が生まれたことが、彼自身の「特別」さをどのていど保証してくれるものかは、尺度があるわけでもないのでたしかなことはいえまい。しかし唯生は、とりあえず自分の生まれを保証してくれる要因として、それらの事実に勇気づけられてもいた。とりわけジョン・コルトレーンについては、その後に読むことになるディックの小説『ヴァリス』から、彼はなにか運命的な感情を抱くことになる。

ジョン・コルトレーンは、「十年後はどんな人間になりたいか」という問いに、「聖者になりたい」とこたえたことがあるという。そして彼は、一九六四年に『至上の愛』というレコードを録音した。このスタジオ録音の作品は「コルトレーンの最高傑作」といわれ、さらに「六〇年代ジャズの到達点」などともよばれている、いわゆる「名作」のひとつなのだが、その自作をコルトレーン自身は「神への小さな捧げもの」と語っていたらしく、「瞑想」をくりかえした彼に、あるとき「完全な静寂」がおとずれ、身の内が音楽で満たされたという「神秘的」な体験が、「この至上の存在への献曲への制作につながったというわけだ」と、コンパクト・ディスクの解説には書かれてある。それらのジョン・コルトレーンに関する神話が、唯生へどのように作用したのか。もはや見るまでもないのだが、しかし『ヴァリス』の一文をすでに引用したいじょう、ひょっとしたらひどく陰惨な光景を捉えてしまうかもしれない瞳を、ここでそむけるわけにはいかないだろう。その「コルトレーン神話」と『ヴァリス』とが唯生のなかでひとつになるとき、途方もない錯覚が、著しくはたらきはじめるのだ。

唯生のなかでそれらはどのようにひとつとなったのか、整理してみよう。まず、『ヴァリス』のなかでホースラヴァー・ファットが「聖なるもの」との遭遇を体験したのは、「三月のウァーヌル・イークノクスの翌日」であると記されている。「ウァーヌル・イークノクス」とはつまり、「春分の日」である三月二十一日のことだ。それは唯生の誕生日である「秋分の日」とおなじく、「世界じゅうどこでも昼と夜の長さがおなじになる」日である。さきに述べたように、ファットがなにと出会い、なにをもとめて世界へ旅立ち、「わたし」＝ディックがなにからの「メッセージ」を待ちつづけることになったのかといえば、端的にいって「聖なるもの」である。ここから唯生のなかで、コルトレーンの「聖者になりたい」という発言や、『至上の愛』という作品の「制作につながった」といわれる彼の「神秘的」な体験が、「秋分の日」という誕生日とともに、『ヴァリス』の物語へとかさなりあう。「聖なるもの」との遭遇が自分の主題なのだろうか、それについて語ることが自分の使命なのだろうかと、いよいよ唯生はそこで安易に自覚してしまってもよかったのだが、しかし事態はそう単純ではない。なぜなら、『ヴァリス』において「聖なるもの」とファットとが出会ったとされている日は、おなじ「世界じゅうどこでも昼と夜の長さがおなじになる」日でも、「秋分の日」ではなく、「春分の日」の――「一年で光が闇より長くなりはじめる最初の日」である――「翌日」であり、「一部の学者」によると「キリストの実際の誕生日」なのだとされているのもその日のことであるからだ。まずその「翌日」という言葉が唯生を悩ませる。「特別」なのは「昼と夜の長さがおなじになる」日ではなく、その「翌日」であり、しかも「秋分の日」の「翌日」とは、「闇」が「光」より も「長くなりはじめる最初の日」なのである。つまり、「光」が「聖なるもの」の象徴なのだとすれば、「闇」のほうは「俗なるもの」の象徴なのだともいえるだろう。「聖なるもの」＝「光」を、「俗なるもの」＝「闇」が凌駕《りょうが》しはじめる前日が、唯生の誕生日だ。それを考えついたとき彼は極度の緊張感をおぼえ、だらしがないことに、いつのまにか涙をながしていた。

ここまできて見いだされた結論が、自分は「俗なるもの」の側に立つ人間であるというこたえなのか、「光」のあたらぬ場所でいつまでも「闇」の支配に耐えねばならない夜にしか生きられぬものが自分なのか、唯生は、そうした感傷的な自身のおもいにほどよい心地よさをおぼえはしたものの、ここで結論してしまうべきではないとすぐに考えなおし、それなりの快適さをあたえてくれるセンチメンタルな感情をしりぞけ、つぎのようなこたえをみちびきだした。自分の誕生日は、かろうじて「光」と「闇」＝「聖」と「俗」がたがいに拮抗しあうひとつの中間点である。ふたつの状態に挟まれた、どちらでもあり、どちらでもない日。その、どちらでもありどちらでもないというイメージが、唯生にとって重要なヒントとなり、錯覚の膨張を加速させる。ここでふたたび彼のなかにキリストの名がうかぶのだ。イエスが、「至上のもの」であると同時に「卑小なもの」である存在だというのなら、「実際の誕生日」にふさわしい日付は、「一年で光が闇より長くなりはじめる最初の日」であるよりもむしろ、「世界じゅうどこでも昼と夜の長さがおなじになる」日ではないのか。「至上のもの」である神でありながら、「卑小のもの」であるひとの姿をした存在、イエス。その中間的な立場にあるイエスの誕生日もまた、昼と夜がそのながさを等しくする日でなければならないのではないかと、唯生は考えついたのである。だが、それでもまだ、彼は安息を得ることができない。一年の間に「昼と夜の長さがおなじになる」日は二度あり、『ヴァリス』のなかでいわれているのは「ウァーヌル・イークノクス」である「春分の日」のほうなのだ。「春分の日」が「昼」＝「光」の側にあるのだとすれば「秋分の日」は「夜」＝「闇」の側にあるということになり、「神＝ひと」であるイエスが「光」とともにあると信じるのが「正しい」ことだというのなら、おれはそれでもかまわない、いや、もはやイエスなど関係ない、あるのは「春分の日」的なものと「秋分の日」的なものとの闘いのみであり、『ヴァリス』が「春分の日」的なものの側にあるのだとすれば、おれはこのテクストを放棄しなければならない、おれは、これからの闘いにそなえて自分を鍛え、そのときの到来を待ちながら、さらに書物のページをめくらなければならないだろう、おのれが「特別な存在」であると見極めるために、「特別な存在」とはいかなるものかを考えつづけなければならないのだ……

唯生はこのように結論を下し、「読書のひと」である自身を推しすすめることになった。けっきょく彼が自覚したのは、自分が「特別な存在」たりえないということである。しかし、彼が自覚したのはそればかりではなかった。そこで唯生はみずからを「特別」化する場から引き下がろうとはせず、まるで圧政に虐げられていた民衆がその権利を勝ち得ようとするかのように、「春分の日」的なものと、ある特権的な座を賭けて闘うことを決意してしまった。唯生の個人的な階級闘争が、このようにして彼自身のなかで顕在化したわけである。その闘いの相手である「春分の日」的なものが、いついかなる姿で、どのような場に、なにを契機としてあらわれるのか、唯生はすこしもわかってはいないが、彼にとってそれらのことはほとんどどうでもよく、重要なのは、いつおこるともわからぬ闘争へむけて自身を鍛えぬくことだ。唯生はおのれを物語で隙間なく埋め尽くすことで、自己の「特別」化をやり遂げる方向へむかったのである。だから「春分の日」的なものと彼が争おうとしているある特権的な座とは、物語における真の主人公の座にほかならない。おそらくその気もないであろう敵といわれることとなるなにかが、じつに理不尽な闘いを唯生によって仕掛けられるわけであり、それがいかなる体裁におさまることになるのか、彼にはまるでつかめていない。「秋分の日」のひとである唯生は、自分の誤解や錯覚をいくらか自覚しながらもそれを放置して、彼以外のものにとってはた迷惑なものでしかないであろうその闘争を意識し、これまでとはちがう心地よさを含んだ緊張感につつまれていた。陽は照りつづけ、あらゆる闇や影がこの世から消え失せたかのように陰りのない昼の時間をすごしていながら、唯生は、自分は夜に生きているのだとおもいこみ、だれにも聞こえぬくらいひっそりと、なにやらつぶやきつづけている。ミゲル・デ・セルバンテス・サベードラの『才智あふるる郷士ドン・キホーテ・デ・ラ・マンチャ』を体験するときが、間近に迫っていた。

それほど「長い時にわたって」というわけではないが、唯生は眠りにつくまえにいろいろなことを考えてみた。寝床へ横になりながら、あらゆる想像のおとずれを待ちつづけていると、自分がひじょうに影響をうけやすい男であることにいまさらながら彼は気づいた。じっさい、眠りにつくまえにいろいろなことを想像してみることとじたいが、読みかけの長編小説の冒頭で描かれてあるその物語における話者のふるまいから影響をうけ、それがなにか「特別」な行為であるかのような気がして、唯生は好んで模倣してみたのだった。布団にはいってちょっとばかり妄想に耽《ふけ》ってみるということをこれまでしたことがなかったわけではないのだが、「読書のひと」は、なんでもない日常の行為が、虚構のなかで描かれてあるのを眼にした途端、それを「特別」なものだと決めつけて、積極的に真似てみなければ気がすまなかったのである。とにかくおれは影響をうけやすい、まるでものまね人間だ、しかしあらゆる人間のあらゆる行為がなにかの模倣でしかないのなら、おれは自分のものまねぶりをできるだけうまく演じてみせなければならないだろう、それが倫理というやつじゃないのか。唯生はこのように考えておのれを勇気づけ、そのものまねを見事に演じてみせることが、自身をいっそう「特別な存在」へとちかづけてくれるのではないかとおもってもいた。それならいそいで寝床から身を起こし、「マドレーヌの一きれをやわらかく溶かしておいた紅茶」でも口にしてみなければならないと、彼は夜中に起きて台所へむかうのだが、そこには「マドレーヌ」も「紅茶」も用意されてあるはずはなく、いつごろからか冷蔵庫の奥に置き去りにされていたチョコレート菓子と残りわずかな牛乳を、とりあえず味わってみるしかない。無論、いささか義務的にそんな行動をとってみたところでなにやら甘美な「回想」が「すばらしい快感」とともにわきおこったりはせず、しかし、だからといって適当に徒労感をおぼえながらふてくされたりはしないで、唯生はなにごともなかったかのように——事実なにもなかったのだが——ふたたび布団につつまれたのだった。とにかくいろいろなことを考えてみようと、唯生は懲りずにおもいをめぐらせる。するとぼんやりとした気分になり、しだいに頭のなかへひとりの人物がうかびあがってきたのだが、そこで唯生はおのれの想像力がいかに貧困なものであるのかを知らされた。週にいくども顔をあわせており、明日も自分と一緒に美術展会場の警備をおこなっているであろう「陳腐なひと」が、イメージの片隅でこちらへ視線をむけて立っていたのであった。

武藤がはたして闘いの相手にふさわしい人物なのか、唯生は判断しかねていた。武藤の誕生日は、喜代三から聞いて知ったのだった。三月のある日、至急プレゼントを買わなければならなくなり、なにを買えばよいのやら決まらないと、とくに困っている様子でもなさそうな態度の喜代三から、Sホールでの仕事中に唯生は相談された。だれにやるプレゼントだと聞くと、武藤にだというので、ふたりは「恋愛関係」にあるのだろうかと、ひとのいう言葉の奥をさぐらねば気のすまない唯生はそのときおもったのだが、かならずしもそうではないらしいということがその後わかった。プレゼントといってもいろいろあるが、なんのためのプレゼントなのかと、それを知ったところで気の利いたことなどいえるはずもない唯生は、そんなプレゼント選びなどということにはまったく疎《うと》い人間であることは一目瞭然なこの自分などになぜ相談するのだろうと訝《いぶか》しくおもいながらも、いちおう真剣さを装って聞いてみた。

――誕生日、二十一日なの。

喜代三が自分のことのようにそういうので、やはりふたりは「お熱い仲」なのだろう、あるいは一方的に喜代三が武藤に惚れているのか、そのどちらかだろうと、他人の交際にまるで「女性週刊誌」なみの好奇心を示した唯生は勝手にそうおもいこみ、彼女が口にした「二十一日」という日付など、このときは気にもとめなかった。武藤が「春分の日」生まれであるとはっきり知ったのは、喜代三に相談をうけた幾日かあと、当の三月二十一日であった。その日も唯生はSホールにいたが、喜代三と武藤は休みだった。唯生はふたりがそろって休んでいることに気づき、ようやく勘が正常さをとりもどしたのか、今日が武藤の誕生日だったかと、喜代三の言葉をおもいだしながら日報に日付を書き込んでいるうちに、なにか決定的な瞬間を見逃していたことがいまわかったとでもいう様子で、「ああ」という情けない声をもらしていた。

たしかに唯生は武藤に関心をもった。武藤が「春分の日」のひとであることがわかり、たんなる映画学校の同期生でありアルバイト仲間であった男が、唯生にとってはいちおう敵となってしまった。その男武藤は、大江健三郎の小説を読み、登場人物がおこなう適度に風変わりな自慰行為の描写に刺激をうけ、それを自分の経験談として友人らに話してまわるような男だ。なにかにつけて自分は「変わりもの」ですよとふるまわねば気のすまない――ということはこの男もまた、「特別な存在」でありたいと憧憬を抱く人物のひとりということだ――仲間内ではちょっとした「人気者」であり、映画学校生時代の卒業製作発表ではその監督作品がかなりの評判を得たという経験をもってもいる、漫画や小説のあちらこちらでしばしば見かけるような類型的な男であり、あるいは「陳腐なひと」である武藤。ところで、「変わりもの」もしくは「特別な存在」にあこがれている連中というやつは、いわゆる「芸術系」の大学や専門学校の生徒に多いということは知れたことであろうが、Sホールという多目的文化催事施設――いわゆる「アート・スペース」とよばれるところ――は、その種の学生たちがアルバイトとして集う、「怪物」志望者どもの巣窟であり、それぞれは互いに近親憎悪的な感情をいくらかなりとももちつつ、しかしどういうわけか趣味はみなほとんど似かよっている、ものわかりの良さそうな顔をしたひとびとが、仕事らしい仕事もない時間を合言葉のようにおなじ言葉ばかり口にしながら過ごす、非生産的かつ閉鎖的な一面をもった空間である。非生産的であり閉鎖的だなどといくらか大袈裟にいったが、無論それはよい意味でということではなく、つまり決定的にそうだとはいえない、そのごく曖昧なひとびとの様子が非生産的なのであり、いい加減というかだらしなく楽観的なところが閉鎖的だというのだ。そうした連中の一員である喜代三は、自身も美大にかよっている「変わりもの」指向のひとりでありながら、「芸術家予備軍」の学生たちや、「アウトサイダー」たることを夢見る少年・少女らの言動にふれるたびに、近親憎悪感まるだしの苛立ちを隠そうとはしない女だ。苛立つ女喜代三の口癖は「大嫌い」であり、肉親のように自分と似ている世の自称「変わりもの」たちへむけてその言葉を発することで、かろうじて彼女は自己同一性をたもっているようなのである。

話をもとへもどそう。武藤が「春分の日」のひとであることがあきらかになると、彼が、小説や漫画だとかのなかにありふれていそうな男——というよりも小説や漫画だとかのなかで描かれる「風変わり」な人物を好んで模倣する男——という印象をもっていた唯生は、やはり関心をあらたにしないわけにはいかなかった。なるほど武藤は「陳腐なひと」だ。しかし、この男はなによりも「春分の日」のひとであり、自分の敵とするのにうってつけの要因をそなえているといえなくもない。武藤が、「変わりもの」＝「特別な存在」として自分を仕立てあげるために——このおれとおなじように——虚構の人物を模倣しているのであるならば、彼は自身が「春分の日」のひとであることをそれとなく自覚しているのではなかろうか、そのような推察が唯生にうかんだ。そうだとすると、武藤とおれとで、物語（それがどんなものかはわからぬが）における真の主人公の座を賭けての、「春分の日」的なものと「秋分の日」的なものとの闘いに、決着をつけなければならないのかと、いくらかの興奮をおぼえた彼は、必要以上の真剣さでさらに考えをすすめようとしていた。いまや、「敵は武藤」という観念が、唯生をしっかりと捉えたかに見えた。しかし、ここでも事態の進行はそう簡単にはこばれはしない。「昼」だとか「光」だとか「イエス」だとかの象徴にかこまれて、その実像がきわめて抽象的なままであった「春分の日」的なものが、あっさりと実体を得てしまい、武藤などという名までもってしまったかに見えたのだった。ところが、熱から冷めた唯生は、けっきょくその考えを放棄したのである。

唯生が、武藤をおのれの敵として認めるかどうかの判断を放棄しなければならなかったのは、彼の論理的思考の限界が、その未熟さゆえにかくもはやばやと露呈してしまったからだといえる。敵であるとされる「春分の日」的なものを、具体的な姿をもったなにかへと設定してしまうべきではないと、彼はいくぶんか苦しげに結論した。唯生は、自身が「特別な存在」であるためにはその敵がやたらに存在されてはまずいのではないかという気がしはじめていたのだった。さらに、そもそもこの闘争は自分を「特別な存在」へと仕立てあげるためのものであると同時に、ながらく「春分の日」的なものの優位によって苦境に立たされていた「秋分の日」的なものによる階級闘争なのであり、その「春分の日」的なものにしろ「秋分の日」的なものにしろ、それらはつまりひとやものではなくその機能を始動させるシステムなのであろうと、どこにそれを裏付ける根拠があるのかも知らぬまま唯生は想像を膨らませ、本来システムは顔も名前ももたないのだから、「春分の日」的なものだとか「秋分の日」的なものだとかは、とりあえずつけられた名にすぎない、武藤は「春分の日」のひとであるのかもしれないが、その代表ではない、自分の場合も同様であると、闘争じたいの性格を見えやすく整理して自分の立場を明確にしようと考えすすめてみたのだが、ここで彼は行き詰まってしまった。武藤の立場と自分の立場がおなじものなら、武藤がそうであるように自分は「陳腐なひと」であり、この闘争もまた「陳腐」なものであるということだ。そうだとすると、「秋分の日」のひとであるということは、なんら自分の「特別」さを保証してはくれない。すくなからず「特別」であると信じた自分の立場は、だれもが自由に出入りできる流動的で交替可能な場ということになる。唯生は、「特別席」へ坐っていたはずの自身が、いつのまにか椅子も座布団もないひろい床へ、見知らぬひとびとに混ざりながら腰をおろしている光景を見た。ひとびとの顔はのっぺらぼうで、性別すらわからない。まもなく彼の容貌も判別できなくなり、唯生は、自分がその場から姿を消したとしかおもえない。いくらかは「特別」であったはずの自分が、瞬時に消滅してしまうものでしかないことを唯生は知った。やはり人間は、「波打ちぎわの砂の表情」なのだろうかと、そのとき彼はおもわずにいられなかった。

　このように唯生は考えあぐねたすえ、少少の混乱をきたしたあげく、またしてもあるひとつの事実に気づかされるのであった。それは、やはり自分は「特別な存在」たりえないということである。けっきょく、「根拠」ばかり追いもとめてみても、それは口にした瞬間すぐさま形を失い、それ自身として身をささえる柱をもたない、芽を出しては腐ってゆく根でしかないのだと、とうとう唯生は拗《す》ねてみせるのだった。いまだその歩みはほんの数歩といったところなのに、どの道も通りもしないうちから先を断たれており、では足をとめてしまおうかともおもうのだが、これまで慎ましさなどというものにはちょっとでも触れてみたことはないという欲望が、飽きるということも知らないのだと、唯生をまたしても「懲りないひと」の領野へといざなう。いくら自分を「特別な存在」へと仕立てあげようとしてみても、その不可能性ばかりが際立ち、自身の闘争までもがそのはじまりを告げたかどうかも不明なまま、曖昧さと化して横滑りしてゆきながら抽象性の泥沼へと流れ込み、ついにはそれら不可能性と曖昧さが澱《よど》みのなかで溶けあいながらひとつとなり、唯生を無根拠さの土中へとひきずりこんでゆくのだった。

眠りにつくまえの幸福なひとときが、武藤の姿などをおもいうかべたばっかりに、このようなかたちで台無しになってしまった。少少憤慨した彼は、寝ようにも寝れなくなってしまったと、まるで心地よい睡眠へと静かに流れてゆくはずの時間を奪ったのは武藤本人であるかのように、理不尽な怒りを徐徐に募らせながら、自分のみちびきだした結論とは反対に、このときばかりは「陳腐なひと」を敵視したのであった。

それからしばらくして穏やかさをとりもどした唯生は、このまま眼を閉じて夢のなかへとはいりこんでも武藤が顔を見せる可能性はひじょうにたかく、明日の目覚めはひどいものになるだろうとおもい、それを避けるためにはなにかほかのことをいまからつよく想像して、この苦にがしさを打ち消さねばならないと考えた。はたしてなにを想像すればよいのか。たのしくもしあわせな感情をおぼえさせてくれるイメージを、唯生はもっているのか。まあ、もっていないこともない。たとえば、ひとをそんなたのしくもしあわせな感情へと誘うイメージのひとつといえるだろう、あの「恋」のイメージというものを、こんな男でもいちおうもってはいるのだが、しかしこれもまた安心しきれるというものではないし、彼にとってはけっきょく不本意な結末の見えてきそうな想像になりかねないものだ。とはいえ唯生は、はじめからこのことを考えればよかったのだと楽観的な気分になり、ほかのイメージをさがしだそうともしないいま、甘いおもいに浸るのだった。彼はそのとき気づかないのだった、ひとは安心してイメージするというが、本来イメージを厳密なまでに徹底しておこなう方向へとむかうことは、ひとを、厳しくも虚無的な環境へと追いやってしまう、ひどく残酷な体験であるということを。安心しておもいうかべられるイメージほど、退屈でうんざりした気分にさせ、しかもそれが甚だしい場合には、不快な気持ちにさせるものはない。だからというわけではないが、だれもが知るように、「想像上の恋」など、実るはずはないのだ。

いずれにしろ、唯生のその「恋」は、悪い意味で幼稚な、そう名指すのもいくぶんかためらわれる、さして述べる必要のなかったようなつまらぬ一挿話となるかもしれない。だが、これまで語られてきた話の数かずが、それ以上の必要さを感じさせるおもしろい内容であったかどうか、こちらとしてはわかりかねるし、ひょっとしたらもっとも重要なエピソードとして、唯生が抱く「恋」のイメージが、今後どこかで語り継がれることもぜったいにないとはいえないだろうから、あまり気はすすまぬが、やはり、これからそのことを物語ることにする。

「恋は盲目」、あるいは「恋は曲者」、または「恋は思案の外」、さらには「恋の闇」、「恋の奴」、「恋の山には孔子の倒れ」などという諺《ことわざ》があるが、唯生の場合はむしろ、「盲目の恋」であり、「闇の恋」であり、「曲者《くせもの》の恋」であるといったほうが適切ではなかろうか。こんなことをいってはみたが、なにかもっともらしい理由があって述べたわけではない、ただのおもいつきである。しかしこれから語られる、唯生がおもいうかべた「恋」のイメージにしてみても、所詮は想像にすぎないのだから、ここでひとつぐらいおもいつきを述べてみてもそれがまったく正当性を欠いているというわけではないだろう。だが不正な行為にあこがれているものとしては、正当性など必要ないというべきかもしれないが、かならずしもそうとはおもえない。というより、いまではもはや、不正も正当も、あまり有効な意味をもたなくなったのではないかという気がする。ただの願望かもしれないが。さて、唯生の「色恋話」であるが、彼の胸中に甘酸な執着心を抱かせた相手の名は、ツユミという。ツユミは、喜代三の友人であり、彼女らはおなじ大学に通っている。ツユミはよく喜代三をたずねてSホールにやってくるので、唯生は言葉をかわしたこともあり、アルバイトが終わってから武藤をまじえて食事をともにしたこともあったのだが、例の執着心というやつをむけて積極的に彼女を見つめるようになるにはいたらず、そうした出会いのなかでは、とりわけ唯生のこころが日頃とはちがう様相を呈して、動悸をはやめたりしながら妙な息苦しさを彼がおぼえるということはなかった。虚構の囚《とら》われびとである唯生がツユミにたいしてその恋愛感情をはたらかせるためには、——アルフレッド・ヒッチコックの『白い恐怖』において、「精神科医」イングリッド・バーグマンがひとりの「恋する女」へ変貌を遂げるために、ヒッチコック映画を「変容」の主題へとみちびく装置として機能するあの「階段」をのぼる行為が必要だったように——あらたな虚構の介入が必要であった。

あらたな虚構の介入とはどういうことか。それは武藤が製作したひとつの八ミリ短編映画を見た唯生が、そこに、いままで見知っていたはずのツユミを、まるでべつな人物として発見したというそれだけのことなのだが、しかし彼を「恋する男」たちへ仲間入りさせるのには充分な出来事であった。その上映時間が三十分たらずであることが信じられぬほどの退屈な時間を見るものに強制する八ミリ映画で、ほとんど主役といってよいほど出番の多いツユミは、五人の男女を手製の料理でもてなす女を演じており、ひたすら五人分のオムライスをつくりつづけるのだが、そのシーンばかりは異常なほどに緊張感が満ちており、彼女のふるまいはまるで、ハワード・ホークスの『脱出』におけるローレン・バコールや、ジョン・カサベテスの『グロリア』におけるジーナ・ローランズのもつ、ある種の気品と気高さを得ているようだと、唯生の眼には映ったのだった。いくらか虚ろな眼つきで口をすこし開けたままの、真剣さと放心とが入り混じったような顔つきでいくつもの卵を割って中身を出し、腹がたつのか不器用なだけか、そのどちらともうけとれるひどくぶっきらぼうな素振りで、料理道具や食器を乱雑で粗末にあつかうのだが、できあがる五人分のオムライスはそうした粗雑さのなかにあってさえ、どこかべつの次元からとりよせたもののように見事な出来栄えで画面のなかにおさまり、だからといってとくに誇らしげな態度をとるわけでもなく、いぜんとしてフレームのなかへ姿を見せた当初から示していたどこまでも冷淡な媚態《びたい》とでもいうべき姿勢を崩すことがないツユミのふるまいに、唯生はうちのめされたのである。唯生は見終わったあと、作品そのものはちっとも感心しなかったくせに、監督の武藤へ、それなりの興奮をうかがわせながらいったものだ。

――彼女がぞんざいにものをあつかう身振りは、まるでフォードの映画でジョン・ウェインが女の尻を叩く動作のようにすばらしいよ！

それからというもの、ツユミは唯生にとってひとりのアイドルとなった。もちろん彼が、映画のなかへ登場するあらゆる女優たちにたいして、それとおなじような感情を抱くことは頻繁にある。そんなことは日常茶飯事であるし、映画にかぎることでもない。その意味で彼は「恋多き男」だといえる。だがそうしたかなりの多さで存在するはずの、唯生のこころをすくなからずときめかせた女たちは、そもそもが虚構であり、想像せねば姿を消してしまうこの世にはいない亡霊に等しいのだと、彼は決めつけてもいた。しかしツユミの場合は、すでにお互いが知り合いであり、映画を見た直後、唯生が彼女にすっかりこころを奪われている自分をなんとか周囲に悟られぬようにとりつくろって態度を整え、ふと隣へ視線をむけると、いまおのれに快い動揺をあたえたばかりの亡霊が実体を得て微笑みながらこちらを見ており、じつはどこでも起こり得るであろうし学生時代にも似たようなことはあったはずのそんな状況を、これまで体験したことは一度でもないというのか、彼は一瞬にして、虚構と現実の間にある境が消滅してしまうといわれるような、距離感覚が極端な混乱に陥った状態となり、あからさまにうろたえてしまうという有様なのであった。それ以後、唯生はしばしば映画のツユミをおもいかえし、なぜ自分はあれほどうろたえてしまったのかと考えたのだが、学生時代の映画製作実習のときとあのときとでなにがちがうのかといえば、やはり女優のふるまいが充実している点でまったく異なり、上映後に演じた本人を眼のまえにしたときの興奮は、それによって決定されるのだという、ごくあたりまえの事実に気づいた。すると唯生はさらなる興奮をおぼえてツユミの仕草をあれこれ想像し、「映画的だ」などとつぶやきながら、「おれもああなりたい」とまでおもうのだった。

ところが、現実のツユミ本人と接しているとき、唯生は映画を見ている間におぼえたような感情に支配されることはほとんどなく、戸惑いにしても、映画からうけた印象にたいするそれとは別種のものを呼び起こされるばかりであった。それがどんな戸惑いなのかといえば、唯生はツユミと言葉をかわしたことがあるとさきに述べたが、じっさいには言葉をかわしたというより声をかわしたといったほうが正確なのであり、言葉を発するのはほとんどが唯生でありだれかであって、彼女はといえば、もっぱら「アハハアハハ」と笑っているのが常であるため、会話らしい会話など成立するはずがなく、そのために抱くちょっとした困惑のことである。喜代三になぜ彼女は笑ってばかりいるのかとたずねたが、いつもそうなのだという返答しかかえってこなかった。それればかりか、彼女は映画で見せたあの冷淡さを、いつもはまったく見せず、ものをあつかう仕草にしても洗練された粗雑さは影をひそめて、慎重であったりいくらかだらしなかったりするだけで、とくに魅力的とはおもえないと、唯生は失望してみせるのだった。はたしてあの映画での彼女はなんだったのか。あれは武藤の演技指導の成果であろうか。唯生は武藤にそれとなくきいてみたが、彼のこたえは——おそらく偉大な映画監督のだれかがいった言葉か姿勢を真似たのだろう——自分は演技指導をしないタイプだということであった。そこでふたたび不可解さをおぼえて黙り込んだ唯生へ、反対に武藤が、嘲笑をむりに隠しているようなぎごちない表情で、たかがオムライスづくりの芝居がそんなにショックか、と、自作の出来栄えが唯生にあたえたいくらかの衝撃によって、この眼のまえの友人にたいする自分の優位はあきらかだという自信をちらつかせながら、問いかけた。唯生は、武藤の見せるその高慢な態度はとくに気にならない様子で、つぎのようにこたえた。

——馬鹿だねおまえは。おれが感動したのはなにも彼女がオムライスをつくったからじゃないよ。おそらくやることはなんでもよかったはずなんだ。たとえそれがきわどい水着をきるための無駄毛処理だとかでも！　問題はなにをしたのかじゃない、どうふるまったかだよ、監督。傑作じゃないか、彼女の身振りは。あれだけやる気がなさそうにして最後にはうまくおさめちゃうっていうのはさ、まちがいなく「映画的」なんだね。しかもそれが計算された意識的な「演技」に見えないところがさ、彼女を一気に「実存的」なレベルへ押し上げてしまうんだ。冗談でいってるんじゃないぞ、おれは本気だよ。

武藤は笑っていた。学校を卒業してから暇つぶし程度の気軽さでとくに野心的なおもいをこめたわけでもなく親しい仲間を出演させて撮りあげたただのプライベート・フィルムのような自分の八ミリ作品に、映画学校での同期生であったこの中山唯生という男が、なにかを誤解しているのではないかとおもわせるほどの熱狂ぶりを見せてくれているのだと、武藤はおのれの才能を過信しながら、眼のまえの友人を虫けらかなにかのように卑小なものだとして冷ややかな視線をおくり、笑っているのであった。ただね、と、武藤の笑いを無視して、唯生は言葉をつづけた。

――ただね、ふだんの彼女は、まるでちがうんだね。もちろん演技なんだろうからちがっててもおかしくはない。つまりふだんと映画とでは彼女のおこないが全然にてないということはさ、女優としての素質があるということなんだろうね、おそらく。監督としては、どういう指示をだしたんだ？　あのオムライスづくりのシーンでは。

指示などなにひとつだしてはいないというのが、武藤のこたえであった、ただオムライスをつくってくれとだけ、彼は頼んだのだという。それをきいた唯生は、ならば演技ではない地の部分があったのかもしれないなと、ひとりごとをつぶやくような口調で武藤にいった。ほとんどいい加減に、そうかもね、とこたえた武藤は、撮影時のことをじつはあまりおぼえていなかったのだ。彼は、あまりに唯生が真剣な様子を見せるので、ただおかしいだけだった。

——そんなにいいのか？　あれが。惚れたな、おまえ。

いってからまた武藤は笑った。唯生は臆することなく、ああ、とこたえたあと、いまいった「ああ」が意味する自身の気持ちを、とりあえず留保するために、さらに言葉を繋がなければならなかった。

——ただし、全面的にじゃないよ、もちろん。おまえの映画にでていた彼女と、Sホールにくる彼女はおなじひとだろうけど、おれにとっては映画のほうがじっさいのほうよりもはるかに生きているという感じがするね。じっさいのほうは話しかけてもいまのおまえみたいに笑ってるだけでよくわからないよ。おれはオムライスのシーンの冷淡な感じがいいんだ、あれこそ心理描写というんだ、ショットを割って寄りの画をつなげるモンタージュが心理描写じゃあないんだ、ほんとうの心理描写というのは引きで撮ったワン・ショットの長回しなんだよ、そうだろ？　その長回しに耐えられるものだけが映画の演技者といえるんだ、そしてそこで最終的に露呈されるのはその演技者の心理を超えた「実存」なんだよ。オムライスをつくりあげた彼女はまるで異星人みたいだったじゃないか！

武藤の笑いは高まりの頂点に達していた。彼には唯生のいっていることが、けっきょく自分への賛辞にばかりきこえていた。いっぽう唯生は、映画の出来などに微塵《みじん》も感心したおぼえはないのだが、どうも余計なことを口走って監督武藤をよろこばせ、ツユミとじつはなんの関係もないことを話しているようで、自分がなにをいっているのかわからなくなり、自重するように口をつぐんだところであった。笑いがおさまるにつれて、なにやらたくらみがひとつうかんだらしい武藤は、それをいうまえに、少少屈折した「恋ごころ」をいま自分に告白してくれたばかりの友人を、すこしからかってやろうとおもいついたのか、しばらくして唯生にこうたずねた。

――冷淡な感じがいいって？　それはおまえいじめて欲しいとかそういうんじゃないのか？　ひょっとして。ああいうさあ、ものがいつ壊れるかわかんないような乱暴なあつかい見て、それにはらはらするのが好きとか、なんかそういう気があるんじゃないの？　そうだとしたらただの小心なやつだよ、おまえ。

唯生はこたえるのにいくらかこまった。いわれてみれば、そういう気が自分にあるといえばあるかもしれず、ないといえばない、彼は判断しかねて、わからないとのみ口にした。すると武藤は、たくらみをあかすときがきたと見て、

――いいことを考えたよ。おまえと彼女で映画を撮ろうとおもうんだ。いいおもい

つきだろ？　冷淡な女とだめ男の映画だ。夏のいちばん暑い時期がいいなあ、撮影するのは。こんどは本気だすよ、おれ。それで、できたら映画祭にでも出品してみよう。なあ、どうだ？　いまのおまえの話きいてひらめいたんだが、
などと、冗談をいうような口ぶりで語ったのだった。
武藤との会話をふりかえってみても、いぜんとしてツユミへのおもいをどのように処理すべきか、あるいは自分のそのおもいとはいかなるおもいなのか、具体的にはさっぱりわからなかった。だがそれもとうぜんだろう、自分はいまだに彼女のことをほとんどなにも知らぬままであることにかわりはなく、はたしてそれを映画などとよんでよいものかもわからぬような武藤が監督したというとるにたらない自主製作八ミリフィルムにおさめられたそのふるまいから、いくらか不意を衝《つ》かれたばっかりに関心が急激にたかまってからというもの、注意ぶかい獣のような視線で彼女の挙動を捉えるようにはなったのだが、それにしても自分は、「見るひと」であり「想像する」ひとである領域をけして逸脱することがないのだと、彼はおもう。それでは本人とじっくり話をしてみようという気になり、唯生はSホールにツユミがやってくるのを待った。彼は受付でチケットをもぎりながら待ちつづけた。その一週間後、彼の願いがつうじたのか、とうとうツユミが姿をあらわした。休憩時間をうまくあわせて、わざと

らしく邪魔だてする喜代三と武藤にへたなごまかしをいい、なんとか昼食をともにすることができたのだった。しかし、中華料理屋で彼女の口からききだせた言葉は、「五目焼きそば」と、「いただきます」と、「ごちそうさま」と、「ありがとう」だけであり、それ以外はやはり、「アハハアハハ」という、だれかを真似たような特徴のある笑い声ばかりであった。

おだやかな眠りにつくために、唯生はツユミを想像した。けして、発作的な性欲に襲われ、それを満たすべく自慰行為へとうつり、速やかに快楽の頂点へいたる想像上の手助けをうけるために、頭の中へひろがりだす薄い絹をとおして見るような、ぼんやりとしたイメージ内へと彼女を登場させたわけではない。その気もないのにおもってしまった武藤のイメージから味わった苦にがしさを払いのけるためという理由もあったが、もはやそんな理由はなんの意味もなくなってしまった。「恋」のイメージの名のもとに、おもいうかべた当のそれは、彼をしらけさせるばかりであった。その結果、唯生は眠気をわすれた。唯生の想像は、彼自身をいくらも快い風土へと引き寄せてはくれず、ただ事実確認に終始するのみで、彼の抱くツユミの印象を膨らませもしなければ隙間をうめてもくれなかったのだった。なにかへたとえてみるにもおよばない、想像されるツユミ本人はまことに貧相なイメージのままであり、映画にでていた彼女の姿ばかりが際立っている。ツユミ本人のイメージと映画にでていたツユミのイメージとは、しだいに通底しなくなり、それぞれ個個に閉ざされてしまう。こいつは手に負えない女になりそうだと、なんとか比喩に逃れ、印象にひとつ区切りをつけたところで納得してしまいたいという思惑から、唯生はそうおもってみるが、しかしそれはただ自分がもつツユミについての知識があまりにも量として乏しいため、あたかも彼女が「神秘のヴェール」をかぶっているかのようにちょっとした魅力を感じているだけではないかという気がする。これから彼女にまつわるいろいろな情報を得ることで、いつか自分はあらゆることを納得したつもりになり、彼女のふるまいのいっさいに、なんら特別な装飾を最初からあたえずに、積極性を排して、視線をむけることになるだろう。そうおもうと、まるで食事するまえからあれこれ食べ物を想像しているうちにじっさいに食べ終わった気を起こしてしまうように、想像にすぎぬものを現実に体験してしまった事実のごとく実感し、関心は薄れてしまい、唯生はツユミの姿を、彼に心地よい動揺をあたえた女優たちとおなじように、虚構の側へとおくりかえし、この世にはありもしない亡霊にすぎないものだとして、なんの感慨もなく、眠気とともにわすれてしまうのだった。このようにして唯生が想像したツユミへの「恋」のイメージは、「人間」や「自己」のように、あっさりと消滅してしまった。それははかなくも、永遠に開花すらしそうもない、徒花《あだばな》の蕾《つぼ》みのような「恋」であった。

とまあこんな具合に、驚くべき単純さを発揮する唯生は、いくらかナルシスティックに、ツユミにたいして抱いていた「恋」かどうかも判然としないおのれの感情を、わすれることにした。無論わすれることにしたとはいえ、本人と顔をあわせてしまえば、ふたたびそれに似た感情がわき起こることがあるかもしれないが、ただ、彼が魅力を感じていたのは映画にでていたツユミであり、実物と会ってもあの笑い声によって、関心のたかまりはふたたび遮断されることになるだろう。しかしそれでも、こころの片隅でじっと機会をうかがいながら、またぱっと膨らむのを望みつつ、その感情が潜みつづけることにはなろうが。ところで眠れなくなってしまった唯生はその後どうしたのかといえば、やはり彼は「読書のひと」となった。いぜんから購入してあった『ドン・キホーテ』を、唯生は読みはじめていた。そして、文庫本のページをめくりつづけているうちに彼は、さらに眠れなくなってしまったのだった。

『ドン・キホーテ』を読みだした唯生が眠れなくなってしまったのは、この書物が滅法おもしろいものであるからという理由もたしかにあるが、より彼を睡眠から遠ざけることになったのは、物語を読みすすめてゆくうちに、主人公のドン・キホーテ・

デ・ラ・マンチャが眠らない人物であることを知ってしまったからだ。無論、「ものまねのひと」であることを自覚した彼が、真の物語の主人公が示した態度を模倣してみたまでのことである。しかし眠らないことばかりが模倣なのではない、唯生がこの「最後の騎士道小説」における主人公を模倣する行為それじたいが、すでに模倣なのだ。いわば二重の模倣なのである。それはいうまでもなく、ドン・キホーテ自身が、「模倣のひと」であるからなのだ。

「模倣のひと」であることを決意した唯生は、とてもすがすがしい気分につつまれていた。なんとなくいつもついてまわった後ろめたさが消えた。これは倫理の書であり啓示だ、なにかに急き立てられるように唯生は、『ドン・キホーテ』をそのようにたとえた。さらに彼は、自分はまちがっていなかったのだという確信を得た。なにがまちがっていなかったのか。模倣を徹底させることが、自身を「特別な存在」へとちかづけてくれるのだという判断が、である。ところで、唯生は「狂気」というものには慎重な態度をとる男であるとはるかさきで述べられたが、彼が「精神病」だとかにについてとくに知識が豊富であるということではなく、むしろ詳しいことをなにも知らないのだから慎重にならざるをえないのだということである。彼はジグムント・フロイトの著書すら読んだことがない。その彼がいま、『ドン・キホーテ』の物語のなかで描かれている「狂気」を模倣することにつよい意欲を示した。「狂気」ということについてほとんど無知に等しい彼は、どうやらそれはたいそう「特別」なことであるらしいと、まるでロマンティックな夢でも見ているかのように、おのれが途方もない「気違い」へと変容する輝かしくもばかばかしいイメージを脳裡に描きながら、わけもわからず激しい興奮と緊張をおぼえた。「特別」であるということは「気違い」であるということだ、頭に血がのぼった唯生はそうおもい、自分は「気違い」であらなければならないと考える。そういえば『ヴァリス』のディック＝ホースラヴァー・ファットも「気違い」だった。では自分が「気違い」＝「特別な存在」になるためにはどうすればよいのか。考えるまでもないだろうと、唯生はうそぶく。自覚と模倣、それは唯生にとって呪文の言葉のように脳中へ響きわたった。たとえば『ヴァリス』には、このような記述がある。

精神病の第一徴候のひとつは、自分が精神病になっているかもしれないと思うことだといってよい。またあらたなフィンガートラップ。一部にならないかぎり考えることなどできない。狂気について考えることによって、ホースラヴァー・ファットはしだいに狂気におちいっていった。

さらに『ドン・キホーテ』において、「善人」アロンソ・キハーノがドン・キホーテと名乗るようになり、つづいて「気違い」とよばれるようになるには、あらゆる「騎士道小説」に読み耽り、そこに登場するさまざまな虚構の騎士たちをモデルとした徹底的な模倣の姿勢が必要とされたのであり、それがアロンソ・キハーノ＝ドン・キホーテを「遍歴の騎士」として自身があるという妄想を超えたたしかな自覚へとみちびいたのであった。まさに「同一化」がすべてを可能にする。「特別」であることの条件をどの程度おのれが備えているのかを捜し出すのではなく、すでに「特別な存在」としてあるものを徹底して模倣すること。やはり、それこそが自分を「気違い」へ、または「どれとも似ていないもの」へ、あるいは「差異」へ、さらには「単独者」へ、つまり「特別な存在」とよばれる山脈の頂点へと辿《たど》り着かせてくれるのではないか。「春分の日」的なものであるホースラヴァー・ファットが、「狂気について考えることによって」、まるで「ミイラとりがミイラになる」ように、または「木菟《ずく》引きが木菟に引かれる」ように、あるいは「人捕る亀が人に捕られる」ように、さらには「羊の毛を取りにいって自分の髪を切られて帰る」ように、「狂気におちいっていった」というのなら、「秋分の日」のひとである自分もまた、「特別な存在」についての「考える」ことを、これまでにも増して積極的におこなわなければならないだろう。いまや唯生のなかにあらゆる人種が居をさだめた。「映画のひと」、「読書のひと」、「模倣のひと」、「陳腐なひと」、「恋する男」のほかに、「考えるひと」が加わったのだったが、それらはまだ、彼を「狂気」の側へと引き寄せるにはいたっていない。

唯生は、自身が「気違い」となるためには『ヴァリス』におけるディック＝ホース・ラヴァー・ファットや『ドン・キホーテ』におけるアロンソ・キハーノ＝ドン・キホーテのように、自分とはべつの人格、もしくはべつの名前が必要であるとおもいついた。たとえば大江健三郎の『ピンチランナー調書』において、「お互いが同年あるいは一、二年の差の真の同世代であることを認知しあった」という「東京大学の理学部と文学部をそれぞれ卒業し」ていて、ともに「まったく同じ部位に頭蓋骨欠損」がある小学生の息子をもつ、いわば分身どうしのようなふたり、そのひとりである「僕」を、いまひとりの森・父が、これから出掛けようとしている「奇想天外」なものとなるであろう「新しい冒険」が、「それこそ気の狂った幻影」となってしまわぬよう、自分の「行動と思想を、あらかじめ『調書』にとっておいてくれる認識者」である「幻の書き手《ゴースト・ライター》」として必要としたように、唯生はもうひとりの自分をもとめた。もっとも彼の場合は「それこそ気の狂った幻影」となることを、とりあえず望んでいるようではあるが。さて唯生は、彼自身から分裂したべつな人格、もうひとりの自分を、はたして得ることができたのか。それはいったいなにものなのか。いうまでもなくそれは、語り手であるこの私にほかならない。唯生が虚構の存在であるように、むろん私も「幻の語り手」にすぎないわけだが、さらに私は、彼が「気違い」となるためによびだされたもうひとりの唯生なのであり、二重に「幻影」であるということになる。といってもそれは私が勝手に断定しているだけなのであり、そもそも唯生のほうが、私のつくりだした私自身の幻のはずであった。だがこの物語は、彼の物語であって私の物語ではない。だから私と唯生のどちらがその影となるかを決める主導権は、とうぜん唯生の側にあるべきだ。いや、そうではない、それは出鱈目だ、たとえ唯生が物語の実権を握っているにせよ、語り手である私は、いかようにも話をすすめられるのだから、むしろこういいなおすべきだ、主導権などだれの手にもわたされてはいないと、つまり私はできるだけ説話的な誘導権を放棄したい、それはおそらく最終的には語ることをやめてしまえばよいのだろうが、にもかかわらず私の欲望装置は活発なその機能をやめない、それならば私は、かぎりなく無意志的に物語を語りつづける術を取得しなければならないだろう、無論そこにもなんらかのかたちで説話的な操作がはたらくことはまぬかれまい、じつはこれまでも何度か直線的な物語の進行からの逸脱を試みてはいたのだが、私自身の気の弱さからであろう、歩みはやはりもとの道へもどってしまっていた。しかし、だからといってここで私か唯生かに勝者の軍配をあげてみたところでなんら事態の解決にはいたらないだろうから、私、あるいは唯生は、どちらかが真の「気違い」となるまで、その物語をつづけてゆかなければならないのではないか。

恐ろしいことになってしまったが、仕方あるまい。もう引き返せない。私は、彼が自身にあたえるもうひとつの名前をうけいれなければならないだろう。私につけられるあたらしい名。とはいえ、いぜん私は、中山唯生という名前は出鱈目につけた嘘の名であると述べた。ならば唯生は、ここでわざわざもうひとりの自分にあたらしい名をつける必要はなく、私が本名をあかせばすむことになる。私の名前は重和といい、友人らからはシゲとよばれている。いくらなんでもシゲではかっこがつかないと、唯生は、私をSとよぶことにしようというのだが、むしろそのほうがかえってかっこ悪いのではないかと私はおもった。けっきょく私は、唯生によってSとよばれることになったが、せめてもの抗《あらが》いから、アルファベットではなく片仮名で、自分をエスと表記することにしたのであった。

エスよ、と、まるで日刊ゲンダイに連載されている劇画『やる気まんまん』の主人公が、その絶倫ぶりで活躍する「オットセイ」という名のついたおのれのペニスへ、「オットよ」と話しかけるように、唯生は私に声をかけた。そのとき彼はSホールで美術展の場内警備をしている最中であった。すこし離れたところでは、催事の担当者である社員の笠原という男が客と話をしている。『ドン・キホーテ』を読んでいた唯生は、ドン・キホーテの「従士」であるサンチョ・パンサにあたる人物が、自分にも必要なのではないかといって、私に判断をもとめた。

——どうだ、エスよ。こういうキャラクターはぜひとも必要じゃあないかね？　あるいはおれのサンチョ・パンサはむしろ男じゃなくて女でもいいんじゃないかともおもうんだが……

そういう唯生に、エスである私はこうこたえた。

——いや、あまり必要だとはおもえない。それが男でも女でも。しかしおまえがどうしても必要だというのなら、サンチョ・パンサの役はこのおれが引き受けよう。

唯生は不満であるらしく、だからといってすぐには反論しなかったが、ほんの三十秒ほど黙り込んでから、

——考えてみたが、おれもいまはそれがいいとおもうよ。なぜならそんなやつは簡単に見つかるはずはないからな。だからとりあえずおまえに任せるよ。ただしあたら

しいやつが見つかったら交替してもらうけどさ、男か女かはわからないがね、

という妥協案を口にした。

私は、男だろうと女だろうと見つかることはないと決めつけ、いいだろうとこたえた。

笠原が、「静かにしろ」と眼で合図している気がする。唯生は一度そらした視線を笠原へむけたが、むこうの視界から自分がはずされていることを知り、彼は本へ眼をおとした。考えてみれば自分は一言も声を出してはいなかったと唯生はおもい、『ドン・キホーテ』を読みすすめようとしたのだが、通路側から話し声がきこえていることにはじめて気がつき、そういうことか、とこころのなかでつぶやいた。聞き耳をたててみると、話し声の主はアルバイトの石田卓也と戸村真貴であることがわかった。石田という男は「人気者」武藤が映画学校生のころにつくった自主映画製作集団に属する美大生であり、戸村は喜代三の後輩である。つまりふたりともあの「芸術家予備軍」とよばれるひとたちだ。だから会話の内容もそれにふさわしく、もっぱらアートな話題に終始しているようであった。コンピューターがどうだとか、麻薬がどうしたとか、ダンス・ミュージックはこうだとか、自然保護がなんだとか、ホモやレズやSやMはどうだとか、アート的な、——もちろんそれは風俗的といってもよいのだが

――そんなことの「最新情報」を、「真剣さ」ということに嫌悪でも抱いているように適度な「だらしなさ」を装いながら、時間という概念をまるで欠いているかのようにいつまでも話しているのだ。彼らにとってSホールは、アルバイトの仕事場というよりも「サロン」といったほうが適切かもしれないと、唯生はおもう。ふたりの会話をきいているうちに、武藤の名を耳にした。どうやら武藤が十六ミリキャメラを購入したらしく、あたらしい映画を企画しているようである。唯生は、自分とツユミの映画を撮ろうといった武藤の言葉をおもいだした。冷淡な女とだめ男の映画。武藤が企画中のあたらしい映画とは、それのことなのだろうか。夏のいちばん暑い時期は、もうすぐだ。自分は「だめ男」として、フレームのなかへおさまるべきだろうか。唯生は、あのオムライスをつくりつづけた冷淡なツユミと、もういちど遭遇できるかもしれないと、いくらか淡い誘惑にとらわれていた。

——気違い！

その声は、石田のものであった。唯生は、おのれが巨大な一輪の蘭かなにかの花となり、その声に反応して瞬時にぱっとすべての花弁を開かせたように感動した。そうだ、おれはいま「気違い」なんだよ。唯生は、機械的に全身の筋肉がきゅっと引き締まるのを感じながら、声をださずにそういったのだが、しかし石田がいっているのはもちろん彼のことではない。

——あのひとは気違いだよ、ほんとにやることが狂ってるんだ。アナーキーなひとですよ、あのひとは。ジャンキーだし。バロウズとか好きでしょう、むかしから。また冬に外国いくらしいけど、どこだったかなあ、こんどは……

石田のいう「あのひと」とは、スチール写真のキャメラマン助手をしていて仲間からは雪ちゃんとよばれている喜代三と同棲していたこともある男のことであり、その男は、いぜんSホールでアルバイトをしていたときに武藤と知り合って意気投合したらしく、それいらい例の自主映画製作集団のひとりとなった。雪ちゃんは、武藤の映画製作グループへ、写真をやっているからキャメラマンで参加したというわけではないようであり、石田が「ジャンキー」で「ほんとにやることが狂ってる」といっているように、「怪物」志望者たちとしては彼のそうした「アウトサイダー」風の生活態度にことのほか共感したのだそうで、その「存在感」の充実ぶりがじつに魅力的なので画面に締まりがでるはずだという武藤の意向から、おもに出演者として撮影に関わることが多かった。その雪ちゃんが「やる」という、石田がいうような「狂ってる」こととは、せいぜい待ち針をつかって「尿道オナニー」をするとか、酔っ払ってか麻薬をやりながらか、自分の親指にできた硬い疣《いぼ》を携帯用のナイフで削っているうちに、力がはいりすぎてその親指の先はんぶんほどまで削りとってしまったということがきっかけとなり、疣がふたたびできるたびに肉が表面にあらわれるまでナイフ削りをやめないという特殊な癖をもつようになったとか、ウィリアム・シェアード・バロウズが自分の妻を誤って殺してしまったといわれる「ウィルヘルム・テルごっこ」を真似て、同棲していたころの喜代三の頭のうえに的をおき、ダーツの矢を投げて遊んでいたとか、麻薬売人であるアラブ系人種の男を庇《かば》うために警官から追われながら代々木公園を全裸で走りまわったとか、そんなような他愛のないことだ。しかしそんな他愛のないことでも年下の石田のような連中にはたいへん親しまれ、武藤とともに雪ちゃんは、そんな連中からある種の敬愛にちかい感情を抱かれていた。雪ちゃんが武藤よりも「まし」であるとおもわれるのは、そうした「狂ってる」と評されるいくつかの逸話が、武藤のようにほとんどが嘘や本で読んだことではなく、いくらか誇張はされていたとしても、どれもじっさいの経験にもとづいた話であるという点だろうと、考えるひともいるであろうが、自分はそうおもわない、どちらも似たり寄ったりだ、それがほんとうの経験であれ嘘にすぎない架空の話であれ、等しくおのれを「特別」なものへと仕立てあげねば気のすまない身のうちでたえずはたらきつづける欲望によってつき動かされて語られていることにかわりはなく、その欲望がそれぞれの行為じたいを可能にしているのであり、自分も同様であると、唯生はおもうのだった。それはなにか、おのれへの慰めにも似たおもいであった。

石田と戸村の話によると、仕事の都合や、Sホールのアルバイト時代には同棲していたほどの間柄であった喜代三との別れがきっかけで生じた諸もろの厄介ごとを回避するために、しばらくSホール周辺や映画製作グループのもとへ顔を見せなかった雪ちゃんが、最近になってひさしぶりに武藤と会って話したところ、あたらしく企画中の映画製作に参加するかもしれないとのことだった。

——じゃあいま仕事してないの？　雪ちゃん。

——金たまったからしばらく休むらしいよ。それに、武藤くんと十六で映画撮ろうっていうのはまえからいってたんだよね、おれらも一緒に。こんどのやつはけっこうみんな本気で狙ってるから、十六だし、雪ちゃんいるし、すげえよ、きっと。

石田はそうとう浮かれているようであった。それとは対照的に、唯生の耳へはいる戸村の声は極端に冷静なものなので、彼はおもわず「恋」をしてしまいそうだった。

——でもけっこうもめそうじゃない、喜代三ちゃんいるしさあ。あのひとたちってきれいに三角関係でしょ、ばかみたいにうまくいかないよね。それに雪ちゃんてさあ、ぜったいあたらしい彼女いそうだし、また喜代三ちゃん泣いちゃうんじゃないの。

「きれいに三角関係」とはどういうことか。それは、喜代三は別れても雪ちゃんに惚れており、そんな喜代三に武藤が惚れてしまっており、雪ちゃんは喜代三に惚れてはいないというだけのことで、つまり喜代三が武藤に惚れているのではないかとにらんだ唯生の推測はまちがっていたということだ。誕生日のプレゼントは、武藤に借りがあった喜代三の、遅ればせながらのお返しであった。もっともその借りとは、雪ちゃんとの間に起きたいざこざを武藤が仲介しておさめてくれたことを指したもので、そのときいらい、武藤は喜代三へ熱をあげてしまい、その気もないのに喜代三は武藤とつきあうようになったのだが、彼女にとっては雪ちゃんの代理のような存在にすぎないのだった。戸村は、その三人がふたたび顔をあわせてはただですまないだろうと、憂慮しながらも、どことなくなにかを心待ちしているような話し方だった。

気がつくと、笠原が自分をじっと見ていた。となりの客までが、小馬鹿にするような笑みをうかべて笠原の話をききながらこちらへ視線をむけているので、アルバイトの仕事内容でも説明しているのだろうと、唯生はおもった。いったいなんの客だろうかと考えてから、気にせず彼は、もうすぐ読み終えるはずの『ドン・キホーテ』に眼をおとした。ふたたび読書しはじめた自分が、つよく非難をふくんだ眼で凝視されている気がして、一度おとした視線をなにげなくあげてみた。五、六メートルさきで、まさにつよい非難の色をおびた凝視する瞳を、笠原と客がそろってむけていたのだった。それがなぜなのか理由は考えず、唯生は、かまわずに読書をつづけた。

「考えるひと」唯生は、読了した『ドン・キホーテ』について私と話しあった。その会話の結果、彼の感想はつぎのようにまとまった。

夥《おびただ》しいほどの諺を駆使してだれとでもおもしろおかしく会話する饒舌な男サンチョ・パンサは、終始一貫して人間社会における階級制を批判しつづけていたのだととりあえず指摘し得る。階級制＝差異を消してゆき、あらゆるものごとを同一性のなかへ収斂《しゅうれん》させてしまうサンチョ・パンサが口にする数かずの言葉や彼の思考は、「主人」ドン・キホーテの考え方とは異なるものであり、反目すらしているようだ。それはかならずしもたとえとして捉えるべきではないだろう。サンチョ・パンサはどんなときであれ「主人」へ懐疑的にふるまうことをわすれない。「言葉」への関わり方という点からドン・キホーテとサンチョ・パンサとの間にはっきりとした相違を認めることは容易いことだ。それはとりわけ、それぞれの思考のモデルとなる対象がいかなる手段で彼らに伝達されていたかという点にあらわれる。読み書きのできぬサンチョ・パンサが得てきたさまざまな知識とは、もっぱら彼が長年にわたって耳にしてきた「話し言葉」によってかたちづくられたものであるとすれば、アロンソ・キハーノからドン・キホーテへの転身を可能としたのは、彼が読み耽ったあらゆる「騎士道小説」という紙面に記された言葉、つまり「書き言葉」なのだ。それがひとつのおおきなちがいであると、とりあえずはいえるだろう。さまざまなできごとの認識の契機となる「言葉」への接し方の点で、ふたりの間にはある種のずれが存在しているはずである。そしてドン・キホーテが物語の主人公という孤立した状況を歩まなければならないのは、彼がそのずれの拡がりを生きているからではないかとおもえるのだが、それでは、ドン・キホーテとサンチョ・パンサとの間にあるずれが、物語のなかでかみあわさるときは、はたしてやってくるのだろうか。

サンチョ・パンサがあらゆる事態とむかいあうときに見せる態度は、いずれにおいても経験論的な立場から示されたものであり、彼はたとえば階級だとか、あるいは才能だとかの先天的特質を人間は所有しえているのかどうかという問いの最終的な判断をしりぞける。そして彼はこんなことをいうのだ。

「ただ、わしにわかっているこたあ、わしは眠っている間は恐ろしさも希望も苦労も誉れもなんにもないということだけでさ。この人間のもの思いというもの思いをおおってくれる外套、空腹を取り去ってくれる食べもの、のどの渇きを追い払ってくれる水、寒さも暖めてくれる火、熱さも忘れさせてくれる涼しさ、早い話が、なんでもかんでも買える世界に通用するお金、王さまも羊飼も利口者も馬鹿もおんなじにしてくれる秤《はかり》か、錘《おもり》とでもいった眠りというものを作り出した人は、まったくありがてえと思いますだ。……」

このような発言から、サンチョ・パンサという男の平等主義的な側面がうかがえるのだと、ひとまずいうことができる。このほかにもサンチョは、身分や血統にささえられた階級的な地位を保証されているものであれ、なにがしかの才能にめぐまれて社会のなにかに役立ち得ると認められているものであれ、そのいずれもが「神＝自然」のまえではその特権性を無効とされてしまい、ただの人間でしかないことが暴かれるばかりであるというような言葉を口にするのだが、しかしそれはなにも民主主義的な平等思想などというものではなく、いくらか唯物的な視点による彼なりの認識として捉えてみたほうが、はるかに有意義なのではなかろうか。

ところで、さきの発言にはつづきがある。サンチョはこのようにつけくわえているのだ。

「……もっとも眠りにもただ一つきずがあるだ、わしは人の話で聞いてるだが、そいつはよく死ぬってことに似ていることで、現に眠っているやつと死んでいるやつとはほとんど似ているからでがす」

さて、このようなサンチョの言葉をきいた「主人」ドン・キホーテは、それまでの怒りを静めて彼の「従士」を褒《ほ》めたたえる。それはなぜか。小説のなかでは、「ついぞおぬしがこれほど上品に話すのを聞いたことがないぞ」とドン・キホーテがいうだけで、具体的な理由は描かれていないように見えるが、しかしそれは直截的にではないにしろ、物語の最後にあきらかとなる。そのときこそ「主人」と「従士」の間に存在したずれが、しっかりとかみあうはずだ。ここでは、サンチョ・パンサの言葉からドン・キホーテがうけとった「上品」さとはどういうことか、はっきりと指示することはできないが、それをべつな言葉でいいあらわすことはできるとおもう。

ドン・キホーテは、眠りというものをつねに拒みつづけ、寝床を嫌い、怪我をしたり病に臥せったとき以外は、みずからすすんで就寝することはめったにない。それどころか食事することもほとんどない。彼は睡眠や食事という「日常生活」というものを積極的に拒絶しているのだ。むろんそれはドン・キホーテ自身にとって自然なことである。「遍歴の騎士」が描かれたさまざまな「騎士道物語」のテクストにおいて、「騎士」らが眠ったり食べたりするその「日常生活」的な描写をひとつも読んだことのない彼が、「遍歴の騎士」にふさわしくあろうとして物語に忠実な態度を示したわけである。それはいわば物語の主人公としてあるために「日常性」を排してゆく形式化の試みであり、「人間」であることの放棄にほかならない。あるいは「特別」であろうとするものが、「王さまも羊飼も利口者も馬鹿もおんなじにしてくれる秤か、錘とでもいった眠り」にいいあらわされるような差異の消去に、我慢ならない感情をおぼえたためだともいえるだろう。いずれにしろ、物語を模倣することで自身を「遍歴の騎士」に仕立てあげ、差異の消去に憤りながら「人間」であることを放棄する旅へとでかけ、「気違い」とよばれるにいたるのが「前篇」のドン・キホーテであったのだが、「後篇」では、事情がまったく異なってしまうのである。

「後篇」においてドン・キホーテが参照することになるのは「前篇」における自分自身である。「前篇」が刊行された世をふたたび旅する彼は、すでに「遍歴の騎士」ドン・キホーテとひとびとに知られた存在であり、こんどの旅ではおのれ自身を模倣し反復してゆくことになるのだ。彼をとりまく状況は「前篇」のころとはだいぶ異なり、周囲のひとびとは彼を「気違い」だとおもいはするが、同時にその聡明さにおどろき、狂人あつかいするどころか立派な「遍歴の騎士」として素直に接し、そうした周囲のひとびともなんらかの役柄を彼ドン・キホーテにあわせて演じてみせる。だれもがなにかになりかわり、まるで「なんでもかんでも買える世界に通用するお金」のように、皆がみな、臨機応変に役をうけいれる時代の到来、階級制にささえられたわけでもなく、テクストに従うわけでもなく、気分しだいで自分いがいのなにものかになることのできる世の中が、「後篇」の世界なのである。じっさい「後篇」に登場する人物たちのほぼ全員が自分ではないだれかを装いながらドン・キホーテとサンチョ・パンサのまえに姿をあらわし、嘘や出鱈目を彼ら以上に口にするのだ。そうした時代をひらいたのは皮肉なことに、物語に従ってみずから「遍歴の騎士」に生まれかわったドン・キホーテとその「従士」サンチョ・パンサ自身であった。象徴的であるのは、ドン・キホーテが同郷の「得業士」サンソン・カラスコ演じる「銀月の騎士」に決闘で敗れ、「騎士」の権利を剝奪されるところである。もはや、先天的なものの特権が有効性を欠いた時代が迫っている。ドン・キホーテは物語の最後に、あれほど嫌悪した寝床へと横たわり、いぜんの自分、「善人」というあだ名をもつアロンソ・

キハーノをうけいれる。それは「前篇」において「遍歴の騎士」となるためにみずから放棄した、なんでもないただの「人間」へとたちかえることであり、それは物語における主人公の死を意味する。つまり、それこそがサンチョ・パンサのいう、「眠り」＝「死」なのであり、ドン・キホーテ＝アロンソ・キハーノは、「人間」であるおのれをとりもどし、「気違い」であることをやめた三日後に、緈切《こときれ》るのだ。サンチョの言葉は予言として機能していたわけであり、また、ドン・キホーテがそれにうけとった「上品」さとは、物語とかかわるものの倫理にほかならない。おどろくべきことに、「従士」の言葉を「主人」がそれと意識せぬまま体現してみせるという逆転現象によって、ふたりの間にあったずれがかみあうのだ。倫理、それは「特別」であることから離れて、「日常性」の側へと赴くものに必要とされる「死」の覚悟である。その「死」とは、文字どおりに生命の途絶えばかりを意味するわけではない、いわば「実存的」な問題にかかわる、あらゆる形式化の果てに残されたものを最終的に放棄した瞬間にしか獲得することのできない、見るものすべてが未知である、「人間」から生まれかわった赤子のもつ無垢な視線がたえず感じる、「かつてあじわったことのない深甚な」緊張なのではないか……

ここまでで、ノートにまとめられた『ドン・キホーテ』の感想文は途切れていた。

つまり私は終わりまで読んだということだ。唯生に、これは「ブルース・リーについて」とおなじことを書いているだけだと、私はいった。そういわれた唯生は、とくに気を悪くした様子も見せず、そうだ、と私に言葉をかえしたあと、照れたような表情をつくりながら、自分は八〇年代について書いてみたつもりなんだが、とつけくわえた。私は、そう唯生がいったことになんら根拠を見いだせなかったのだが、とはいえ納得できないこともなかった。九〇年代にはいったばかりの今日までに、彼が「自我」とよべるものをとりあえず得て生きたのは、八〇年代のほかにはないからだ。だから唯生が八〇年代について書いたというより、彼自身が八〇年代的であるほかないのである。

どうすればいいのだろうかと、唯生は考えていた。「特別な存在」へと自分を仕立てあげることはやはり馬鹿げているのだろうかと、彼はおもうのだが、しかしそれを推しすすめぬかぎりは、「日常性」へとむかうことは許されない。わかってはいながらも、考えのうえではまたしても——ツユミのことを想像したときのように——すでに実行してしまった気になり、だらしなく中途半端に「人間」へとたちもどろうとしてしまう。これは悪い性格だと唯生はおもった。そんなことならいくらでも自分にたいして判断を下せるのだ。自分をいちいち認識してくれるものがやはり必要であると、エスである私がよびだされた。どうすればいいかと、唯生はきいた。私は、どうもこうも考えるまでもなく、私か唯生のどちらかが真の「気違い」となるまで、おのれの物語化をつづけなくてはだめだとこたえた。すると彼は、

――しかし、たとえおれとおまえのどっちかがほんとうの「気違い」になったとしても、それはだれが認めてくれるんだ？　おれとおまえで正気なほうか？　そんな馬鹿な話はないだろう、おれとおまえはひとつなんだから。もしくは、おれたちを「気違い」だとよんでくれるやつがあらわれるのを待つのか？　ほんとに「気違い」になったらだれも待たないよ。それに、もしもおれたちが確実に正気じゃあなくなったとしたら、そのあとはいったいなにができるんだ？「日常」へは帰れるのか？　こんなことをいうのも、おれは『ドン・キホーテ』の感想文を書いてるうちに、「気違い」というのは不可能じゃないかという気がしはじめてきたからなんだよ、

などというのだ。

なんと意志のよわい男か、とおもいはしたが、「気違い」が不可能というのは正直なところ私自身の予感でもある。けっきょく私は、つぎのようにいってお茶を濁すことにした。

――だが、こうも考えられるだろう。おれとおまえがこうして話している、つまり

おまえがべつの人格であるおれをでっちあげてあたかもふたりで会話している気になっているることじたいが、すでに「気違い」である証拠なんだと。おまえはもう狂ってるといっていいんじゃないのか。

しかし唯生は、

――そうだとしても「気違い」なのはおれじゃあなくおまえのほうだよ。おれはなにも「自覚」してないわけだから。それにここでじゃあおれはもう「気違い」だと納得してしまうのはやっぱり不徹底でしかないね。宣言すればだれでもなにかに成れるってもんじゃあないとおもうから、大袈裟だけどこれまでそれなりに四苦八苦してきたんだから。というよりおれは「気違い」であるようなことをまだなにもしてないよ。ちょっと考えただけだ、

と、まくしたてるように喋りつづけ、納得などしてはくれなかった。

それなら「気違い」じみたことをなにかやればいいだろうと、私は半ばなげやりにいったのだが、唯生はふたたび、それを認めてくれるものがいないと、駄駄をこねるようにいう。私は苛つき、こんなやつとはつきあいきれないとおもいながら、なんの根拠も確証もなく、こんなことを述べていた。

――おまえかおれが「気違い」だと認めてくれる人間がいたよ、ツユミだ。なぜな

らあの女も「気違い」だからだ。「気違い」が「気違い」を指摘できるのかおれは知らないが、「気違い」どうしのコミュニケーションというものがあるはずだよ。蜘蛛というのは「気違い」だそうだが、その蜘蛛どうしが、張りめぐらされた巣のうえで、糸のゆれを奪いあうんだ。だから彼女と武藤の映画にでて、真の映画的な主人公の座を奪いあえばいい。おまえが「気違い」であるとわかったら、彼女はなにか言葉をいうかもしれないぞ。

私の出鱈目な意見に、唯生はいくらか感心した様子ですこしばかり考え込んでから、静かに口を開いた。

——いい考えではあるね、それは。なぜ彼女なのかはわからないけど、でも実感はできるよ。たしかにツユミという女は「気違い」だ。むしろそのほうが便利だね、おれとしては。しかし賛成できないのは彼女と争うということだ。彼女は「春分の日」的なものというわけではないんだから、なにも争うことはない。一緒に演じてみればいいだけだよ。

このようなことを、われわれはいつまでも話しあっていたのだった。唯生と私が、こんなのんきなことを話していられたのも、「小春日和」がつづいていたからだ。世の現実が「小春日和」なのではない、唯生や、ひとびとの意識が、春の陽光につつまれているような穏やかさを仮構していたのである。そして、「想像上の恋」が実ることなどないように、仮構された穏やかさもあっけなく崩れ去る。「聖なるものはきみが一番期待していないところに侵入する」ように、それはほんの些細なものの衝突によって砕け散る、いたって脆《もろ》い代物なのだ。いま、「気違い」とは、はたして可能であるのか。

闇が、ゆるやかにときの推移してゆくなかで、その暗さを徐徐に曖昧なものとしてゆき、慎ましくも辺りの風景から身をひこうとしており、一日のはじまりがなしくずしに告げられる。いや、それはけして慎ましさから見てとれる様子ではない、一年の風景を半分にわけあう光へ、その覇権が移されて、なんら意志の介在する余地などないままに、すべては透明で機械的になされるのであったが、しかし一目みただけではメカニカルな構造などどこにも見当たらない。なしくずしであるからには闇のときと光のときとが断絶する苛酷な一点が一日のうちに二度ほど用意されているわけではなく、相反するはずのそれらは対立など身に覚えのないことだというように、ひたすら混ざりあいながら他へと移行してゆくことしか知らないのだ。その闇から光への物理学的変化が普段とかわらず律義にとりおこなわれ、異なるものどうしが混ざりあう曖昧な青さによって昼と夜との和解がとうとう成立したのかと錯覚を抱かせてくれる時間、つまりそれは早朝とよばれるときである。早朝、私の唯生はTシャツと短パン姿でいま、運動靴の紐をむすんでいるところだ。部屋のドアを開け、アパートを背にして眼のまえの道をかるく左右に首をふって眺め、適当に屈伸運動してみる。なぜこんなにはやく起きる必要があったのか、当人もよくわからないのだが、じつは睡眠をほとんどとってもいないのだった。彼は「模倣のひと」であることにこだわっているわけだ。しかし、アルバイトにでかける支度をはじめるにはあまりにもはやすぎ、新聞配達がまだバイクの音を住宅街に響かせているこんな時間に、体を鍛えるためにまずは早朝の街なかをジョギングだと、わざわざ起き出てきたのは、「黎明《れいめい》」というひとときが好きだったからか。それもあるだろう、だが、そんな健康的で心地よい清涼な空気と人気のない辺りの景色に身を任せるためだけに早起きするほど、いまの自分はのんびりとした平和な環境に暮らしているわけではないと、唯生はおもう。だいいち、自分は早急に身体を鍛えあげなければならないのであり、それは趣味や健康のためなどではなく、映画にでるためであるからだと、彼は、午前四時にTシャツ短パン姿になって自身が路上にたち、何年もしたことがないジョギングをはじめようとしている理由がようやくおもいだされたという気になる。無論そんなことははじめからわかっていたことだった。だが彼は、こんなふうに考えてみることで、自分がこれからおこなうことにある種の儀式性をあたえてみて、映画の役づくりへむかうおのれを奮い立たせたかったのである。だからいっときも、部屋でじっとしてなどいられないのだと。

ついに唯生は役づくりをはじめた。それはいったいなんのためか。いうまでもなく、武藤のグループが製作する映画に出演することが決まったためである。物語を模倣すること、すなわち徹底して演ずるという行為がおのれの天分であり「特別」さの空域へとわが身を上昇させてくれるのではないかという自身の命題に則って、武藤が監督する自主製作映画に出演者として参加することを承諾したわけだ。承諾、という言葉は適切ではないかもしれない。じつをいえば、武藤は自分のあたらしい作品に唯生を出演させようとは考えていなかった。武藤は、いぜんいった自分の言葉をすっかりわすれていたのであり、しかも、唯生にたいして語った、ツユミとの共演映画の話じたいも、それほど本気で口にしたわけではなかったのだ。そんな武藤のところへ、あたらしい映画を企画していると耳にした唯生が、どことなく深刻な顔つきであらわれて、自分とツユミの映画を製作することが決まったのだとおもいこんでいるらしく、なにも会話がかわされぬうちから、わかってる、ひきうけよう、といったあと、どうも装われたものには見えない真剣な表情でふかくうなずくので、武藤は、こいつはおおきな誤解をしているのだとおもいながらも、ことの発端が自分の不用意な発言にあったことがしだいに自身のなかで判明してゆき、頼むよ、といわざるをえず、だが眼のまえの映画学校同期生にたいしての、あきれかえるほど滑稽な男だというおもいが膨らむのを我慢しきれずに、ツユミの話をしたときのように、大笑いしたのであった。しかし、そこで唯生はさらに自分を滑稽な男として見せたいのか、もちろんそんな気はなくあくまでも真剣にであるのだが、武藤にむかって、こともあろうに自分が映画にでる条件を述べはじめていた。

——まえにいってた「だめ男」というやつなんだが、おれとしてはその役をやりたくないんだよ。だからもしプロットができてたら申し訳ないけど、かえてほしいんだよ、役柄を。それでな、かわりの役柄はおれがもう考えてあるんだ。「気違い」という役なんだがね、これがおれにはぴったりにおもえるんだな。おれはぜひこの「気違い」の役をやってみたいんだよ。いろいろ役づくりのことも考えているところでね、どうだろう監督！

おどろくべきこの唯生のずうずうしさに、武藤はただあきれるばかりであったが、しかしこれいじょう調子にのられてはこまるとおもい、プロットはできていないから

「だめ男」の役はなくしてもかまわない、しかし「気違い」という役は、すでにおおよそ決まっている話の筋には出し難く、ほかの登場人物とのかねあいもあるのでおそらく無理だろうから、それにちかい役柄を考えてみるつもりだが、どうだろう！と、瞳を宙にさまよわせながらおもいつきをいって、唯生をあきらめさせたのだった。

武藤に「気違い」の役を却下された唯生は、それでも映画には出演しなければならないと考えて、「承諾」をしたということなのだ。唯生はしかし、「気違い」をほんとうにあきらめたわけではなく、どんな役柄を指定されるにしろ、問題はそれをどう演ずるかなのだから、決着は撮影の現場でつければよいと、おもいなおしただけであった。とにかく自分は「特別な存在」へとむかう第一歩として、映画という虚構のなかで輝かなければならないのだと、いっそう直線的な思考をはたらかせて、役柄も知らなければプロットも読んでいないうちから彼は、むこうみずに役づくりをはじめていたのである。にもかかわらず、そう唯生が出鱈目だともいえないのは、たとえ「気違い」の役でなくとも、いや、自分の役柄を知らなくても、出演者にそうした準備が必要であるというのは映画にとってあたりまえだということばかりでなく、これもある「特別」なものの教えに彼なりの忠実さで従った行動であるからなのだ。道路脇にほぼ一定の間隔をおいて積まれてあるゴミ袋を視界にうけとめながら、重おもしく身体をゆすって走る唯生は、「秋分の日」のひとである映画女優アンナ・カリーナの言葉をおもう。

ジャン＝ポール（・ベルモンド）が映画の中でやったアクション・シーンは、全部ジャン＝リュックの方が上手でした。もちろん昔のことですけど。とにかく彼は高くジャンプもできるし、水泳も上手だし、スキーもうまかったですよ。その上、彼には、すごい筋肉の持ち主ではないのですが、異常な位に力を出す才能があったんです。何かを成し遂げようとする気持ちが強い人は皆そうでしょう。……彼が俳優たちにいつも要求していたことは、小道具を器用に扱うこととか、同時に台詞を言うこととか、タバコに火を点けることとか、丸太の上を歩くことでした。つまり、生活のなかでやっているように、沢山のことをやることです。彼は無器用な俳優には我慢できなかったようです。いつもこう言っていました。「あなたは稽古が十分ではない」。

「彼」ジャン＝リュックとはだれか、いう必要はないだろう。この言葉は唯生をことのほか勇気づけた。これこそが映画であり、ツユミのオムライスづくりに自分が映画を感じたことが、まちがいではなかったと確信させてくれるのだった。あらゆる動作を器用におこなうこと、それへむけて、唯生はみずからを鍛えねばならなかった。よくいわれることだが、動く画である映画とは端的にアクションなのであり、演技者はその動作＝アクションをかぎりなく洗練へとちかづけることを怠ってはならないのだ。唯生はボクサーのように左右の拳を突き出したり、防御の体勢をとったりしながら、足をやすめずに、公園をめざした。公園は、さまざまな遊戯施設があり、トレーニングには有効な場だ。ぶらさがって懸垂したり平衡感覚をたしかめたり坂を駆けあがったりという基礎的なトレーニングから、いかに迅速な動作であらゆる遊戯施設をその本来の目的にそって利用できるか、という唯生が独自におもいついたサスペンス感あふれる実践的なトレーニングまで、早朝のひとときをきわめて有意義にすごせる、鍛練の場として、彼は公園をえらんだのである。そして、公園に着いても唯生はやすむことを知らなかった。じっさい、彼はよく動いた。「動くひと」になった。一瞬でもとまることは償い難い罪であるとでもいうように。「精密な動作は、初心者であろうと熟練したファイターであろうと非常な量の練習、トレーニングによってのみ達せられる」からだ。雲梯にぶらさがって懸垂をおこない、腕の筋肉を鍛え、そのまま両足をまっすぐにして上げ下げを繰り返して腹筋を鍛え、そのほかの基礎的なトレーニングを終えたあと、役づくりといいながらも彼は、なぜだかブルース・リーの『魂の武器』に解説されている突きや蹴りの技を練習しはじめた。「動くひと」が、ひとりの格闘家となっていった。『魂の武器』を購入した中学生時代をおもいだしつつ、身体のほうも昔に身につけたはずの技をおぼえているかどうかをたしかめながら、唯生は、拳を突きだし、空を蹴った。「あらゆる打撃の基本」といわれるリード・ジャブをうち、ストレート・リード、シャベル・フック、とつづける。「相手の眼を狙う」リード・フィンガージャブは、すばやく「蝿たたき」のようにおこなう、美しいパンチである。美しいといえば、ブルース・リーのフットワークは真に美しい。それはバレエの動きをとりいれた、やわらかで速さのある、雌猫のように繊細な動きだ。フットワークこそは、「截拳道の生命」なのである。踵を地につけてはならず、バランスを崩さずにこまかくステップを踏み、サイドキックをくりだす。脚は自在でなければならない。彼は、靴底で微小な石粒がこすれあうのを感じながら、体勢を保ち、小刻みに跳ねる。もはや闇などどこにもなく、辺りは明るさにつつまれていた。そんなことは気にもとめず、唯生は技の動作を繰り返す。無意識による反撃は、たえざる訓練=反復によってしか生まれないのだから。

ところで、さきほどのアンナ・カリーナが述べたジャン＝リュックの演出に関する話だが、「彼」ジャン＝リュックは、さらにつづけてこうもいったという。

「……俳優は一日に三時間も四時間も稽古しなくてはいけない。労働者は一日八時間働いているじゃないか。俳優は鏡の前で稽古しなくちゃいけない。全ての感情を手の内にいれなくては」

やはり「鏡」であった。ブルース・リーのように、ジャン＝リュックもまた、訓練において「鏡」のまえに立つことを重要視しているようだ。つまりこういうことだろう、そこには「現実の反映」ではない「反映の現実」があるのだと。それはまぎれもない虚構の真実なのだ。ああ！　ついに私までもが、頭に血がのぼってしまった。「現実」の側に立つものが、「虚構の真実」を見つめることで、その身のこなしを洗練させてゆくという、なんと感動的な過程。それはすこしも悲観すべきでない。むしろ奮起すべきことである。唯生は、「全ての感情」および闘いにおけるすべての「型」を、得ることができるのだろうか。「自覚」は、はたして彼におとずれるのか。しかし彼はおもいもしなかったのだ、その公園には、「鏡」がないということを！　しかしそれでも彼は立派に訓練をつづけた。夏休みにはいった近所の小学生や老人たちが、ラジオ体操をはじめようとするなかで、唯生はなにかにとり憑かれたように、恐ろしいほどはやい動作で、遊戯施設を遊んでいるのだ。ちいさな子どもたちがふざけあいながら腕を振りまわしたり背中を伸ばしたりくねくねと動き、年寄りの集団がひたすらゆっくりと上半身をまわして円を描いたりジャンプをしたりのろのろと動くそのちかくでは、唯生が、まるで未来からやってきた特殊な装置を使用する機械人形であるかのように、雲梯にぶらさがって端から端へと超人的なはやさでわたりきったあと、こんどは上にのぼり、つまさきだけでちょこちょこと移動してみせ、ジャングル・ジムをなかから天辺へ蛇のような身動きであがってゆき、そこから飛びおりてブランコへ突進し、立ったまま二、三度おおきく漕いでから空中へ身を放ったりと、いそがしく動きまわっているのである。ブランコから身を投げた唯生は、着地に失敗して地面に転倒したが、膝や手のひらをひどく擦りむいているにもかかわらず、痛さを堪え、ふたたび速度をあげて他の遊戯施設へととびうつるのだった。子どもや老人とはいえ、観客のいるなか、猿のような身軽さを発揮する唯生は、調子にのりすぎていたのだ。膝や手のひらは流血しており、身体じゅうが汗と埃で薄汚れ、だれもこんな不審な男へいつまでも視線をむけてなどいなかった。ラジオ体操が終わり、観客たちが姿をばらばらに消していったあと、唯生は、一息いれるどころか、道路へとびだし、そのまま駆けてゆくのだった。

　そして唯生はアルバイトに遅刻した。アパートへ帰りついた彼は、ほとんど睡眠をとっていないこともあり、疲れ果てて布団のうえに倒れ込んだまま、起き上がれずに、三時間ほど眠ってしまった。埃と汗、さらに手と膝は血で汚れたまま、唯生は眠り込んだ。三時間で眼をさましたことが奇跡のようにおもわれるほど、起きたら身体じゅうに痛みと疲弊を感じ、うまく動けなかった。けっきょく定時を二時間すぎて、唯生はSホールについた。受付には喜代三と戸村が坐っており、社員はみな会議中で事務所から出てこないからはやくなかへゆけとふたりにジェスチャーで示され、休憩室に鞄をおいてから、いそいで展覧会場の警備用におかれてあるパイプ椅子へ腰をおろして本をひろげた。するとまた、わすれていた痛みと疲れが身体じゅうを覆いつくし、しばらく彼はらくに活字をおえなかった。しかし、そんな身体の状態によってぼんやりとした力のない気分につつまれながら、これほど簡単でいいのだろうかとなぜか読者によけいな心配をさせてもくれる、『失われた時を求めて』の話者が、ジルベルトや、名も知らぬ牛乳屋の娘や、アルベルチーヌや、ゲルマント夫人やらに、その姿を眼にしただけであっさりと恋心を抱いてしまう、そのような小説のエピソードを読むことは、ひじょうに幸福な感情をおぼえさせてくれるのだった。無邪気な唯生はこの本の話者に自分を同一化したくてたまらなくなっていた。夢うつつのような彼は、小説のなかで語られる情景にすっかりあこがれていたのである。考えてみれば、ジル・ドゥルーズによると『失われた時』の話者マルセルは「気狂い」だということだ。そうか、だからすばらしいのだろう、と唯生はおもう。真似しなければいけない、と彼はこころにとめ、おぼろげだった意識をしっかりさせて、長編小説の何巻目かをさらに読みすすめていった。

そんな、痛みや疲れのためにいくらか弱った身でありながら、読書によって得られたささやかな幸福にかろうじて浸りつつ、睡魔に意識を奪われぬようにと活字の羅列にすがりつく唯生のもとへ、いかにも狡猾そうな武藤がやってきて、無慈悲にもこう告げたのであった。

——おい、本読んじゃだめなんだぞ。決まったんだってよ、アルバイトは仕事中に本読んじゃだめだって。おまえがくるまえ笠原がいってたよ。

——どうして？　唯生はきいた。

——客のてまえ、見苦しいってよ。

——そんなことはいつもきいてるからわかってるよ。じゃあ、客がいないときはいいってことか？

これは不愉快な事態なのだと唯生はすこしずつ理解してゆき、それを自分に知らせる武藤の顔がむしょうに腹立たしく見えながら、真顔でそうきいた。

——だめだと。全面的にだめなんだと。

武藤は、唯生の腹立ちを見抜いてそれを煽《あお》ろうとでもいうように、ひとを小馬鹿にした態度でそう口にした。唯生はそのほそい眼を見開き、言葉をいおうとしておもわず故郷の訛りがでそうになったが、口を開いたまま息を飲み込んで腹立ちを抑え、すこし間をおいてから武藤へふたたび話しかけた。

——でもなんでいまさら。原因は？　なんかいってたろ、笠原。またコピーにいってくれなかったとか、そんなことか？　遅刻が多いとか、ちがうの？　じゃあなに？　社員が会議で決めた？　なんだよそれ、ずっとだめってことかよ。おまえら文句いったのか？　ええっ？　ああ、偉いやつにいわれたってことか、笠原が。それでか。だったら隠れて読んでりゃあわかんないよ。

一方的にしゃべりつづける唯生は、腹立ちもあったせいで強気になり、おれは読むよ、と武藤にいい、読書をやめようとはしなかった。武藤は、頑固だねえ、おれは知らない、とおちょくるようにいって笑いながらその場をはなれ、自分の持ち場へもどっていった。それほど腹を立てることではないとおもいながらも、唯生は、社員のだれかに注意をうけたときのために反論を考え、本を読む格好はしているがひとつの単語も瞳から脳へとつたわってはおらず、だからといって身体を動かしもせず、石像のようにかたまってしまったようであった。彼が、考えているうちにふとおもいあたったのは、『ドン・キホーテ』をおなじこの場で読んでいたときに、笠原とその客が自分を見ていたときのことだった。ひょっとしてあのときがきっかけだろうか。唯生は、笠原と一緒にいた客は、じつは客ではなく会社の上司ではなかったかと考えた。Sホールの支配人とされている人物の顔は、しょっちゅう見ているので知っていたのだが、その上の役職にあるものの顔など、アルバイトはひとりも知らなかったのだ。あのとき、それと知らずに自分が本に読み耽っていたことが、「読書禁止」の原因なのだろうか。あのとき笠原とその上司かも知れないもうひとりが自分へむけていた凝視は、やはり非難のそれだったのだろうか。卑怯者め、と彼はおもっているうちに、これまたどんな根拠があるというのか自分は罠にはめられたのだという疑念にかられ、石像のように動かない身体ぜんたいが熱くなった。痛みと疲れに熱さが加わり、唯生の思考はいっそう直線的になっていた。なぜだか受付のほうが騒がしく、いかにも「アート関係の学生」といった感じのわかい男女が数人で場内にやってきて、大声でふざけた会話をかわしていた。唯生は頭にきたが、無関心を装い本へ眼をおとした。ここで負けてはいけないという気がつよくしたのである。すると受付のほうから、小銭をまとめた包みの束が受付台にぶつかる音と小銭の散らばる音とが唐突に響き、反射的に顔をあげると、忍者のように気配を消して、笠原がそばに立っていた。

唯生は負けた。笠原に負け、「アート関係の学生」らしきものたちにも負けた。その敗北ぶりは、なんとも情けなくあっけのない負け様なのであった。だが負けたとはいえ、そこには闘いといえるものすらなかった。それでも唯生は確実に負けたのだった。

――中山くん、きいたとおもうけどさあ、「読書禁止」になったんだよ。

この笠原の猫なで声はどうだろう。岩でつくられたような顔をして、図体がおおきい汗っかきの三十男が、年のはなれたアルバイトにたいしていうにはいささか不似合いな口のきき方だった。いや、笠原のこのような態度は予測するまでもなく、この男がアルバイトに接するときはたいてい猫なで声なのだから、唯生は事務的に話をすめるべきであった。しかし唯生は必要以上に意気込んでいたからか拍子抜けしてしまい、言葉をいうきっかけを失った。

――このまえぼくと一緒にいたひと見たでしょう、あのひとここの店長なんだよ。偉いひとなんだよ。それでさあ、いま会社ぜんたいが不景気で厳しくなってることは知ってるだろ、いろんな面で。だからね、アルバイトが仕事中に本なんか読んでちゃあいけないっていうんだよ。それいわれちゃってさあ、しょうがないんだよね。悪いなあ、きみは本好きなのに。まあ当然といえばそうかもしれないけど、でもきみら場内警備でずっとここに坐りどおしっていうのはやっぱりつらいだろうからって、社員がみんなで話し合って仕事のやりかたいろいろ考えてるからさあ、我慢して本はしまってきてくれないか。じゃあ頼むよ、なっ。それから遅刻にも厳しくなるから、気をつけるようにね。よろしくお願いします。

気の弱そうな表情までつくってこれだけしゃべると、笠原は事務所へもどっていった。けっきょく唯生はなにもいわなかった。武藤がとおくで笑っているのが見える。その武藤を見ていると、自分を罠にはめたのがパイプ椅子に腰をおろして厭味っぽく笑うこの男なのではないかとおもえた。薄気味悪いほど媚《こ》びてみせる笠原のひとを小馬鹿にしたような態度に、唯生はとくに嫌悪を抱かなかった。笠原があのようにふるまい、あのように「読書禁止」を自分へ告げることはなんら不自然なことではないだろう、むしろ笠原はすばらしいとさえ感じられる、つまりあの男はそれなりに徹底していたのだと、唯生はおもった。笠原は、S百貨店S店の社員という役を、自分のまえで見事に演じてくれたのだ。ここで笠原の言葉を無視してまた読書をはじめることは容易いことだろう、なにごともなかったかのようにここで本をひらき、社員がそばを通ることに注意しながら活字を眺めることはすこしも難しいことではない、しかし自分がいま笠原にたいしてなにもいわず、どんな行為にもでなかったことは、「気違い」あるいは「特別な存在」たろうとするおのれにしてみれば不徹底いがいのなにものでもない。まさに笠原は自分よりも「役者が一枚上」であった。もはやいたって簡単なはたらきしか示さない唯生の思考は、役づくりの必要性をつよく彼に実感させるばかりで、なぜ「読書」が「禁止」されなければならないかという「問題」へと彼の関心をいざなってはくれなかった。それより彼が考えるのは、「読書禁止」という不愉快な事態をむかえたいま、まさに「闘争」を開始しなければならないということなのだった。笠原などと闘ってもなんの意味もないだろう、かといって例の店長と闘うのか、あるいはS百貨店S店と、いや、悪いのはどうやら「不景気」というやつらしい、それでは「不景気」と闘えばよいのか、しかしそんなものとどうやって、まったくわからない、経済学でも勉強してみればよいのだろうか、いまや彼は本などのんきに読んでいる場合ではなくなった。それでも自分だけ勝手に本を読みつづけていればよいなどとは、一瞬も彼の脳裡をよぎりはしなかった。単純化された彼の思考は、とにかく闘わなければという気でいっぱいになっており、その闘いの様相も、対立するものどうしがただいがみあうという、ごくわかりやすい図式がへたな漫画のようにおもい描かれるのみなのである。けっきょく唯生は考える一方で、読書をやめてしまった。結果的に彼は、笠原がとった戦略にひっかかったということだ。これが唯生の、ひとつめの敗北なのであった。

休憩中も唯生はおなじことをずっと考えていたが、なにひとつ納得のゆく結論は得られなかった。彼は読むことはあきらめたが、それでも本はもったままだった。さて、休憩を終えて場内に唯生がかえってくると、あからさまに苛立った喜代三がそばへやってきて、受付をかわってくれないかと彼は頼まれた。ひどく憤慨している様子なので、いったいどうしたのだときくと、彼女は荒あらしくひとつため息をつき、早口でしゃべった。

——じょうだんじゃないよ、あいつら。むかつくったら。いい加減なめてるよ、こっちをさあ、仕事中だからなにもしてこないとおもってるのよ。ガキどもが。世間知らずなのよ、もうほんとに嫌い、アート系のバカ連中は、ほんとに大嫌い、反社会的なことするのがかっこいいとおもってるバカなガキは。

それだけきけば、いつもの近親憎悪的感情が爆発したのだと、おおよそのことは察しがついたのだが、好奇心もあって、具体的に彼女が苛立った経緯をさらに唯生はきいてみた。喜代三の話によると、「ガキども」とはあの「アート関係の学生」らしき連中のことで、その連中は、いったいどこで手に入れたのだか招待券を何枚ももっており――戸村の推察によると、連中のなかのだれかがSホールに関係のあるデザイン事務所かあるいは広告代理店かどこかでアルバイトしていて、そこでもらってきたのではないか、ということだったが――はじめにきたときから態度が悪く、作品を見ている間も受付にきこえてくるぐらいうるさくしゃべりつづけ、それでも一度はおとなしくすぐにかえったのだったが、自分が休憩からかえってみると連中はふたたびあらわれ、場内に設置してあるベンチの付近にいつまでも入浸り、さらにはひとりずつ出ていくかとおもうと数人つれてまたもどってきて、不思議なことにそのぶんの招待券もちゃんともっており、あまりにもうるさいことや喫煙所もないのに煙草を吸ったりすることを注意しても笑って無視するだけで、そのうち受付にやってきて、あきらかにからかっているとわかるへんな質問をしてくるのだという。さすがに苛立つ女喜代三はひと声、ふざけんなバカ、と低く脅しを吐き、やってられないということで、いちばん場内の奥に位置する唯生の持ち場へ受付を交替してもらいにきたということだった。唯生は、笠原はなにもしてくれないのか、ときいてみたが、喜代三によればその話を笠原にした結果、彼のだした指示で自分はここにきたのだということだった。会議中だからとはいえ、ずいぶん無責任な催事担当者だとおもい、唯生は、なにか嫌な予感がした。これはひょっとしたら、またしても罠かもしれないと、彼は、きょう半日の出来事をふりかえりながらおもうのだった。朝からこれまでよくないことばかりつづいている。これは、ドン・キホーテやマクベスを悩ませた、魔女たちの仕業なのではないか。そんな物語のただなかへ、とうとう自分は迷い込んでいるのかもしれない。彼は、悩むどころかその考えにとり憑かれてわくわくしていた。どうすればよいか、唯生は考えた。これが罠だとすれば、たいてい多くの物語では、そうと知っていながらわざと主人公はその罠へはまりにいって、敵の裏をかく、敵の裏をかくことは大事だとブルース・リーもいっていることだから、自分もそうしなければならないだろう。唯生は、ひきうけた、と、映画への出演承諾を武藤に告げたときのような真剣さを見せて喜代三にそういい、受付にむかっていった。しかし唯生は、敵の裏をかくというところまでは考えたのだが、それ以後のことは、想像すらしてみることもなかった。

受付にきてみると、すべての包みが破られて金庫のなかへばらばらに積まれた小銭の山から、百円玉や五百円玉を十枚ずつ手にとり、それらをテープでまとめている戸村を眼にした。人形のような幼い顔をしたこの女子大生は、そのおおきなふたつの瞳がつねにうるんで見えるため、泣いているのだろうかとひとにおもわせ、黙黙と小銭まとめの作業をつづける彼女の瞳もまた、だれかに生きることの辛さでも訴えているかのように濡れて見えるので、唯生はすっかり勘違いしてしまい、どうやら連中にひどいことをされたらしい、金を奪われそうになって彼女は必死にまもったのだろう、そのときに小銭の包みが破れてしまったんだな、これは断じて許してはおけない、と勝手に想像してひとりで熱くなり、我がサンチョであるエスよ、と私に呼びかけて、荒くれ「芸術家」どもと闘わなければならないと告げ、辺りを見まわして喜代三のいう「ガキども」をさがした。ベンチの辺りにやつらは入浸ってると喜代三がいっていたな、そうおもって唯生はそちらへむかおうとしたが、泣いてもいなければ落ち込んでもいない戸村のあっけらかんとした声に彼は呼びとめられた。

——喜代三ちゃんと交替したんでしょ、これ手伝ってよ。

唯生は素直に従った。小銭包みの惨劇は、苛立った喜代三が犯人であった。喜代三は「ガキども」が受付のまえをとおるたびに、ヒステリックな自分を抑えきれず小銭の包みを受付台にぶつけていたのだそうだ。

——後始末してくれないんだもん。喜代三ちゃんてさあ、怒るともうぜんぜんだめね、わけわかんなくなっちゃって。

喜代三よりも年下の戸村が、姉にでもなったつもりでそういっていた。それは子どもが大人のふるまいを真似たがり、そうすることで自分が大人になったつもりでいる微笑ましい様子に似ていた。

——リョオガアエシテエクダサアイ。

見ると、坊主頭をした「ガキども」のひとりらしい男が、受付カウンターのまえに立っていた。

——リョオガアエシテエクダサアイ。

日の丸プリントのTシャツ、膝下から裾を切ってある作業ズボン、軍人用のブーツという恰好をしたその小男は、だらしなさを装って妙に間延びしたしゃべりかたをし、なにをいっているのかさっぱりわからないので、はあ？　と唯生はききかえした。

——リョオガアエ……

——ああ、両替、といって唯生は金庫に手をやり、小銭を何枚かつかんでから、千円札ですか？　ときいた。

坊主頭の小男は、そう、とこたえた。唯生は、百円玉を五枚と五百円玉を一枚、受付台のうえにおこうとして、眼のまえの男が作業ズボンのポケットから小銭をじゃらじゃらと音をさせてとりだしていることに気づいた。ふたたび唯生は、はあ？　と声をだした。

——リョオガアエ、センエンサツニイ、と男がいうので、札を小銭にではなく、小銭を札にかえたいのだということがわかった。

台のうえに、とほうもない数の十円玉から五百円玉までの小銭がばらまかれた。戸村は完全に無視して、わざとらしく日報に見入っていた。唯生は、なるほどこれがいやがらせというやつの実態か、などと考えながら、ためらいは見せずに小銭の数をかぞえはじめた。可愛いものじゃあないか、喜代三はかなり苛立っていたようだが、それではこの連中が図にのるだけで、こういうときは涼しい顔をしてわざと相手に従ってみせるのがいいのだ、所詮は「ガキ」なのだから、視線を台のうえにむけたまま表情ひとつかえない唯生は、逆に相手のほうが苛つくかもしれないと考えて、ことさらゆっくりと百円玉や十円玉をわけていた。そうしているうちに、複数の話し声と、じゃらじゃらという何枚もの小銭の音が、かさなってきこえてきた。

——おまえ、まだなの？

――うん。

――いくら？　おまえ。

――わかんねえ。おまえは？

――五千円、ああ、八千円か、いや、おれもわかんねえや。

そんなやりとりを耳にし、そうか、こういうことか、と気づきながら、唯生は顔をあげた。坊主頭が、ひとりから四人に増えていた。そのうちひとりは金髪で、ひとりは禿げ頭だった。唯生は、どういうことだ、と一瞬びっくりした。

――まだですかあ？

最初にあらわれた小男が、比較的まともなしゃべり方で唯生にきいた。ほかの三人は、それぞれ小銭をつつんだ両手を上下にふって音をさせながら待っていた。じゃらじゃらという音が、Sホールの受付周辺に響きわたり、そのとき「アート・スペース」はなにかパチンコ屋的様相を呈していた。

――お客さま、申し訳ございませんが、となりのビルに銀行がありますので、そちらのほうをご利用いただけますか？　見かねたらしく戸村が、そう口にした。

――なんで？　こんどは禿げ頭がきいた。坊主頭四人組は、小銭の音をさらにおおきく響かせた。きかれた戸村はこたえを用意していなかったらしく、途端にひとりの子どもっぽい女子大生にもどってしまい、こまるから、とだけ気弱な声を発した。すると唯生の背後にある事務所のドアが開き、笠原がちらっと顔をだして、会議中だから静かにしてくれと唯生にむかっていい、すぐになかへひっこんでしまった。笠原の注意に、小男が、ハアイ、とふざけてこたえると、ほかの三人は身体をゆすってくすくす笑い、その間、小銭のじゃらじゃら音がリズムをかえて響いた。現実の厳しさに耐えられないとでもいう様子で、戸村はトイレへ駆け込んでしまった。禿げ頭がふたたび、両替だめ？　ときくので、唯生は声をださずにひとつうなずいた。金髪の坊主頭が、両替ぐらいしろよ、と小声でいって舌打ちした音が、小銭のじゃらじゃらという音にまざってきこえてきた。いや、その様子が眼にはいった。唯生にはじっさい金髪がなんといったのかはわからなかった。

——おれのはどうすんだ？　と、すでに手持ちの小銭を唯生に数えさせていた小男が、ほかの三人へ顔をむけながらいった。小男は、なあ、といって仲間に相槌をもとめてから、照れ笑いするような表情で唯生へ眼をむけた。もういちど、おれの、と小男が口にし、唯生は、十枚ずつの束にしてわけてある数えかけの小銭へ眼をやり、坊主頭にかえしてしまおうと手をさきへのばしたとき、つかむはずのものが、指先にはじかれて積まれた山が崩れ、床へじゃらじゃらという音を勝手に響かせながらおちていった。唯生は、あっ、という声をあげるだけでカウンターのむこう側へおちてゆくものになにもすることができず、その様子を眼にした坊主頭の男たちは、じゃらじゃらの音をさせていた両手の動きをとめて、両替もしてくれず預けた小銭を床へばらまいてしまったSホールの間抜けなアルバイトへ、同情も嘲笑もどちらもふくまれていない、ただ無感動な視線を送るのみであった。すこし間をおいてから、床にある自分の小銭へ眼をやり、あぁ〜あ、と、小男がいった。唯生は、床へおちた小銭を拾い集めなければならなかった。だが、ほんとうにそうなのか、と彼はおもう。たしかにおとしたのは自分だが、しかしこんな場合、自分は黙って十円玉やら百円玉を拾い集めるべきなのだろうか、こんな「ガキども」のまさに子どもじみたいやがらせに屈服して、犬のような従順さで事態に対処すべきなのだろうか、そんなことをおもいながらも唯生は、いちおう受付カウンターを離れて自分がばらまいた小銭のところへむかいながらも考えをめぐらせて、坊主頭の小僧たちへ眼をむけ、彼らに問いかけた。おまえたちはなんだ？　なんのためにこんなことをしているんだ？　おれを罠にかけているのか？　その恰好はなんだ？　ファシストなのか？　どうなんだ、そうなのか？　右翼なのか？　純粋な国粋主義者か？　おい、どういうつもりだ、排外主義者のくせにその恰好は、矛盾してるぞ、どうしてここにいるんだ？　なにが目的だ？　小銭を札にかえてどうするつもりだ？　贋金《にせ》か？　だれかに頼まれたのか？　おい、こたえてみろ？　どうして招待券をたくさんもってるんだ？　なぜ帰らないんだ？　おい……

　しかし唯生はそれを口にだしていわなかった。それらがあきらかにされたところでどんな納得も得られないだろう、むろん床におちた小銭が受付台のうえにもどってくれるわけでもない。床の小銭をはさんで、唯生と坊主頭たちとがむかいあいながら黙って立ち尽くしていた。むかいあう男たちは沈黙していたが、あとからきた坊主頭の三人は、いつからかふたたび小銭のじゃらじゃらという音を響かせていた。小男が、どうすんだ、と眼で訴えかけているようだった。トイレから戸村が出てきて、むかいあう唯生と坊主頭四人組を眼にとめ、はっとしたようにドアのまえで立ち止まった。唯生は、こんなときはたいてい喧嘩になるものだとおもい、拳をにぎりしめて、「蠅たたき」のようにおこなうリード・フィンガージャブを放つ自分の姿を一瞬だけ想像した。エレベーターの到着した合図の音がきこえ、戸村はあわてて受付にもどった。唯生がふと、そういえばいままで客がひとりもこなかったが、知らぬまに受付を素通りしていたのだろうか、などとおもっていると、エレベーターからひとりの男がおりてきて、坊主頭たちと親しげに言葉をかわしはじめた。その男は唯生に気づくと、

——どうしたの中山くん？　金おちてるよ、と、事件の存在を知らされていないものの気安さで、なれなれしく声をかけてきた。

その男とは、石田であった。この日、石田は休みをとっており、おなじ学校の仲間である坊主頭四人組やそのほかの連中と、Sホールで待ち合わせていたのだ。招待券の謎も、この石田の登場によってほとんど解決した。まとめてある券の束からちゃっかり石田がぬきとって仲間にばらまいたのだろう。石田は、ほかの連中の居所をきき、坊主頭たちを連れて場内へはいっていった。例の小男は、床に散らばった小銭を一瞥《いちべつ》してから唯生を見て鼻で笑い、やるよ、とつぶやくようにいい捨てて、仲間のもとへもどっていった。

唯生は、またもや敗北した。なるほどそこではべつだん壮絶な「闘い」がくりひろげられたわけではないだろう。しかしサンチョ・パンサである私は、私の「主人」に「負け」を宣告しなければならなかった。私の「主人」唯生のとったふるまいは、まったく「特別」さからは遠いものであり、ましてや「気違い」になど見えるわけもなく、はじめに小男があらわれてから、その男が口にした最後のひとことをきくまでの間、彼はなにひとつ相手の出方を予測できず、気の利いた台詞のひとつもいえず、物語の模倣に徹することもできぬまま——たとえそこで唯生が見せたおこないがなんらかの物語に似ていたとしても、彼自身がそのことを「自覚」しえていない点で「模倣のひと」としては不徹底であり、また本人にとってもそれは不本意なことであろう――Sホールの従業員という役を不器用に演じていただけであったからだ。そんな「負け犬」唯生は、受付の椅子に坐ると、激しい疲労を感じた。戸村が席を立ち、受付カウンターのまえにしゃがんで床の小銭を拾いはじめた。場内からは笑い声がきこえ、なぜかひときわおおきく、武藤の笑い声が唯生の耳へはいってきた。あいつも仲間だったのか、やはり罠だった、とおもうと――なんのための罠かは考えもしなかったが――不思議なことに彼はほっとした。するととつぜん睡魔が全身に覆いかぶさり、唯生は、カウンターへ両手をおいて静かにうつぶしていた。なにかしゃべりながら喜代三がそばへやってくるのがわかったが、彼は顔をあげる気にはならなかった。それでも喜代三は口を閉ざしはせず、あの「ガキども」は石田が武藤に紹介するためにSホールへこさせた、こんどの映画製作に参加する連中で、すでに雪ちゃんとは面識があり、これから石田とその仲間たちは映画を見に出て、武藤がアルバイトを終えてから、雪ちゃんをまじえて製作会議をおこならうらしい、などと、うつぶしたままの唯生にあれこれ語ってきかせてくれた。

――なんであたしには教えてくれないのかなあ、なんか嫌になっちゃったなあ。バカみたいじゃん、あたしだけ。

喜代三はひどく不服そうな様子でひとりごとをいいつづけていた。彼女は、ほんとうはだれがもっとも「バカみたい」であるのかを、知りもしなければおもいもつかなかった。被害者は自分だけ、なのだった。小銭を拾い終えた戸村が、

——これいらないのかなあ、すごくあるけど、いくらあるのかなあ、どうしてこんなに小銭もってるんだろう、といいながら、うつぶしている唯生のすぐわきへ、集めたものを音をさせて散らばせた。そのため、唯生は顔を起こさねばならなかった。そのとき彼は、自分が本をどこかへやってしまったことに気づいた。Sホールの場内が、笑い声で満たされていた。

それいらい唯生は、「沈黙のひと」となり、おそるべき役づくりのトレーニングをはじめた。アルバイトの時間もふくめた一日のすべてを、トレーニングのためにスケジュールを決定して、その計画にもとづいて行動し、彼は、とり憑かれたように約三週間を役づくりのために過ごしたのであった。Sホールでの屈辱的な敗北により、演じるものとしておのれがいまだ未熟であるということが、見事に露呈されてしまったと、彼は痛感したのだ。まだまだ自分はあらゆる現実の状況を「器用」にのりきることができていない。彼は自分にいいきかせた、「あなたは稽古が十分ではない」と。

唯生のおそるべきトレーニングとはどのようなものであったのか。おそるべき、などといってはみたが、それはいたって簡単な内容である。早朝、彼は例のごとく公園をめざしてジョギングにでかけ、遊戯施設を利用した基礎的な体力づくりからあらゆる状況において迅速な動作を可能にするためにみずから考案した「遊具あそび」の訓練、さらには截拳道の修練をおこなう。それらをこなしてSホールのアルバイトへゆき、ひととはほとんど会話をせずにただひたすら「考えるひと」になるか、もしくは社員に見つからぬよう気をつけながら「読書のひと」になり、休憩中も書物から眼をはなさない。アルバイトを終えてアパートへ帰ると、彼は「映画のひと」になり、布団にはいるまでずっと映画をヴィデオで見つづける。深夜ちかくまで映画を見つづけ、それを終えると彼は布団へはいり、また活字へむかう。そうしているうちに、否応なく睡魔がおとずれて、しかたなく眠りにつくというわけだ。こうして整理してみるとなるほど簡単な内容ではある。しかし簡単というのはかならずしもトレーニングの中身についていっているのではなく、唯生の一日の生活内容があまりにも貧しいといっているのだ。むろん彼はそんなことなど百も承知であり、自身の実生活が簡単で味気ないのはいまにはじまったことではないということもわかっている。だからそんなことはおかまいなしで、唯生はトレーニングをつづけたのだ。動作を機敏にするための訓練は、公園においてばかりではなく、一日におけるすべての行動にとりいれられた。したがって彼は一日中、はやく動かなければならなかった。Sホールでの彼は、口をきかずにとんでもないはやさで行動する男となり、それなりに好奇の眼で見られるようにはなったのである。それが唯生のおそるべき役づくりの三週間であった。

そんな三週間を過ごした唯生は、端的に疲れた。彼はじっさいひどく疲労したのだ。たまった疲労のおかげで、Sホールの休館日、ひさしぶりに身体を休めることにした唯生は、部屋に閉じこもっていろいろと考えていた。「読書禁止」となったSホールでは、隠れて書物をながめることすら難しくなり、武藤の自主製作映画のほうはとっくに撮影へはいる準備は完了していて、すでにいくつかのシーンを撮り終えているようだ。Sホールへほとんど姿をあらわさなくなった武藤から、撮影についての簡単な説明をうけてから一週間もたっていたが、それ以後なんの連絡もなく、その現場がどういう様子であるのか、自分はほんとうに出演できるのか、まるでわからないまま、唯生は役づくりをつづけていたのだった。「演技指導をしない」監督である武藤は、シナリオというものも用意しないのだそうで、あらすじや登場人物の設定だけを決めて、あとは撮影時に「即興」で演出する方法をとるのだという。その監督からは、まだ自分の役柄すら知らされてはいなかった。

床へあおむけに寝転んで、退屈そうに日焼けした手足を畳にすりつけるように動かし、自分の生まれ年につくられたというルシファー大魔王を憐《あわ》れんだ悲痛な歌をききながら、彼は考えていた。唯生は「読書禁止」のことについておもい、いつものようにいくらか飛躍した考えを抱いたが、しかしそこで彼が得た結論は、そう無益なものでもなかった。唯生はこんなふうにおもった。笠原もいっていたように、アルバイトの「読書禁止」は当然の措置だといってすこしも不自然なことではない、自分は「小春日和」の終焉などとおもいもしたけれど、勤務中の読書をやめさせられることが「小春日和」のおわりなのではなく、それはむしろ、読書をすることがあたりまえだと盲信していた楽天主義のあっけない崩壊を意味しているといったほうが正確なのだ、たとえ春の日差しにつつまれていても現実がおだやかであったことは一度もない、おだやかなのはいつも人間の側のほうだ、そしてそのおだやかさが眼のまえから消え失せたときだけ、ひとというやつは緊張するのだ、――ここから唯生の思考がさらなる飛躍をとげる――なるほど、「春の日差し」とはまさしく「春分の日」的なもの＝「光」のことであり、「小春日和の時代」のおわりとは、つまり「春分の日」的なものによる圧政が終焉をむかえたことを意味し、いよいよ我が「秋分の日」的なもの＝「闇」の時代が到来したことを告げているのではないか、いや、「秋分の日」的なものの時代はすでにはじまっているはずだ、ひとは「闇」の時代などというものを好まない、だからいまだに「光」の時代がつづいているつもりで「小春日和」を仮構しているのにすぎないのだ、なんとか緊張を先送りすることで苛酷な「夜」の時代をやり過ごそうとしているのだ、それならばこの自分がすべきことはただひとつ、周囲をただならぬ緊張の風土で満たし、時代はいまや「夜」であり「秋分の日」的なものの側へうつったことを人間どもにはっきりと認識させなければならない、不景気やらなにやらと騒ぎたてて緊張のイメージばかりが流通している情報の網のなかへ、イメージではない真の緊張を投げいれてやらねばならないのだ……

私はきいた。では、その真の緊張を周囲へいきわたらせるためにはまず、具体的になにをやるつもりなのかと。唯生は率直に、わからないといった。つづいて私は、「気違い」という役に徹してみせることが、辺りへ緊張を煽りたてることにつながりはしないか、ときいてみた。すると彼はまた、わからないとかえした。それならなぜ「わからない」のかときくと、彼はこのようにこたえた。

——まえにもいったとおり、やっぱり「気違い」は不可能だという気がするんだよ。それはもちろん精神疾患が不可能だというのではなく、「気違い」の物語が成り立たないということだがね。いや、むしろこういいなおすべきかもしれない、体系化されて一般性を得た「気違い」は、ほんとうの「気違い」ではない、と。ほんとうの「気違い」がどんなものかを具体的に提示できる自信はないけど、おれにはそうおもえるよ。つまりまとめるとね、こういうことになる、物語の秩序へおさまることで体系化された、「気違い」というキャラクターの自己同一性を保っていられる程度の「気違い」では、真の緊張でひとびとの意識を覆うことなどとてもできないだろうということだ。ところがおれは、そういいながらもまだ「気違い」であろうとしているんだけど、だからけっきょくそれは、永続的なものじゃあなく、あくまでも断続的で瞬間的なものってことになる。おそらくそういう「気違い」なんだね、真の緊張をもたらすのは。でもその「気違い」は自分で「自覚」もできなければ、「狂気」の痕跡をのこしているのかどうかも捉えることが難しい、というかそれは、「気違い」である条件を満たしておのれの内側を豊かにすることではなく、まるでボクシングのクロスカウンターのような、剝き出しになった肉体のたえまない外的な衝突を不意に断ち切る決定的な相打ちの瞬間、打たれることと打つこととがある一点でかさなりあうことによって等号でむすばれ、殴り合いという行為そのものを無効にしてしまうひとつの場、つまり、端的に「成る」ことではなく「起こる」ことなんだ。

それじたいがひとつの虚弱な物語である唯生のこのような発言は、ひとえに読書の成果によるものだ。すでにあきらかなように、彼は刺激的な書物に出会うとすぐ影響されてしまう。そこに書かれた言葉を自分がどれだけ実感しえているのかたしかめる術もない彼は、なんとか似たようなことを語ってみせようと気分をたかめて饒舌になるのである。書物の中身を、彼はどれだけ理解しているのだろうか。むろん私にはわからない。わかっているのは、なんとか「気違い」のイメージを明確にさせようと彼なりに考えてはいるということのみだ。とはいえ、そんなことをわざわざここで述べたかったわけではない。私がここでいいたかったのは、唯生のいう「気違い」とは、もはや「狂人」のたとえとしてあらわされる単語とはいえなくなっているようだ、ということである。

その翌日、唯生は朝のトレーニングから帰ると、Sホールへいく気がしなくなった。とくにアルバイトへでかけるのが嫌なわけではないらしく、「光」の時代がいぜんつづいていると錯覚しているものたちへ、いまはもう「闇」がすべてを覆っている時代なのだと、どうすれば具体的に示すことができるものか、彼なりに悩んでいたのだ。しかし彼は、その「光」や「闇」に代表される時代とははたしていかなるものであるのかと、自身で詳細に検討してみるということはまったくせずに、もっぱら「闇」の時代が到来しているということを確実にあらわす符牒となるものはなにかと考えるばかりで、いかにも「虚構のひと」らしく、けっきょくはイメージと戯れているのにすぎないのであった。そして私にきくのだ、「闇」が「光」を凌駕しているということを、どこに、どのようにして認めるべきかと。自身の乏しい知識と想像力をさぐりはたらかせてみても、私には唯生がよろこぶようなことはなにひとつ提示できずじまいであった。そういえば、安岡章太郎の『海辺の光景』には「昼」と「夜」とを「逆転」させて生きる「狂者」が登場していたと、私はおもいあたったのだが、唯生は、「逆転」ではだめだといい、「昼」でありながら「夜」でなければならない、正確に「昼」の時刻であるはずなのに辺りは「夜」の「闇」につつまれている、そんなことだ、とつづけてから、なにかに気づいた様子でいっしゅん顔つきをこわばらせ、つぎのようにつぶやいた。

——そうだ、それは「日蝕」のようなものなんだ。

たえず「日蝕」のつづく世界を見つけだすことが、われわれにとって急務となった。そんな風景を、あたりまえのように瞳でうけとめていたことが、たしかにあるはずなのだ。私はそれを、おもいだしつつあったが、やはりそれは、なんらかの虚構のうちに認められなければならないのである。

アルバイトへでかける時間にちかづくと、しだいにいつもの習慣がはたらきはじめて、いきたくないとおもっていたことはいつのまにかすっかりわすれてしまい、唯生はSホールへむかった。三週間、それだけはとくに根拠もないまま「沈黙のひと」となり、必要なときをのぞいてほとんどだれとも言葉をかわさず、ただやたらとはやい動作でうごきまわる唯生に、話しかけてくるものはよほどの物好きにちがいないとおもわれたのだが、そんな物好きのひとりに喜代三がいた。いまや喜代三は疎外感のかたまりであった。なぜか。彼女にはよくわからない理由で、武藤の映画づくりへ積極的に参加させてもらえないのだそうだ。この日、唯生は喜代三の「愚痴をきくひと」になった。話をきくと、彼女が我慢ならないのはそればかりではなく、その苛立ちをいっそう増大させてくれる原因は、すでにSホールで彼女の怒りを爆発させている、あの石田の仲間である坊主頭の連中をふくんだ「ガキども」の存在らしいのだが、さらに腹がたつのは、武藤や雪ちゃんが連中と仲がよいことなのだという。つまり彼女としてはもっとも嫉妬したくない連中を嫉妬しているわけなのだ。

――もうすっごい頭にくる。だってさあ、きいて、あいつらってえ、アングラ映画サイコーとかいってててバカみたいなんだけど、なんかむかしの「前衛」とかそういうのが好きみたいでさあ、ジャック・スミスとかケネス・アンガーとかを知らないやつとは口ききたくないって感じでさあ、それこそジョン・ウォーターズの映画を一本も見たことないやつは人間じゃあないっていいそうなさあ、だけどウォーホルの名まえはあえてださないっていうね、わかるでしょ、ハーシェル・ゴードン・ルイスはいいけどロメロなんて知らないし知っててもただの「スプラッター映画」の監督としてね、そう、そういう連中なの。だいたいさあ、たんに演劇を撮っただけの寺山の映画を真剣に映画だとおもってるようなひとたちだもん、武藤くんとか、よく平気でつきあってられるなあ……あっ、武藤くんて寺山とか好きなのか、そういえば。だれかがいいっていったものはなんでも好きみたいだからね、あのひとって。

しゃべる女喜代三は、おのれもまた一介《いっかい》の美大生にすぎぬものでありながら、恐れおおくも自身を「映画のひと」であるとみずから称している男唯生にむかってそんなことを話した。よくあることだが、他人を批判しているつもりがどうも自己批判にしかうけとれないという喜代三の話に耳をかたむけながら、彼女のどことなく誇らしげな態度に、唯生はたちまちうんざりしてしまいそうだったので、撮影現場の様子はじっさいどうなんだときいてみたのだが、すっかり自分が除け者にされているとおもいこんでいる彼女の口からは、愚痴いじょうの話はなにひとつききだせはしなかった。

――ほんとは雪ちゃんのこと好きじゃないとおもうんだ、武藤くんて。どこかで勝てないとおもってるんだよね、きっと。あのひとさあ、みんなに好かれてるけど、でも、ちょっとバカにされてるようなところあるでしょ、雪ちゃんとかによくふざけてからかわれてるしね。和気あいあいとやってるけどさあ、ほんとうはみんなバカにしあってるんだよ、絶対。自分がいちばん凄いってみんなおもってるだろうし。自分がいちばん特別だって。だけど嫌われたくないから、本音はいわないで、適当になかよくしてるってことなのよ。武藤くんは、雪ちゃん嫌いだけど、でも雪ちゃんに嫌われたらたぶんみんなに嫌われちゃって映画なんかつくれないでしょ、だからあたしなんかを仲間はずれにしたりするのよ、そうに決まってる。八つ当たりしてるのよ、あたしに！　ほかに不満ぶつけられるひとがいないから……

話の退屈さと喜代三の頭の悪さに唯生は辟易《へきえき》していたが、しかし、涙ぐんでさえいる彼女のその訴えから、撮影現場のおおまかな様子を推察してみることはできた。たぶんうまくいってない、というのが唯生の結論である。喜代三の話をとりあえず信用してみると、武藤という男は、雪ちゃんにたいして劣等感を抱く程度には鈍感ではないらしく、だがそんな心情を喜代三に悟られてしまうほど彼の言動は余裕を欠いているようであり、そうだとすれば相手の雪ちゃんもいくらかは武藤の心理を見抜いているかもしれず、したがって、「和気あいあい」とした平和な撮影現場に見えるが水面下ではみな「バカにしあってる」という喜代三の判断はいちおう妥当であるとも考えられ、そのような場合、つまり映画の撮影という集団作業においてスタッフ間の信頼関係が良好でない場合、それはたいてい撮影進行の妨げとなり、それぞれの創作意欲もしだいに下降してゆくであろうから、現在、武藤の映画撮影はうまくいってない、もしくは今後、うまくゆかなくなるだろう、というように唯生は推理してみたわけだ。むろん映画にあって撮影状況の善し悪しと完成した作品の善し悪しは一致しない、というかある種の映画をのぞいてほとんどそれらは関係ない、だから武藤の映画が結果としてどのような体裁におさまるかは測りかねるが、製作の作業じたいは彼にとって苦い体験として終わることになりそうだ、喜代三の話が信ずるにたるものならば、そのように考えているうちに、唯生は、この状況はなにかに似ているとおもいついた。そうだ、これはあの「春分の日」的なものが世の支配からしりぞいているにもかかわらず、「小春日和」を仮構しながら「夜」の時代にいきわたる苛酷さを隠蔽して真の緊張を回避しようとしている世間の様子とそっくりではないか、まるで「瓢簞《ひょうたん》から駒が出る」ように、あるいは「灰吹《はいふき》から蛇が出る」ように、自分の想像したことはやはりまちがいないのだと勇気づけられて、喜代三の愚痴話からおもわぬ利益を得た気になり、彼は、まさに「棚から牡丹餅」もしくは「鰯網へ鯛がかかる」というおもいであった。そんなことが自身のなかで判明すると、ここでも唯生の短絡は見事に発揮され、疑いはいっさい消し去り、けっきょく彼は喜代三の話をすべて信用することにした。そして、最終的に唯生の思考がいきついたのは、こんな考えだ。「和気あいあい」として「小春日和」を仮構する「春分の日」のひと武藤の撮影現場へ、「秋分の日」のひとであり「気違い」を演じようとするものであるこの自分は、真の緊張をもたらさなければならない。喜代三がいつまでも話しかけていたが、闘う男の耳にはもうなにもきこえてはこなかった。

——あたし、武藤くんて好きじゃないのよ、はじめから。いまはほんとに大嫌い。絶対あたしのことバカにしてるもん。だけどもうふたつくらいのシーンに出演しちゃったから撮影にはいくけど、べつなシーンにも出なきゃいけないからね。それに、雪ちゃんもいるし……中山くんてさあ、武藤くんのことどうおもってるの？　映画学校のころから仲いいんでしょ？　でも最近はそれほどでもなさそうだよね。どうして？　ひょっとして中山くんも嫌ってるの？　武藤くんのこと。だってそうだよね、それでもおかしくないよ、あたしと一緒だもん、それかあたしよりひどいよ、映画、中山くんも仲間はずれなんでしょ、武藤くん連絡してないって笑ってたんだよ、ひどいよ。

役とかも考えてないっていうしさあ……そうだ、ツユミもきてるんだよ、撮影に。ほとんど主役なの、ツユミ。雪ちゃんもね。武藤くんてツユミのこと好きなんじゃないの、じつは。あたしそんな気がする。ねえ、中山くん、ひとがよいのもほどほどにしてさあ、すこしは怒ったりしたほうがいいよ、このままバカにされちゃうよ、ねえ、中山くん……

「自己紹介をします、私は財産家で贅沢屋の男です、私は幾世も生きて来ました、多くの人々の魂と信仰を奪いました、キリストが苦しみ、神を疑ったとき、私はそこに居ました、ピラトは手を洗い、キリストの宿命を裁いたときも、私はそこに居ました、初めまして、私の名前をご存知ですね、私の企みに諸君は戸惑ってますね、ロシア革命のときも、私はペテルブルグに居ました、私は皇帝と大臣達を殺し、アナスタシア姫は私に空しく悲願した、電撃戦が激化し、死体が臭気を放ったとき、私は戦車に乗り、将軍になった、初めまして、私の名前をご存知ですね……」

唯生は、つぶやき声で暗誦した。

「……この世の王様と女王が、勝手に作った神のために、100年間、戦争するのを私は喜んで見ていました、〝誰がケネディ一家を殺したのか〟と私は叫んだ、でも結局、殺したのは人間達と私、自己紹介します、私は財産家で贅沢屋の男です、ボンベイ到着前に吟遊詩人を殺す、罠を私は仕掛ける、初めまして、私の名前をご存知ですね、私の企みに諸君は戸惑って居ますね……」

唯生は、ルシファー大魔王を憐れんだ歌の歌詞を、邦訳で覚え、諳《そら》んじてみせた。しかしその声はだれにもきこえてはいない。

彼はいま、全身を黒と白の二色に塗りわけている。右半身は白、左半身は黒というように。全身の肌が塗られているわけではない、むろん露出している箇所は塗られているが、二色にわけられているのは衣服である。彼は、左半分を黒、右半分を白、というように色が塗られた衣服を着ているわけだ。つまりそれは衣裳ということなのである。とうぜん顔も頭髪も塗りわけられているが、しかし唯生は、自身を二分して黒と白とにわけあたえた、ということではなく、たんにふたつの色を身にまとっているのにすぎない。これは拙《つたな》い彼のコスチューム・プレイへの郷愁である。「演じる」ために必要な衣裳として、黒と白の色で自分をつつみ、十六ミリキャメラがそそぐ視線をうけとめようとしているのだ。

——だれが仲間はずれにしたって？　だれもしてないよ、まったく。文句があるなら撮影おわってからにしてくれよ、なあ、おれが監督なんだから、黙っていうことききいてくれないかね、いつまでもむくれてないで……だいたいさあ、頼みもしないのになんでつれてくるわけ？　じょうだんじゃないよ、よけいなことしやがって。監督はおれなんだよ！　おれがぜんぶ決めるんだよ、そんなことぐらいわかるだろ。

——わからない、なにいってるのよ、仲間はずれにしてないってえ？　してるじゃない！　バカにしないでよ、あたしがなにかしようとするたびに文句いうくせに。話し合いにもいれてもらえない、決まったことなにも教えてもらえない、じょうだんじゃないのはこっちのほうよ、ほんとに、なにが気にいらないのか知らないけどさあ……それに、どうしてつれてきちゃいけないわけ？　仲間はずれしてないんでしょ、おかしいよ、あのひとだって映画でるんでしょ、それならつれてきてもいいじゃない、どういうこと？　よけいなことって。説明してよ！

それまでひそひそ声でかわされていた武藤と喜代三の会話が、とうとう怒鳴り合いにかわった。それなりに深刻そうな表情をうかべながらもときおり仲間たちへ微笑をなげかけている雪ちゃんは、ほんとうはばからしくてこんなやりとりにはつきあっていられないとでもいいたげな態度をありありと示しながら、腕組みをしてふたりの間に立ち、その会話をきいていた。撮影スタッフたちはみな、そんなときに自分たちがおこなうべきことはただひとつであると無言で表明し、すでに辺りへ漂うむなしさの大気に冒されぬためにはすこしでもおのれに疑いを抱いてはならぬとかたく信じて、それぞれの担当する撮影および録音用の機材をひたすらいじくりまわし、作業が中断されて空白となった時間の経過をなんとか耐えているといった様子である。だから雪ちゃんの微笑がむけられると、かかわりあうのは御免だという彼らは、気づかれぬ程度に迷惑そうな顔つきになり、いちおうは微笑みかえしてみせるのだがそれは苦笑いでしかない。こんなつまらぬ痴話喧嘩の怒鳴り合いにちょっとでも本気でかかわれば、すぐにも自分がうんざりしてしまうということはあきらかだと、撮影現場のだれもがおもっているようであった。

喜代三はこの日の撮影を知らされていなかった。昨夜、電話をかけてきた戸村にそのことをきかされ、喜代三はおどろいた。出演者の自分へ連絡がないのに、どうしてほんのすこし現場の作業を手伝った程度の戸村が知っているのか。プライドがひどく傷つけられて頭にきた喜代三は、さんざん八つ当たりして受話器のむこうの戸村を泣かせ、それでも気がおさまらず、ゆるせない！　と吐き捨てるようにいって電話をきり、しばらくそこで立ち尽くしたまま気持ちを静めてから、唯生のもとへ電話したのだった。その電話でまたしても唯生は喜代三の愚痴を約二時間ちかくきかされて、ながく受話器をおしつけていたせいで耳が痛くなった。こうなったら仲間はずれにされたものどうしで呼ばれてもいない撮影現場に顔をだして武藤らをこまらせるべきだと、彼女は唯生をさそった。涙声になったりとつぜん怒りをこめた声を発したりと、あらかじめプログラムされたようにつぎつぎと感情を変化させてしゃべりかけてくる喜代三の話をきいて、唯生は、同情や共感などにいっさいこころを動かされることはなかったが、撮影現場へゆくのは賛成だとこたえた。彼はただ、これいじょう待つこともないだろうとだけ、おもっていたのだ。すべての準備は整っていた。役づくりのトレーニングもおこなった。衣裳も用意した。メイクのプランも決まった。身もかるく、舌もよくまわった。夏はおわりをむかえ、それでも彼は待ちつづけた。このさいだれからの連絡でもかまわなかった。撮影があるときけば、彼はいつでもでかけるつもりでいたのだ。翌朝、五時にS駅で待ち合わせた喜代三のまえにあらわれたのは、黒と白の男と化した唯生であった。喜代三はその姿を眼にして彼をさそったことをかなり後悔した様子だったが、それでも大袈裟に騒ぎたてたりはせず、それはなんのための恰好か、とだけ質問した。唯生は、役のための衣裳なのだと、ほかにもいろいろと説明してみせたのだが、納得したのかどうなのか喜代三は黙ってうなずいたきり、それ以後は口を閉ざしたままなにもしゃべらずに、戸村からききだしたロケーション現場へと彼をつれていったのだった。

喜代三が姿を見せただけならまだしも、現場への唯生の出現は、監督武藤の神経をひどく逆撫でしたようであった。しかもその唯生は、あろうことか左右を黒白に塗りわけており、いったいどういうつもりなのかと、武藤はあきれてめまいを感じたほどだった。すぐに武藤は喜代三をひっぱって集団から離れ、わけをききはじめた。そこから怒鳴り合いへと発展したわけだ。いまだ早朝とよんでよかろう時間にあり、ふたつの住宅街にはさまれて商店があちこちに点在する通りと住宅街を抜けて国道へつながる道とがかさなる十字路の交差点付近で、通り過ぎてゆく自動車をたまに眼で追いながら、彼らはむだな時間をおくっていた。国道へつながる道はゆるい坂になっており、交差点からほんの五、六メートルさきへのぼってゆくとちかくに樹木でかこまれた公園が見え、暇をもてあました坊主頭の連中は、さっさとそちらのほうへ煙草を吸いにいってしまった。映画学校の同期生でもあるキャメラマンの男や、おなじように同期生で唯生の知り合いでもある撮影を手伝いにきた武藤の友人たちは、機材を点検するふりをすることにも飽きたようで、この無意味な時間をもたらした張本人である唯生へ、あからさまに軽蔑をふくんだ視線をむけてよこし、いまはもう自分たちにとっておまえは見知らぬ他人なのだから話しかけてくるなと、それぞれがこころのなかでつよく念じているのか、睨みつけてくるその表情が、いちようにそう語りかけてきた。

——とにかく撮影はやるよ、みんな待ってるんだから。こんな話はおわってからだってできるだろ、みんなに迷惑だよ、朝はやくから来てるのにさあ。喜代三、とりあえずおまえ謝れよな、おまえのせいで中断しちゃったんだから……

喜代三は謝らなかった。ふてくされて視線を宙にむけ、泣きたいのを堪えているようだった。謝ろうという気がまるでない喜代三に、武藤はあらためて苛立ちをおぼえていたようであったが、はやく撮影をはじめたいらしく、彼女へ文句をいうのは控えて、ひとりでスタッフ連中に詫びていた。仲裁役として間に立っていたわりにはなにもいわず腕組みしてふたりの話をきいていただけの雪ちゃんは、三脚にキャメラをのせて撮影準備をはじめたキャメラマンのところへ武藤がいってしまうと、道端にすわりこんでけっきょく泣いてしまった喜代三の脇に腰をおろし、いぜん同棲していた仲である男の義務だというように、肩を抱いて彼女をなぐさめた。その様子をちらりと横眼で見た武藤は、とりもどしつつあった平静さがふたたび掻き乱されたことをはっきりとうかがわせるように、坊主頭たちの不在に気づき、石田の友だちがいない、と、いって険しい表情をしてみせ、頭をさげたあとであるにもかかわらず、だれかさがしてこいよ、と高飛車に命ずるのだった。不機嫌そうな顔をすぐになおすことができない彼は、喜代三と雪ちゃんをできるだけ見ないようにと、辺りをなにげなく見渡しているうちに、不幸にも、その不機嫌さを最高潮にまでおしあげてくれるであろう人物、つまり黒と白の男、唯生と眼があった。武藤はいつものように嘲笑してみせるだろうか、あるいは憎悪そのものという凝視を、自分へむけてくるだろうか、わずかな間に唯生はそうおもった。しかし武藤は、唯生になんらかの感情をうけとらせる間をあたえることなく、はやばやと視線をはずしてしまった。おまえにはなんの関心もない、とでもいうように。

さて、こうしたいかにもぶざまで素人集団的な内部分裂のありさまをまのあたりにして、いまとなってはその場にいるものすべてにとって傍《はた》迷惑な存在である唯生は、これではまだまだ甘いと実感するばかりであった。なんともあっさりとすんでしまったものだ、波乱もなにもあったものではない、こいつらの意識が真の緊張で満たされることなどはたしてあるのだろうか、唯生は、おもいのほか人間たちの仮構する「小春日和」の風土は強固なものであると判断した。とはいえ、もちろん唯生自身は真の緊張など体験したこともなければそんな状況を見たこともない。だからここで彼がやろうとしているのはいわばある種の実験である。つまり、この素人映画製作集団においては、「仲間はずれ」にされているらしい自分の唐突な介入によって、どれほどまでに緊張感をたかめることができるであろうか、ひとつそれを見てやろうと、姑息にも唯生は考えついたわけなのだ。ところが、喜代三はお得意のヒステリーを大爆発させて事態の収拾を困難にしてくれるであろうと予測していたのだが、彼女は中途半端な態度しか示すことなく、平凡な言葉を適当に怒鳴り散らしてあとは泣き崩れるだけという、期待はずれな結果におわり、武藤はそれなりに辛抱づよく、自分のおもいどおりにことが運ばないため、いくらか拗ねてみせたくらいなもので、雪ちゃんとかいう男はといえば、とんでもない「アウトロー」的な人物だと知られているわりには、友人関係のなかでの自分の立場を守ることがせいぜいで、いまだ善良で良心的な男としてむかしの女に印象づけていたいらしく、泣きだした喜代三のなぐさめ役を、だれに頼まれもしないのにすすんでかってでる始末である。なるほど彼らはそれぞれの役割をごく自然に演じきってはいるかもしれない、しかし、それでも彼らのふるまいがきわめて退屈なものでしかないのは、端的に不徹底だからであろう、すべて中途半端なのだ、なんにたいして不徹底なのか、なにが中途半端だというのか、物語を模倣し、演ずることがである。唯生はおもった、彼らは「特別な存在」であろうとしていた自分自身をわすれてしまったようだ、演ずることのなんたるかがまるでわかっていない、ここでは「自然さ」など必要ではないのだ、必要なのは物語の模倣に徹することのみである、おれが見本をみせてやろう……

ついに、役づくりのトレーニングで鍛えた自分の力を、存分に披露するべきときがやってきたのだ。

腰をかけていたガードレールから離れて、キャメラマンとうちあわせている武藤のところへ、唯生は歩み寄っていった。現場にあらわれてからずっと、周囲の冷ややかな視線のまえにさらされたまま、だれとも口をきかずにじっとしていた唯生が、急におもいつめたような表情をして武藤のそばへちかづいてゆくので、なにをするつもりなのかと、辺りのものはみな訝《いぶか》しげに彼のほうへ眼をむけた。

——監督、はやく撮影をはじめましょう！　おれの役はなんですか？

走り去る自動車の音が、沈黙のながさをおしえてくれた。申し合わせていたかのように、素人映画人たちは手の動きをやすめ、たっぷり眉間に皺を寄せることで、せいいっぱい不愉快さを表現している様子で、泣いていた喜代三や彼女をなぐさめていた雪ちゃんまでもが、同様の態度でまわりの風景にとけこんでいた。

——監督、おれの役は？

武藤が唯生のほうへ身体をむけたため、キャメラマンは気持ちが先走り、おもわず武藤の両腕をおさえたが、自分の勘違いであることにすぐ気づき、恥ずかしそうにさっと手をはなした。

——おまえに役なんかないよ。もう帰ってくれ、邪魔なだけだから。

ここしばらくいささか余裕を失っていた武藤であったが、唯生にだけは安心して自分の優位を示すことができるはずだと、さきほど見せただらしない姿を帳消しにするつもりで、彼は強気になり、いつもの小馬鹿にするような態度を回復させ、そう口にした。ところがそこへ雪ちゃんがやってきて、武藤をあらためて不機嫌にさせたいのか、つぎのようにいうのだった。

——おいおい、それじゃあかわいそうだろ、わざわざこんな朝っぱらからきてくれたんだから。ワン・シーンぐらいだしてやればいいじゃねえか、監督よお……

さらに追いうちをかけるように、とりつくろって高慢そうな顔をしてはいるが涙のあとで化粧がくずれている喜代三があらわれ、口をはさんだ。

——そうよ、雪ちゃんのいうとおり。武藤くんて血も涙もないんじゃない、帰れだって、ひどすぎるよ。

喜代三とはついさっき口論したばかりであったが、武藤はすっかりふたりに裏切られたというおもいを抱いているように見えた。

——ちょっと待てよ、おれは監督なんだから、作品つくってるんだから、そんなわけにはいかないよ。そんないい加減なもんじゃあないんだ、おれの映画は。

——なにいってんだよ、たかがワン・シーンくらいいいじゃねえか。彼の着てるもんが気にいらないんだったら脱いでもらえばいいだろ、かわいそうだよ、なあ……

どんな思惑があるのか、雪ちゃんは唯生の弁護をやめようとはしなかった。

——どうしていまになってそんなこといいだすんだよ、雪ちゃん。喜代三になんか吹き込まれたのか？　そうだろ？

——そんなことはどうでもいいじゃない、まったく……そんなくだらないことといってないでさあ、はやく撮影やろうよ。もう、みんなに迷惑でしょ、監督。

おおきなため息をついて、武藤は地面にしゃがみこんだ。彼は、Tシャツの胸ポケットから煙草をとりだし、一本くわえて火をつけながら、つぎにいうべき言葉をさがしているようであった。はやく撮影やろうよ、と喜代三がいいつづけ、そのとなりでは、彼女の催促がおかしいとにやつき顔をした雪ちゃんが小刻みにうなずいていた。口から吐き出されるため息がこんどは白煙にかわり、そばに突っ立っている三人を見上げながら、武藤はいった。

——まだはじめらんないよ、撮影。主演女優がきてないからな、やれないよ、まだ。

——なにそれ、そんなことないでしょ、ツユミがでないとこから撮ればいいじゃない、はじめはそのつもりだったくせに、ツユミは家が遠くてはやく来れないから、あの子が出ないところから撮るつもりだったんでしょ。

——そんなことはおれいってないね。たとえいってたにしろ、それはあくまでも予定だから。とにかくきょうは彼女のシーンから撮りはじめるよ、時間はまだ充分あるし。おれは監督だから、おれが決めたことには従ってくれよ。

どうやら「ことなかれ主義者」的な性格もそなえているらしい雪ちゃんが、にやつきが消えた愛想のいい顔をむけて武藤のわきへ腰をおろし、媚びた口調で話しかけた。

——わかってるよ、それでいいって、監督のいうことにはみんな従うよ、だからもめるのはやめよう、もめるのはやめてみんなでなかよくやろうよ、仲間はずれもなくしてさあ、なっ。

そんな雪ちゃんの態度を見て、喜代三はしらけてしまい、武藤はなれなれしく自分の肩に手をおいて話しかけてくる相手に顔もむけず無視していた。

——それじゃあさっそく撮影はじめましょう！　監督、おれの役はなんですか？

雪ちゃんと喜代三が会話へくわわってきたために、しばらく黙っていた唯生が、元気よく言葉を発した。さすがにこれいじょう我慢できないという様子で、武藤は煙草を投げ捨てて立ち上がり、唯生の襟元を両手でおもいきりつかんだ。

——おまえはバカか！　いままでなにきいてたんだ、この野郎。もう帰れ、おまえには役なんかないんだよ、最初から。おまえは邪魔なんだ、おれはおまえが嫌いなんだよ！

おれはおまえが嫌いなんだよ！　これだ、といっしゅん唯生はおもったが、しかしすぐに、いや、まだまだたりない、と考えなおした。すると彼はそのとき、重力の衰えを、足元で感じた。襟元をつかんでいる武藤の両手をおさえ、そのままうえにあげてみると、嘘のように武藤の身体がかるく宙に浮き、抜けていく、と彼はおもった。同時に唯生はおおきく口を開き、勢いよくつぎのようにいった。

——うるせえバカ野郎！　さっさと撮影はじめやがれ、はやくしろ、はやくしねえとぶっとばすぞ！　おまえたち全員ぶっとばすぞ、ぐずぐずしやがって、さんざん待たせやがって、もうおれを待たせるな！　ぶっとばされたくなかったら待たせるな、おれのいうことをちゃんときけ、おれのいうことをきけないやつは皆殺しにしてやるぞ、動くやつはぜんぶ皆殺しにしてやる！　撮影だ！　映画だ！　はやくしろ、おれは気がみじかいんだ……

キャメラをおさめていたジュラルミン・ケースに腰かけ、顔中に飛び散った唯生の唾液をちり紙で拭こうとしていると、右と左それぞれの手のひらが黒と白の顔料で汚れていることに武藤は気づいた。怒りの魔にでもとり憑かれたように、とつぜん凶暴化した唯生は、なんでもいいからはやく撮影をはじめろと、武藤いがいのスタッフ連中にまで怒号をあびせつづけた。唯生の怒り狂う姿などこれまで見たことがなく、ましてや彼は全身を黒と白に塗りわけており、そんな男に怒鳴られた経験がないためか、その場にいるものたちは考えるよりまずここはいうことをきいたほうがよいと判断した様子で、仏頂面をしながらも撮影の準備にとりかかった。喜代三は放心したようにブロック塀によりかかって走り去る自動車を眺め、そのとなりで雪ちゃんは道端におちていた使用まえの割り箸を愛用のナイフで削っていた。おもなスタッフが武藤のまわりに集まり、こそこそとなにやら相談しているところへ、日差しをよけるために建物の陰へかくれていた唯生が不意にあらわれて、彼らをおどろかせた。

——監督、どこから撮るのか、決まりましたか？

午前中ではあるがきびしい残暑のために黒白の顔から大量の汗を流しているものの、唯生はジャケットを脱ごうとはしなかった。また怒鳴られる気でいたらしい武藤らは、おちついた唯生の話し方にいくらかほっとしたような表情を見せたが、警戒心をといてはいないようだった。

——あの、考えたんだけど、やっぱりツユミのところから撮っちゃおうとおもう……あっ、うん、どうしてかっていうと、時間的にはもうすぐ彼女きちゃうんだよね……だから、そこからはじめたほうがやっぱり都合がいいってことなんだ……

わざとやっているのかとおもわせるほど、武藤はぎごちなくしゃべった。

——けっきょく画のつながりのこと考えると、そのほうがいいんですよ。光線の具合とか、いろいろと。もうすぐ雲も消えそうだし。

武藤をフォローするようにキャメラマンが口をだした。たしかに風が強まり、太陽のそばに漂いながらたまに陽をさえぎるきれぎれの雲が、いまにも流れ消えてゆきそうな気配ではあった。しかし光線の具合などといってはいるが、とっくに早朝の時刻を過ぎているこんな時間にあって、そんなものはたいした問題でもなかろう、つまりこれはただの言い訳にすぎまいと、唯生にはおもわれたが、光学的知識および映画撮影の技術的知識がそれほど豊富ではない彼は、それにたいしてはとやかくいわずに、石田と親しい坊主頭の連中がいまだに帰ってきていないことを武藤に指摘するだけにとどめた。

――ああ、そういえばそうだな。だれかさがしにいったはずだけど……だれがいったんだ？　石田もいないなあ、まいったなあ、あいつらが出るの、ツユミと一緒のシーンなのに……

それをきくと唯生は、連中がいるところならだいたいわかっているから自分が連れてきてやろうといった。もちろんそういったのは彼のこころがいっとき善意につつまれたというわけではなく、たんに撮影をはやくはじめたかったからということでもなく、それを理由に撮影をひきのばすことができないように、武藤らの逃げ道をふさぐためなのであった。唯生がそういうので、いっそう怪訝さをあらわにしながらも、強いて反対する理由もないと彼らは表情で示し、わざとらしさの消えない武藤が、じゃあ頼むよ、と妙に弱よわしくいったきり、あとはみな黙ってしまった。なにか秘密があり、はやくその場から唯生が離れることを静かに祈っている、とでもいうように。

坂道をのぼってすぐに横へぬける道があり、十メートルほど先へゆくと、傾斜した土地をむりに掘りかえしたように黒ぐろとした土がそこだけとくに目立つほとんど真四角の平らな広場が、その周囲へ出鱈目に植えられているとしかおもえぬヒマラヤスギの幹や枝葉にかくれながらも、視界にはいってきた。なぜかちかくには住宅用の建物が見当たらず、あるのは、だれも働いている様子のないちいさな自動車修理工場や、プレハブの倉庫や、新聞の専売所、産婦人科の病院などだった。これは公園だろうか、唯生は、自分の住むアパートから約一キロくらいの距離にあるトレーニングのときに通っていた公園の遊戯施設や花ばなの充実ぶりにくらべ、こちらは薄汚れたベンチがいくつかあり、不良少年どもにスプレーで落書きされたトイレがあり、慎ましげにブランコがひとつあるだけという、まことに色気のない風情であったため、おれの趣味にあってる、とおもい、すこしうれしくなった。なるほど陳腐な風景ではあったが、しかしそれは適当に物語と似ていた。一本だけ植えてある欅《けやき》の木が、郷里の名物のひとつといわれながらじつはあまり知られていない、「東根の大欅」のことをふとおもいださせた。しかしそこで、あのマルセルがコンブレーでの幼きころを回想するように、唯生は故郷の思い出にふけってみたい気もしたのだが、公園の奥のほうから抜けて出たところにせまい私営の駐車場が見え、その脇にあるらしい土手でかくれた通り付近から、若造どもの声と、ものを壊す音がきこえてきたので、「懐かしさ」にひたることはあきらめ、彼はそちらへむかわなければならなかった。

坊主頭の「ガキども」が、なぜあれほどたくさんの小銭をもっていたのか、このとき唯生は理解した。公園を出て、土手にかくれた通りへやってきた唯生は、坊主頭の連中や石田とその仲間たちが、どういう方法でか警報機を鳴らさずに清涼飲料水の自動販売機の扉のような前面部分をうまくこじ開けて、なかから大量の小銭と缶ジュースを盗み出し、おおよろこびで笑っている場面にでくわした。この連中はおそらく自動販売機内の売上金をしょっちゅうこんなふうに盗み歩いているのだろう、つまり窃盗の常習犯ということだ、Sホールであれだけの小銭を両替しようとしたのはこういうわけか、とりあえず物陰にかくれて様子を見ながら、唯生は考えた。しかしあんなにおおよろこびして逃げもせずにいるところを見ると、常習犯ではないのだろうか、だが慣れているといえば慣れているようにも見える、推理をすめているうちに彼は、こんなことに結論をだしてもしょうがないとおもい、なんらかの行動にでなければならないと決意した。

——あれっ、中山くん、唯生に気づいた石田がいった。

——ああ、ナカヤマクンね、こないだの。

坊主頭の小男が、黒白の男とSホールの受付にいたアルバイトが同一人物であると知り、笑いながら両手につつんだ小銭をじゃらじゃらさせはじめた。

——どうしたの中山くん、けっきょく追い出されちゃったの？　石田がきいた。

——その恰好じゃあまずいよ、なあ。それじゃあ武藤ちゃんも怒っちゃうよ。

——だっておもしろくないもんなあ、もっとおもしろきゃあいいんだよ。変だけど、おもしろくないもん。

金髪の坊主頭と長身でエキゾチックな容貌をした男が唯生を見ていった。

――それで、なんか用？　ナカヤマクン。また小銭ほしいの？

小男は、じゃらじゃらさせている両手をまえに差し出しながらちかづき、唯生をからかってみせるが、顔つきのほうはどことなく殺気をおびていた。ほかの連中も小男を真似て、小銭やあき缶をたたく音を辺りに響かせた。

――中山くん、どうしたの？　なにしにきたの？

じつは小心者であるらしい石田は、器物損壊および窃盗の現場を第三者に見つかったことがいたたまれない様子で、唯生が警察へ報告してしまうかもしれないという不安を抱いたのか、頻《しき》りに、どうしたの？　なにしにきたの？　をくりかえしていた。仲間のだれかが、武藤に頼まれて自分たちを呼びにきたんじゃないかというので、そうなのかと、石田は表情をすこしあかるくさせて唯生にきいた。それにたいして唯生は、そうだ、と素直にこたえる気がせず、ちがう、と不敵な面構えでこたえた。

「ガキども」は静かになったが、しばらくすると口ぐちに、なんだこいつ、ばかじゃねえの、どうする、などと低い声でしゃべりだし、唯生を睨みつけた。

――それじゃあなにしにきたの？　ふたたび不安げな表情にもどった石田がきい

た。

唯生は小男を見つめていた。あいかわらず小男は、両手をふって小銭の音をさせている。まるでSホールの受付でもめたとき、自分だけがじゃらじゃらの音を響かせられなかったことを、いままで悔やんでいたとでもいうように。

——ジュース一本やるからよお、とっとと帰れよ、ナカヤマクン。

そういって金髪は自動販売機を蹴った。すると缶ジュースがひとつ地面に転がりおち、約束してあったかのように、機械的なすばやい適確さで、エキゾチックな顔の男がおおきな図体を苦もなくまげてそれを拾い、石田にわたした。とつぜん缶ジュースをわたされて石田はそれをどう処理してよいのかわからずに周囲の仲間をきょろきょろと見まわすが、だれも指示してはくれず、しかたなさそうに唯生へ歩み寄り、手にもったものを差し出そうとして、仰天した。金髪が蹴ったためであろうか、いきなり自動販売機の警報機が音を響かせたのである。その場にいるものすべてが、動物的な反射作用でいっせいに身を硬くした。そして、だれよりもはやくつぎの動作へうつったのは唯生であった。唯生は、警報装置がはたらいたいま、たとえ自分が窃盗集団の一員ではなくとも、考えるまでもなくそこにいてはいけないと判断し、逃げた。とりあえずはとうぜんの判断だともいえるだろうが、それにしてもここでの唯生はおそるべき反応速度のよさで、役づくりのトレーニングで得た成果を着実に活かし、圧倒的なはやさでその場から消え失せた。唯生は逃げた。周辺の詳しい地理的な知識をもたない彼には、そのはやさだけが頼りである。まったくといっていいほど切迫する理由がないはずなのに、盗みをはたらいた当事者たちを追いつかせない勢いで、彼は、自分の趣味にあっていて物語の舞台にふさわしいようにもおもえた色気のない公園をとおりすぎ、このときは逃げるしかなかった。唯生は一目散に十字路へむかっていった。

逃げてきた唯生がそこに見たものは、十六ミリキャメラの視線をうけとめて武藤に激しくつかみかかるツユミの姿だった。その光景を眼にした途端、彼の足がとまった。なにをやってるんだろう、遅れてあらわれたツユミが、なにか脅迫めいたことを口走りながら武藤に詰め寄り、彼の肩や胸元を小突いている、どういうことなのか唯生にはさっぱりわからなかった。キャメラマンがファインダーを覗いており、おそらくはさきに撮影をはじめているのか、リハーサルをおこなっているのか、そのどちらかであるはずなのだが、とつぜん現場へあらわれたツユミの凶暴な姿が、唯生が抱いていた現実の彼女の印象を転倒させ、ふいに映画のなかで傍若無人にふるまう彼女が蘇ったかのようにおもわれ、彼はすっかり混乱してしまった。じっさいそこにあるキャメラは、自分がむけている視線とかさなりあうもうひとつのキャメラのフレーム内にまちがってはいりこんでしまった、おのれを恥じるようにしてなんとか存在を希薄なものにしようと風景の一部を偽装する見窄《みすぼ》らしいただの精密機械に見え、唯生は、この時間を中断させてはならないと、風景がそれいじょうの存在感を誇示せずにいることを願った。ところが彼の後方からは、どたばたと足音を響かせて、決められた隠れ家があるわけでもないちっぽけな窃盗集団が、逃げ場をもとめていままさに近づきつつある。唯生はツユミから視線をはずしたくなかったが、しかたなくふりかえった。坊主頭の小男、エキゾチックな容貌の身体がおおきな男、必死の形相で駆けてくる石田、禿げ頭や金髪の坊主頭、それにつづいてほかの連中が、小銭の音をじゃらじゃら鳴らしながら迫ってきていた。そのことに気づいているのかどうなのか、ツユミはいまだキャメラのまえで武藤を小突きまわしていた。とるにたらぬチンピラどもの介入によって、せっかく再会した虚構のツユミと、自分はむりやり引き離されようとしている。唯生はおもった、守らなければならない、この時間と、このめっぽう美しい女を――いまや唯生は「愛のひと」と化し、同時に「怒りのひと」と化した――愛するものを守るために、自分は闘わなければならない、素人の盗っ人どもと、素人芸術家どもと、素人映画人どもと、戦後民主主義に守られた不良きどりどもと、「人間」だの「存在」だのが、なにものにも庇護をうけず、それじたいで身をささえているのだと高を括っている弛緩した精神どもと……

——とまれ！

唯生は叫んだ。しかし母親をもとめる子犬のように、「ガキども」はなぜかうれしそうにも見える顔をして、走るのをやめずに撮影現場へちかづいてくる。唯生はいまいちど叫んだ。

——とまれ！

その叫びをきき、撮影の本番かリハーサルを中断したらしい武藤たちの迷惑そうに話す声が背後からきこえてきた。彼はみずから自身の首を絞めていることには気づかずに、「ガキども」の進行をふせぐことで頭がいっぱいだった。自分のそばまでやってきた小男のまえを立ち塞ぎ、これいじょうさきへは行くなと唯生は命じた。

——なんだよ、うざってえなあ、おまえには頭にきてんだよ、殴られてえのか、この野郎……

そのとき決定的なことが起こった。喧嘩腰になって文句をいう小男の言葉へかさなるように、撮影現場のほうから、なにがおかしいのか「アハハアハハ」という女の笑い声がきこえてきたのである。それはこのときの唯生にとって機械を作動させるスイッチのように彼の自制心をきりかえる決定的な出来事であった。脳中の毛細血管がブチブチという音をたててきれてゆく。まず小男が、ふたつの鼻孔からだらだらと血を流し、そのまま地面にうずくまった。唯生は左右の拳をかたくさせ、いままでは自分のまわりを囲んでいる「ガキども」に、奇声をあげてむかっていった。敵は総勢八人いたが、ものの数ではなかった。坊主頭や長身や石田は、まるで公園の遊戯施設が遊ばれるように、唯生の截拳道によってすみやかに殴り倒された。唯生はその身をしなやかに動かし、足をたかく蹴りあげ、相手の腕を手のひらでかわし、拳を顎やこめかみへ命中させた。「ガキども」は辺りへ血を飛び散らし、ギャッ、という声を発して顔を歪ませる。武藤や雪ちゃんや喜代三たちが駆けてくるのがわかった。

——なにやってんだ！　中山、やめろよ、おい、やめろよ！　死んじゃうよ……

武藤が呼びかけ、喜代三が泣き叫んでいた。抵抗もできぬまま殴り蹴られる男たちのポケットから、何枚かずつの小銭が宙へとびだして地面におち、じゃらじゃらという音ではなく、チャリンという響きのよい音をさせている。やめろよ、中山、死んじゃうよ、と武藤がいいつづけ、喜代三は、いやああ、という泣き声のような叫びをあげて唯生の身体をおさえようとしていたが、危険だといわれて雪ちゃんにとめられた。ギャッ、チャリン、やめろよ、中山、死んじゃうよ、いやああ、ギャッ、チャリ

ン、やめろよ、中山、死んじゃうよ、いやああ、ギャッ、チャリン、やめろよ、中山、死んじゃうよ、いやああ、ギャッ、チャリン、唯生の頭のなかでそれらの音が渦巻き、辺りは音の世界へと変貌していた。ギャッ、チャリン、やめろよ、中山、死んじゃうよ、いやああ、ギャッ、チャリン。ついに意を決したという様子で雪ちゃんが唯生のまえに立った。ちかくにはツユミの姿も見えた。泣いているのだろうか、唯生はツユミを見つめた。石田を蹴ったときにころがった缶ジュースが足にあたった。雪ちゃん、やめたほうがいいよ、チャリン、チャリン、チャリン。ツユミは泣いているようだった。倒れて動かない坊主頭を蹴るのはやめて、地面にちらばった小銭を足ではらった。ジャリジャリ、チャリンという音がする。カチャリ、雪ちゃんは愛用のナイフを手にもっていた。缶ジュースをひろう。おい、やめねえと刺すぞ、雪ちゃんが凄んでみせた。ピーポー、ピーポー、ピーポー、ピーポー、警報機の音にどこかのだれかが気づいて通報したのだろう、パトカーが窃盗集団をつかまえにきたようだ。「ガキども」を助けようとつわものぶって愛用のナイフをだした雪ちゃんが滑稽に見えてしまう。ピーポー、ピーポー、ピーポー、ピーポー。缶ジュースの蓋を開けると、バシュッ、という音をさせて中身の炭酸飲料がとびだし、唯生は黒白の顔をぬらした。ピーポー、ピーポー、ピーポー、ピーポー、ピーポー……

私がこれまで語りすすめてきた唯生の物語は、はたして「哀しさ」の感じられるものでありえただろうか。私は物語るなかでおおくの逡巡を、おおくの誤謬《ごびゅう》を、おおくの言い落としを、おおくの誇張を、おおくの矛盾を、おおくの誤解を冒し、そしてなによりもおおくの無駄話と自己正当化をおこなった。しかし、それらはもうすんだことである。私はここで反省しようという気はない。かならずしもそれらは反省すべきことでもなかろう。だからといって誇らしげな態度でいようとはおもわないが、わざわざ自分のまちがいをあらためてさらしてみせる露悪趣味も、私はもたない。いま、私がすべきことは、唯生の物語をとりあえず終わらせることのほかはあるまい。

警察の解釈はこうだ。まず彼の恰好、これは映画撮影のための衣裳であると納得された、そして九名の美大生にふるった暴力、これは彼が窃盗の現場を目撃して逃げ出したために美大生らがあとを追いかけ、彼は仲間のもとへ駆けつけたがちょうど撮影中であったために話しかけることができず、そうこうしているうちに追ってきた美大生らは彼においつき、つかまった彼は「殴るぞ」と脅されたのでしかたなく、彼なりの防衛本能と正義心をはたらかせて、暴力行為にでた、いわば本人にしてみれば正当防衛のつもりであったが、拳法を身につけていたためにいささか度が過ぎてしまった、というように、関係者の証言から事実関係をまとめて彼の行動が検討された結果、過剰な暴力行為にたいして厳重注意をうけ、あとは裁判所のほうからなんらかの通知がとどくだろうから、といわれただけで、彼は帰宅を認められた。彼にしてみれば警察は好意的に解釈してくれたわけだが、むろんそれは坊主頭たちがあちこちで自動販売機の売上金を盗み歩いている常習犯であったことがおおきな一因であるだろうし、事実関係の全体よりも細部がこまかく検討されていないためにちいさな矛盾が判明しなかったためだ。あの場で彼はそのような心理にもとづいて行動したおぼえはなかった。だがそれを主張してみたところで、いくらか警察に不審な人物として見られ、拘束時間が長びき、あの永遠に接点が見いだされることのない言葉のやりとりがいつまでもつづき、適度なむなしさと疎外感を味わうだけだとおもった彼は、それは訂正せずにアパートへ帰ったのだった。

Sホールでのアルバイトをつづけているのは彼ひとりになってしまった。定員が減らされたこともあるが、いつのまにかみな連絡もせずにあらわれなくなった。喜代三もやめてしまったので、ツユミが姿をみせるはずもなかった。受付が暇になると、彼はまた、ひとりで本を読みはじめた。催しが映画興行になり上映中はほとんど客がこないせいか、アルバイトが減ったせいか、笠原やほかの社員は彼が書物をながめていても咎めようとはしなかった。彼は気になることがあり、いぜん読んだ大西巨人の『神聖喜劇』を読みかえしてみて、つぎのような主人公の言葉に惹《ひ》かれた。

ただね、こういうかすかな予感のような物が私にないこともないのです、――人生に「本筋」と「余計」との区別なんかはないのではないか、「本筋の人生」がそのまま「余計な人生」であり、「余計な人生」がそのまま「本筋の人生」であるのではないか、つまり人生はすべて「余計」なのではあるまいか、あるいはつまり「余計な人生」を耐えて生きることがすなわち「本筋の人生」なのではあるまいか……なんだかごたごたして不明瞭だが、そんな予感のような物も……かすかながら……。

これは、「その私は、私と彼女との間柄を、『恋愛』という言葉でではなく、『情事』という言葉で考えていた。けれども両者の間に語感の差はあろうとも語義の違いはなかろうからには、私の考え方は論理的でも実際的でもなかったかもしれない。」と、この「軍隊小説」の主人公東堂太郎がそれとの関係を苦しげに語る、「『安芸』の彼女」とよばれる女性が、「夜の媾曳《あいびき》」でふたりがかわした会話のなかで、――ふたりの関係やかわされた会話の中身はじつに微妙なものをふくんでいるのでおそろしく要約しにくいのだが――東堂に悟られていることを知り、隠す必要もないからと、つぎつぎにおとずれた身内の不幸を語り、自殺もはたすことができなかったという過去を告白したあと、「……私の本筋の人生はすでに終結したのであって、これから先は余計な人生に過ぎない、――そういうことになってしまったのです」と述べたことにたいして、話のすすむなかで東堂が語ったことである。さらに東堂はこのように語る。

もし万一そんな予感が現実になったとしたら、――私にとって主体的に現実になったとしたら、――私はあなたにも現在のとは別様の何かを言うことができるのかもしれない、……あなたと私とは現在のとは別様の何かを話し合うこともできるのかもしれない、……しかし結局それは単なるかすかな予感のような物に過ぎないのでしょうが。

「我流虚無主義者」東堂太郎は、「すでにして世界は真剣に生きるに値しない」というおもいを抱き、いわば無根拠な生を「惰性のように生き」ており、『一匹の犬』としてこの戦争に死すべき」と誓い、出征してゆく。しかしながら彼のなかには「かすかな予感のような物」があり、『『余計な人生』を耐えて生きることがすなわち『本筋の人生』なのではあるまいか。」という「不明瞭」なおもいを「見極めるためにも」戦争へでかけようとしているのかもしれないという「気がかり（疑い）」がある。彼は、戦争へむかおうとしているみずからの根拠が明確たらざることにおもいをめぐらす。そして小説の結末では、あらゆる意味で厳しい三ヵ月間の「新兵教育」を終えた東堂が、その後に体験することになる、「我流虚無主義の我流揚棄、『私は、この戦争に死すべきである。』から『私は、この戦争を生き抜くべきである。』へ具体的な転心、『人間としての偸安《とうあん》と怯懦《きょうだ》と卑屈と』にたいするいっそう本体的な把握、『一匹の犬』から『一個の人間』へ実践的な回生、……そのような物事のため全力的な精進の物語り」が予告されて、物語のすべてが幕を閉じる。

休憩時間中もその小説を拾い読みしながら、彼が考えたことはこのようなことだ。『余計な人生』を耐えて生きることがすなわち『本筋の人生』かもしれぬとすれば、つまりそれは無根拠な生を生きるという最後にのこされた根拠を「自覚」することであり、その「自覚」をみずから放棄あるいは「我流揚棄」したはてに、「『一匹の犬』から『一個の人間』へ実践的な回生」が可能になるということなのだろう。それが「人生の意味」の回復だとか「人間主義」への回帰であるとか――あるいは病気にかかった身体を健康な状態へもどす過程とも似ているが――そんなこととは関係なく、そこにはたらくのは「切断」の意志であり、ある種の「転回」であり、そのような「実践的な回生」は、鏡のまえに立ち、「型」の反復により動作の「自覚」を推しすすめることによって得ることのできる「日常性」をとりもどす試みと一致するはずである。さらには、『神聖喜劇』の東堂太郎が「死すべき」であった戦争を「生き抜くべき」へ、「一匹の犬」から「一個の人間」へ、その「実践的な回生」へとむかう様は、「生」と「死」が入れ替わっているだけで、『ドン・キホーテ』において「遍歴の騎士」ドン・キホーテが、寝床へ横たわり死をむかえることで、いぜんの自分アロンソ・キハーノをうけいれ、なんでもないただの「人間」へとたちかえる過程とも見事に一致している。それらは同質の「転回」とよべるものだ。セルバンテスは『ドン・キホーテ』を書くことによって「騎士道小説」の時代に終止符をうったといわれているように、――じっさいセルバンテス自身も『ドン・キホーテ』を執筆する目的は『騎士道小説』が俗世間に有する、権勢と人気を打倒するためだ」と書いているらしく、まさにひとつの時代を終わらせようという凶暴な意志がはたらいていたわけである――大西巨人は『神聖喜劇』を書くことによって、「軍隊小説」に最後の決定打をあたえた。はるか歴史をこえて、時代を「切断」する意志をはらんだふたつの長編小説が、たがいをちかづけることなくつよい共鳴の響きを波及させている……

　Sホールでの仕事中、彼はここまで考えたが、自分はどうどう巡りをしているようだとおもわざるをえなかった。けっきょくなにを読んでもおなじことばかり考えているだけにすぎないということだろうか、これまで自分が考えてきたことは、とどのつまり「実践的な回生」へと自身をむかわせることであったが、じっさいには思考が円環を描くのみで、よけいなものをとり除く行為じたいにべつのよけいなものが付着し、形式化もままならぬ始末であり、混濁するいっぽうだ。とはいえ実生活のほうはやはり簡単で味気ないままであった。アルバイトから帰り、夕飯をすませた彼は、こしばらく夜の時間は読書でばかり過ごしていたので、一週間ぶりに映画をヴィデオで見た。いや、見ようとしたのだが、てきとうに箱のなかからとりだしたヴィデオ・テープのタイトルを確認すると、録画されているのはだいぶまえに一度みたきりの外国映画であるとわかり、ひさしぶりに見なおしてみようとテープをデッキにセットして再生ボタンを押し、モニターに映像がうつしだされて日本語タイトルがでたところで、彼は、はっとして、ある重要なことにおもいあたったため、それから何十分間かはほとんど画面を見ていないのに等しかった。ある重要なこととは、「昼」でありなから「夜」であることに関係している。彼はそのとき、これだ、というつよい確信を抱いた。その映画のタイトルとは、『アメリカの夜』という。

『アメリカの夜』〔“LA NUIT AMERICAINE”〕という映画のタイトルに、彼はどんな重要なことをおもいあたったのか。「アメリカの夜」という言葉は、正確にはフランス語であり、英語でいう‘day for night’つまり「晴天つぶし」といわれる疑似夜景をあらわす映画の撮影技法用語であり、一年じゅう空が晴れているカリフォルニアの昼間を、キャメラの絞りと光学フィルターの操作でフィルムにたいする露光を調節して、夜の場面として撮影してしまうハリウッド映画特有の「夜」であるということはよく知られている。疑似夜景、それは「昼」でありながら世界を「夜」にかえてしまう途方もない虚構の企てだ。そうした虚構の出鱈目さを作品のタイトルとしてどうどうと掲げ、あかるい日差しにつつまれた「昼」など映画にあってはたやすく「夜」の暗さにかえられてしまうのだと宣言してみせるフランソワ・トリュフォーは、まさに「秋分の日」的なものを擁護《ようご》している。それを擁護することが、はたしてどんなものを得ることになり、なにを犠牲にしているのか、いぜんとして曖昧なままであったが、トリュフォーにならって、自分も「秋分の日」的なものを肯定する身振りをいままでいじょう積極的に示さなければならないときがきているということを、彼は実感した。「アメリカの夜」とは「気違い」の横行する場ではないか、それこそ真の「気違い」が露呈される場とよぶべきものではないのか。ここで彼は、ひとつの決断をくだした。いよいよ別れのときである。

中山唯生と名づけられた私のべつな人格は、彼にとってエスでありサンチョ・パンサである私から離れて、いま、『アメリカの夜』が撮影されたフランスのニースへむかっている。彼は、世界中のあかるく晴れた「昼」の景色を「アメリカの夜」にかえてしまおうと、――ホースラヴァー・ファットが「〈救世者〉」をさがしもとめて世界へ旅に出たように――キャメラをもって旅立った。私は、彼から送りとどけられるはずの疑似夜景が撮影されたフィルムの到着を待ちながら、文章を書きつらねている。世界中のあらゆる地域から送られてくるであろう彼のフィルムには、はたしてどのような「夜」がおさめられ、それはどのように映し出されるであろうか。私はけして素朴な期待に身をまかせることなく、厳粛にその映像をうけとめたいとおもう。それは、「映画のひと」であり「読書のひと」であった彼＝私が、それぞれ「撮るひと」と「書くひと」とに成りかわり、はなればなれとなって、たがいを厳しく見つめあうことにしたからである。それがわれわれの「実践的な回生」となることを希求し、なんでもないただの「人間」であることを素直にうけいれ、「秋分の日」的なものを擁護する闘いをつづけようという決断を私＝彼はくだしたのだ。たしかにわれわれは、自身を「特別な存在」へと仕立てあげることに失敗し、「気違い」の次元へといきつくことに挫折したのかもしれない。だが私は気づいた、ひとが夢想してやまぬ「特別な存在」とは、「小春日和」を仮構する「春分の日」的なものであるということを。むろん「実践的な回生」がありえるとおもうことも、ある種の「小春日和」を生きながらえさせているのかもしれぬが、しかし、たしかなことは、なんでもないただの「人間」であることは出来事のイメージではなく出来事そのものを痛みやよろこびとともに実感することであり、生身で現実と対峙することを意味する、それこそが闘争とよばれるものにほかならない。どこかのだれかを「特別な存在」として祭り上げたり自分をそのように仕立てあげたりすることで現実そのものを遠ざけている「小春日和」の盲信者たちは、差別と平等の間にある厳しさを、争いのまえとあとにある緊迫を、そして生と死の間にある人生を、隠蔽しつづけているのであり、そのように長閑でいられた時代はとうの昔に終わっているということがあからさまに露呈され、なにかの衝撃をうけて「小春日和」がはかなく崩れ去る様を、われわれは見とどけるつもりである。事実、彼＝私が抱いた「特別な存在」へとむかう意志は、このようにしてわれわれ自崩壊した。これまでわれわれが批判してきた「春分の日」的なものとは、身のことでもあった。しかしわれわれはそのことをすこしも恥じない。それは不可避的であるからだ。批判の射程がみずからにまでおよんでいることを気づきながらもなお、われわれは攻撃をやめるわけにはいかなかった。いや、むしろわれわれはとうとう「自覚」へといたったのかもしれない。われわれには攻撃をつづけなければならない根拠がどこにもないからだ。ところが現実には、にせの「特別」なもの、イメージの「特別」さが、じつはどこかにあるはずの真の特別なものをあらゆる場で陰へ追いやろうとしているようだ。われわれはその間にあるものへ注意ぶかく視線をおくり、あたかも「特別」なるものが「権勢」を保持しえていると錯覚している魂に、断固として抗わなければならない。私は、私自身を「切断」せねばならぬ必要がある。

昨日、私は二十五回めの誕生日をむかえた。だからといってことさらなにかがかわったわけでもない。私はいつものように文章を書いているだけだ。Sホールでのアルバイトもつづけている。武藤や喜代三や雪ちゃんや戸村や石田や坊主頭たちやツユミは、いまなにをしているのかまったく知らないし、会ったこともない見知らぬ他人のように、私のなかで彼らの存在は希薄なものとなっている。事実そんなひとびとを私は知らないのだ。私から、私自身でもある彼は遠く離れ、どこかで昼間の景色をまっ暗な夜にかえているはずだが、撮影済みのフィルムはまだひとつもこちらに届いてはいない。もちろん彼は虚構の存在なのだから、そんなものが私のところに届くわけはないのである。だが私は信じる、世界中の昼が夜として撮影されたフィルムがいつか、自分のもとへ届けられることを。今日は世界で夜が昼よりもながくなる最初の日なのだ。いや、そんな話をくりかえすのはもうやめにしよう。その物語は、またべつの機会に「あたらしい物語」として、――私にそんな機会があたえられることがあれば――語りなおされることになるだろう。これまで私が語ってきた彼＝私の物語は、物語というよりも、そのできの悪い設計図を描く程度がやっとであった。けっきょく、物語における真の主人公の座は、たぶんまだ空席のままだ。それがいつまでつづくのか、いまの私にはまったく予測できない。私はなんでもないただの人間である。もはやそれいじょうなにもいうべき言葉を私はもたない。私の模倣もここまでだ。それでも仮に、語る余地が私にのこされているとするなら、なんでもないただの人間として、最後にこれだけはいわせてほしい。それは私が、はじめてわが家の墓と対面したときの話である。祖父の三回忌に、私はひさしぶりに実家へ帰り、建てられたばかりの墓をはじめて眼にした。その墓は、かなり両親が張り込んだらしく、色が白いせいもあり――母親によるとほんらい墓にふさわしい色とは白と決まっているのだそうだ――その墓地でもひときわ目立つ、まあ立派な墓といえるものではあった。その墓を視界へうけいれたとき、私はただならぬ戦慄をおぼえたのだった。墓碑の右隣には、ほぼ真四角な墓誌といわれる厚い石の板があり、その表面のいちばん端には故人である祖父の俗名が刻まれ、裏面には墓を建てた私の両親の名が刻まれていたのだが、私のこころをつよくつかんだのは、墓誌の表面にひろがるまだなにも刻まれていない余白の部分である。そこへ記されることになるのはとうぜん、家族ひとりひとりの名であるだろう。つまりそのなかにはこの私もふくまれる。そう、この余白が私を震撼させた。花崗岩、俗にいう御影石でできた、そのたいらな平面が、私を生きながら葬り、地中ふかくへと誘っているような気がしたのだ。墓誌という名の石板の、祖父の名いがいはなにも刻まれていないのっぺらぼうな表面が、生の領域にあるはずの私に死を宣告し、はやく署名をおこなって、余白を文字でうめつくせと促しているようなのだ。

そのような誘惑を、ひとはことわることができるだろうか。

インディヴィジュアル・プロジェクション

「戦いは最後の五分間である」

ナポレオン・ボナパルト

五月一五日（日）

33歳になったフリオは、「33歳」という歌をつくった。こんな歌だ。

「ノスタルジーとノスタルジーのあいだを／きみの人生とわたしの人生のあいだを／夜と暁のあいだを／日々が通り過ぎてゆく／だれでもよく覚えているあの年頃／16歳になったころ／あのころのわたしたちは／もっと大人になりたいと思っていた／だれでも／ほんの少しは／きのうという時を隠したがる／肌に／かすかな／しわが見えはじめたとき／たった33歳／でも人生の半分／去って行く33年／こんなに急いで／求められればその人を／愛してきた33年／あなたと同じ33歳／他人には思いもよらぬこと」

ぼくはいま、この歌を聴いている。確かにまったく凡庸な歌詞だ。しかしぼくは気に入っている。フリオの歌はどれも素晴しいものばかりだが、なかでもこの「33歳」には特に興奮させられる。歌詞の訳を読むまでもなく、ひどくセンチメンタルな曲で、囁《ささや》くようなフリオの歌声とスペイン語の語感が刺激的だ。ぼくは偏頭痛もちなのだが、頭が痛いときにこの歌を聴いていると死にたくなるほどの刺激を受ける。偏頭痛もちではあるが、しかしぼくは不眠症ではない。眠ることはたやすい。ぼくはいつどこであっても眠ることができる。また、すぐに目覚めることもできる。頭痛は寝てしまえばすぐに治るし、薬など必要ではない。こうしたことは訓練をつづけてゆくうちに可能になった。父親も偏頭痛もちなので、遺伝なのかもしれぬが、だとすればぼくの代でそれはほぼ克服された。訓練によって。

ぼくがフリオの歌を好んで聴くようになったのは、学生の頃につきあっていた彼女から誕生日のプレゼントとしてフリオのベスト・アルバムCDを貰《もら》ったことがきっかけだ。彼女は、「この歌手はあなたと同じ誕生日なのよ」といって、小さなポリエチレン製の手提げ袋に入ったCDをぼくにくれた。以来、ぼくは彼女と会うたびにフリオの歌を聴きながらセックスするようになり、それがほとんど習慣になった。その結果、ぼくの身体《からだ》はフリオの歌を耳にすると条件反射的に昂揚《こうよう》し、勃起《ぼっき》するようになってしまった。とりわけ「33歳」が聴こえてくると、本能がじかに刺激されているような感覚すらおぼえる。卒業後すぐに彼女とは別れたが、数年経《た》ったいまでも、フリオの歌に誘発されるぼくの身体反応は変わらず保たれている。それによって生じた欲求を解消するには、性的な処理か、暴力的な処理のいずれかしかない。こればかりは寝ても無駄なのだ。ぼくが目覚めれば、当然、ぼくの身体じたいも目覚めてしまう。

そういえば、「33歳」の歌詞には、一つ不吉な箇所がある。「だれでも／ほんの少しは／きのうという時を隠したがる／肌に／かすかな／しわが見えはじめたとき」というところだ。ぼくはこの箇所を以下のように解釈した。「きのうという時」は、「肌に／かすかな／しわが見えはじめた」者にとって抑圧的な効果となって回帰し、自身を束縛する。したがって、先へ進まねばならないにもかかわらず躊躇《ちゅうちょ》や迷いが生じた場合、「だれでも／ほんの少しは」、否応《いやおう》なしにそれを「隠したが」らざるを得ない。「きのうという時」の記憶が起こす反省は、なるほど好都合に作用することもあれば、過剰な消極性をもたらすという欠点もある。あと数年たてば、ぼくも33歳を迎えるだろう。「きのうという時」は、いまやぼくにとっても、抑圧的な形を成して近づきつつあるのかもしれない。

五月一八日（水）

仕事の休憩時間中に本屋へゆく途中、センター街を歩いていたら、プリティニシムラの前で見知らぬ中年女に呼び止められた。商品広告に関するアンケートを行っているのだという。図書券をくれるというので承諾した。万葉会館内の一室へつれてゆかれ、年齢やら職業やら定期的に購読している雑誌名だとかを聞かれたあと、煙草《たばこ》のCFとポスターを数種類見せられてそれらの印象を述べろといわれた。すべてが平均的なイメージだとぼくは答えた。それだけかと訊《たず》ねられたが、それだけだと返した。すると相手がひどく残念そうな表情をするので、少し煽情《せんじょう》的ではあるとつけ加えてやった。今度は満足したらしく、にこやかな顔で終了だと告げられた。こうして一〇〇〇円分の図書券が手に入った。

本屋から戻る途中、またセンター街を通ってみたら、別の中年女が通行人に声をかけようとしていた。さっきはほかにも数人仲間がいたのだが、今度は一人だった。こちらのほうが良い身なりに見える。もう一度図書券を貰おうと思い、その女のそばへ近寄ってみた。しかし彼女は調査員ではなかった。チラシ配りだ。これではもう一度図書券を貰うことはできない。彼女は、最初は誰かを呼び止めようとしていたかに見えたが、必ずしもそうではなかった。チラシを持ってただ突っ立っているだけなのだ。ぼくは自分から手を差し出してチラシを貰った。美容室の新装開店を示す宣伝チラシだった。ただしそれだけではなかった。その美容室は、「ピカドン的工業戦力」を備えているのだという。「ピカドン的工業戦力」とは、じつに厄介だ。ムラナカたちがあれを捜さずにいるはずはない。マサキはいったいあのプラスチック・ボールをどこへ隠してしまったのだろうか？

五月二一日（土）

新聞には、今日も自殺者の記事が載っている。あいかわらずこの国では「自殺ブーム」が続いているようだ。そうかと思えば、死にたくもないのに殺されてしまう人々の記事も毎日載っている。なかでも猟奇趣味的な殺人事件の多さが目立つ。一月前《ひとつき》ぼくが住む町内でも屍体《したい》愛好者だという男が逮捕されていた。その男にとっては屍体であれば男女どちらでも欲望充足の対象になり得るらしく、警察が彼の住居へ踏み込んだとき、男性屍体のペニスから切りとった亀頭《きとう》部分と睾丸《こうがん》を、大きく膨らませた口のなかで飴玉《あめだま》のように転がしながら舐《な》めていたのだと、近所のコンビニの店員が話していた。三つも丸いもんを口のなかに入れていたとは、随分欲張りなやつだと思いませんか？　まあどんな女でも眼のまえに出してやった途端むしゃぶりつくところをみると、どうやらよっぽど美味《うま》いんでしょうね、こいつは、そういって彼は自分の股間《こかん》を指さしていた。この噂話《うわさばなし》が好きなアルバイト自身、じつは露骨な脚フェチ男なのだ。彼はそのことを隠さない。ぼくが買物にゆくたびに、その日に店を訪れた素晴しい脚の持主について嬉《うれ》しそうに語って聞かせる。彼はぼくもその種の趣味を何かもっているのではないかと疑っているので、最近は覗《のぞ》きに凝《こ》っていると教えてやった。ともあれ、新聞によれば犯罪件数や失業者数は依然として増加傾向にあり、はやくも今年は冷夏になりそうだという予想が出ていて、農民たちはすっかりやる気をなくしているという。政治家は外交でへまばかりやらかし、世界中から反感を買っている。たぶん、戦争になるだろう。スクリーンでは怪獣が暴れまわっている。まったく不穏なことだらけというわけだ。

五月二六日（木）

今日は馬鹿《ばか》なことをやってしまった。アルバイトの一人であるヒラサワという男が、先週自分を袋叩《ふくろだた》きにした連中への報復にゆくというのでぼくは仕方なく同行した。彼は先週の金曜日の仕事帰りに井ノ頭通りからセンター街へ抜ける西武A館脇《わき》の小道を歩いていると、ゲームセンターから出てきた数人の高校生たちに突然からまれ、その場でさんざん痛めつけられたのだという。確かに、今週の月曜日に仕事場で会った彼は顔中に青痣《あおあざ》をつくっていた。ヒラサワは今年地方から出てきたばかりの大学生だ。本人の話によると、高校生の頃の彼はそれなりに名が知られた「ヤンキー」で、地元ではけっこう幅を利《き》かせていたのだという。だが実際は自慢できるほどのものではなく、むしろ小者にすぎなかったのだろうとぼくは思っている。そんな彼が、東京へ出てきてわずか数ヵ月のうちに複数とはいえ年下の高校生たちに虫けらのごとく扱われ、しかも現金約五万円とカード類が入った財布やローンを組んで買ったばかりの507XXまで奪われてしまい、プライドを深く傷つけられて完全に頭にきていたわけだ。そして今日、最終上映スタート後、夕食の買出しに街へ出たときに例の高校生たちの一人が自分のGジャンを着てゲームセンターへ入ってゆくのを偶然目撃し、店内の様子を窺《うかが》ったところ仲間の姿がなかったので、これは復讐《ふくしゅう》のチャンスだと自分は思った、そのように彼はぼくに語ったのだった。

「どう思いますか？　オヌマさん。頭にきませんか？　年下のガキどもに袋にされた挙句、財布とGジャンまでとられたんですよ。罰《ばち》でも当たったんですかね、まったく。みっともなくて一昨日まで学校の連中と顔合わせられませんでしたよ。やっぱり礼は返しとくべきですよね？　当然ですよね？」

それに対し、ぼくは答えた。

「まあ、やりたいようにやればいいさ。ただ、一度そういったことをやりだすときりがないし、少なくとも都内に住んでいる間は死ぬまでそれを続けざるを得なくなるかもしれないがね。これで終わるとは限らないからな。それに、途中で何が出てくるかわかったもんじゃない。そいつらは本当に制服着てたのか？　地元には組関係の知合いが一人や二人いるのかもしれないが、ここじゃあおまえはただの学生にすぎないよ。月並みな言い方だが、将来東京湾の底に沈められたくなけりゃあおとなしくしているんだな」

ひとまず年長者らしく軽率さを窘《たしな》めてやろうと思い、彼が背負い込むはずのリスクについて少しだけ大袈裟《おおげさ》に述べてやった。しかし、というかむろん、血の気が多く調子にのりやすいヒラサワには、そんな年長者の慎重論などまるで効果がない。

「高校生のガキ相手に泣き寝入りすることはないんじゃあないですか、オヌマさん。おれはそういう事勿《ことなか》れ主義は好きじゃない。やることやっとかないと気持ち悪いし、なめられんのは腹立つし……オヌマさんは違いますか？　あいつらのバックに何がいたって関係ないですよ、こっちもいちおう修羅場《しゅらば》くぐってきてますからね。警戒ばかりしていちゃあ何もできませんよ」

この男、さっきから随分威勢のいいことばかりいっていやがるが、そんな話をおれに聞かせてどうするつもりだ？　ぼくはそのように思っていた。こいつはたぶん、復讐におれをつきあわせたいんだろう、相手がいまも一人とは限らんからな、そう、それでさっきから自分の怒りをおれに共有させようとしているような口調で話しかけていやがるわけだ、見え透いた手だな、訓練を積んだおれにそんな安易な手は通用しないぞ、ヒラサワよ……　けれども一方で、ぼくはこんなふうにも思っていた。とはいえ、久々に実戦するのもそう悪くない、演習にもなるし、この情況ならそれほど不自然ではない、ちょっと手助けする程度なら構わんだろう、相手が一人しかいなかったらヒラサワの戦闘ぶりを観戦してりゃあいい、なにしろ今日は出掛けにフリオの歌を聴いちまったからな、刺激には刺激で、興奮を鎮《しず》めなくてはならないのだ……

仕事を終え、ぼくらは例のゲームセンターへむかった。今日はレイトショーがないので、ヒラサワが復讐相手の姿を見かけてからそれほど時間が経ってはおらず、まだその場にいると思われた。ぼくはヒラサワに、映写室からもってきた使用済みの単一形乾電池を二つ渡した。なんですか？　と彼が訊ね、わからないのか？　とぼくが聞くと頷《うなず》くので、それを両手で握っていれば殴ったときの威力が増すはずだと教えた。ヒラサワは、ああ、そういうこと、といって何かを思い出すような表情で納得していた。

公園通りを歩きながら、ぼくは中学生の頃のことを思い出していた。互いに相手の在籍校へ赴《おもむ》きおこなわれる不良学生どうしによる喧嘩《けんか》。ぼくらはそうした紋切り型を飽きもせずにくり返していた。なぜかやらずにはいられなかった。それはいまも、到《いた》るところで、様々なかたちでくり返されている。格闘対戦型のコンピュータ・ゲーム・ソフトが売れているのは、誰もが暴力的な欲望を潜在的に抱いているからに違いない。これはいかにもありふれた見方だが、しかし暴力性に魅せられた人々が少なからずいることは確かだろう。ぼく自身、あの中学生時代から十数年が経過してもなお、いまだにこうして馬鹿げた紋切り型をくり返そうとしている。

やはり高校生の数は増えていた。といっても三人なので、問題ではない。制服を着ているのが二人と、ヒラサワから奪ったGジャンを着ているのが一人。ぼくが声をかけて外へ連れ出すと、ヒラサワの姿を見て彼らはすぐに何事か気づいた様子だった。両者ともさっそくその場でやりあおうという態度を示したので、ここで目立っては何かとまずいとぼくは思い、宮下公園に行こう、と誘った。五人で井ノ頭通りのほうへ歩きだそうとしたときに背後から呼び止められ、振り返ると、アービーズから出てきた高校生が一人、ハンバーガーとシェイクをもったまま敵に加わった。結局、二対四になったわけだ。とはいえむろん、何ら問題ではない。

しかしすぐに問題が生じた。山手線の高架線下を通りすぎた辺りで誰かの携帯電話が鳴りだした。高校生の一人が電話をかけてきた相手と話しはじめたので、ぼくは気になり、歩調を遅くしてその会話に耳を傾けた。相手は仲間の一人らしく、電話の持主は現在の情況や居場所や人数などを告げている。そして電話を切ると、すぐ来るってよ、と仲間たちに知らせた。どうやらほかにも何人か近くにいるようだ、面倒なことになりそうだな……ぼくは手短にそのことをヒラサワに耳打ちし、事態が変わったのでてっとりばやく済ますぞ、といった。さすがに彼も、先週すでに苦い経験をしているせいか、真面目《まじめ》な顔つきをして黙って頷いていた。そして公園へむかう階段をのぼりながら、ぼくはヒラサワに簡単な指示を与えた。

「おい、さっきやった乾電池をこっちに一個よこせ」

彼は素直に渡した。

「いいか、おまえはとにかく一人に集中しろ、あとの三人は気にするな。そうだな、Gジャンのやつがいい、それ以外は構うな」

「オヌマさん、三人も平気ですか？」

「おれは四人でも平気だ。一分で片付けるぞ」

ヒラサワは信用せず、こんなときにそんな映画みたいなことといわないでくださいよ、といって迷惑そうな顔をしていた。確かに少しかっこつけすぎたかもしれない、そう思いながらぼくは反省したが、しかし嘘《うそ》をいったつもりはない。実際、本当に一分ほどで片がついた。ぼくはいまも鍛練を欠かしてはいなかったから、久々の実戦とはいえ、この程度の連中相手に梃摺《てこず》るわけがなかった。そもそもこのような低レベルの相手にわずかでも苦戦するようでは、塾生の頃に戻って一からやりなおさねばならず、苛酷《かこく》な情況下で生き残るのはまず無理だと思わざるを得ないだろう。

「はやくこいよ、ほら」

高校生たちは、約二メートルほど離れたところで横にならんで立ち、こちらをむいていた。彼らはみな上着を脱ごうともせずに突っ立っている。四人のうち三人が長髪で、しかも洗いっぱなしの素髪状態であり、ちょっとでも動けば視界が遮られるだろう。全員がＡＪⅪを履いている。こいつらはバスケのチームか？　だとすれば一人たりないが。ズボンの腰穿《こしば》きをなおさぬところを見ると、なめているのか何も考えていないかのどちらかだが、いずれにせよそれはこちらにとって好都合だ。

「上等だこのガキ！」

ヒラサワがそう怒鳴り、高校生たちが彼のほうへ視線をむけたのを見て、ぼくは右手にもった乾電池を左端にいる一人の顔面におもいきり投げつけた。そしてすぐにその隣にいるもう一人の正面にすばやく近づいて顎《あご》へ掌底《しょうてい》を打ち込み、さらにもう一人、ハンバーガーは食べ終えたもののいまだにシェイクを飲みつづけているやつの脇腹へ蹴《け》りをいれた。こいつはシェイクを飲んでいるためちょうど右脇腹があいていたのだ。その結果、シェイクの残りはそいつの顔や胸に飛び散った。今日はアイリッシュセッターをやめてナイロンコルテッツを履いてきたのは正解だった。足が軽く、攻撃しやすい。効率良く、それぞれ一発ずつで動きを止めることができた。ここまでは予定通りうまくいったわけだ。顔面に乾電池の直撃をくらったやつは、不意にやられたショックと激痛で立ち上がれず、ほぼ戦闘不能の状態だった。あとはほかの二人へ決定打を与えれば自分の担当は終了し、ヒラサワを援護するだけのはずだった。ところがそのヒラサワを横目で見ると、立ち尽くしたままこちらを眺めており、動きだそうともせずにいる。ぼくは大声で、ヒラッ！　と怒鳴ってから作戦を変更し、殴りかかろうとして迫ってきた最後の一人のこめかみを肘《ひじ》打ちして地面に倒した。呼ばれたヒラサワはやっと気づいて行動を開始し、もっともダメージが軽そうな、脇腹を蹴られて転倒した一人を乾電池を握った右手で殴りつけたのだった。

駅へむかう帰り道でヒラサワは、Gジャン汚れちゃったなあ、などと口にしながらぼくに笑いかけ、そのうちお礼しますよ、といっていた。地下道へ降りてゆく彼にむかってぼくは、用心しろよ、と注意を促し、スクランブル交差点を渡った。山手線のホームで電車を待つ間、早くもぼくは後悔していた。やはりおれはいささか慎重さに欠けていた、たとえそのことにはっきりと気づいていたにせよ、あのヒラサワに唆《そその》かされ、おれはのっちまった、我慢できずに！　その後ぼくは、満員の電車にのりながら、仕事場でヒラサワにいった自分の言葉を思い出していたのだった。

「一度そういったことをやりだすときりがないし、少なくとも都内に住んでいる間は死ぬまでそれを続けざるを得なくなるかもしれないがね。これで終わるとは限らないからな。それに、途中で何が出てくるかわかったもんじゃない」

五月二七日（金）

今日は運良くヒラサワが休みだったので、不要なおしゃべりはせずに済んだ。しかし昨夜の行動はやはりまずかったと思う。なぜ自分はあんなくだらないことをやっちまったのか。あれはまったく愚かな行動だった。確かに相手は間抜けなガキどもではあったが、むしろそれだけに危険だともいえる。約半年間、極力目立たぬようにやってきたことが無駄にならねばよいが。スリーパーにとって、ああした余計な行動は命取りになりかねない。ぼくはいわば、自分の欲望に負けたのだ。こうしたことが続けばいつか、モルドシェ・ルークのような大失敗さえ犯しかねない。イスラエルから亡命してエジプト情報機関員になった彼は、自身の欲望に負けて仕事もせずに女遊びに耽《ふけ》り、上司にしつこく待遇改善を要求して殺されかけた。わずかな気の緩みが、そのような事態すら招き寄せてしまう。いまのぼくには所属機関もなければ味方もいない。もっと慎重にゆくべきだ。やや大袈裟かもしれないが、しかし、警戒心を弱めて弛緩《しかん》したところに不意を突かれて痛い目にあうよりはましだろう。

それにしてもその、ぼくの欲望とはいったい何なのか？　正直いってぼくは、暴力的なことに惹《ひ》かれているふしがある。ではなぜぼくは、もしくは人は、暴力的なことに惹かれるのだろうか？　退屈さによってできた穴を、暴力的なことで埋めようとしているといえば辻褄《つじつま》があいそうだが、退屈さが消えれば暴力的なことへの関心も失《う》せるとはいいきれない。塾生時代に受けた教育の影響が、暴力的なことへの強い関心を生んだとも考えにくい。ぼくはもともと暴力的なことに惹かれていたからこそ、あの塾に参加したはずなのだ。ぼくは比較的喧嘩をよくする子供だった。昨日書いたように、中・高校生時代も同様だ。そしていまなお鍛練をつづけている。ただ昨夜のことに関しては、こんなふうにも考えられる。わざわざあのヒラサワの時代遅れな復讐劇に加わったのは、あきらかに相手よりも自分のほうが強いという公算が大きかったからではないのか？　なるほどそんな気もしないではない。あるいはぼくは、訓練の成果を確認する良い頃合だなどとそれらしい理由を思いつきつつも、一方では、そろそろ強さを増しているはずの自分が圧倒的な力を示す姿に惚《ほ》れ惚《ぼ》れしたくなっていたのかもしれないのだ。しかしながら暴力的なことによって得られる充足感と、自己陶酔的な満足感とは、区別すべきだという気がする。人が暴力的なことに惹かれるメカニズムは、とりあえずぼくにはこんなふうに想像できる。問題解決へのより明解な手段として認識されていたその行為が、反復されてゆくなかで生じた美的なイメージの効果や快へと転ずる刺激の波及によって当初の志向から外れてゆき、暴力的なことそのものの目的化が起こる。つまりオマケの独り歩きにぼくらは魅せられているというわけだ。もっとも、こうした仕組みはなにも暴力的なことのみに妥当するわけではないのだから、再び当初の問いへとひき戻されてしまう。

けれどもまあ、昨夜のような単なる喧嘩は、さきほど書いたのとは別の理由でも厄介である。複数の連中が相手の場合、殺さずに動きを止めることは案外難しい。人間とは、じつに簡単に死んでしまうものだ。一発殴られ倒された者が、打処《うちどころ》が悪かったことで死んでしまったというような事件はそう珍しくない。絶えず実戦のなかにおり、経験を積んでいれば、ある程度なら急所を攻める際の加減をコントロールし得るようにはなれるのだろう。しかし、多人数相手でそれが可能な達人は、実際どのくらい存在するのだろうか？　現時点では、ぼくには昨夜のあれが精一杯かもしれない。ＳＡＳやスペツナズの隊員は単独行動で何人まで殺さずに処理可能なのだろうか？　プロはどこまでやれるのか？　知りたいものだ。

六月一日（水）

　映写技師の仕事をやりはじめて、もうすぐ半年がすぎる。これはひとまず悦《よろこ》ばしいことだ。ぼくがこの職を見つけたのは去年の一二月一一日だったと思う。その日は確か、テレビのニュース番組が内閣総辞職を伝えていたりして、師走《しわす》ということもあってか、けっこう騒がしい日だったと記憶している。ぼくは映写技師急募の貼《は》り紙を見たその日のうちに履歴書を書き、面接を受けにいった。そこはいわゆる二番館で、建物じたいはとても古い。十数年まえに一度改装したとかいう話を聞いたが、本当かどうか定かではなく、まるで戦後間もない頃に進駐軍が建てたものがそのまま今日まで残っているような感じのする劇場だ。災害で損壊することもなく、よく無事だったものである。しかも、そんな映画館が渋谷の公園通り沿いでいまだに興行をつづけているのだから奇跡的だとも思えてしまう。もっとも、その土地が地揚げの対象にならずに済んでいるのもそれなりのわけがあるのだが。

館主のカワイは、四〇過ぎの冴《さ》えない男だ。経営者ではなく、雇われ支配人であり、口数は少なく、服装の趣味が悪い。スーツでも着ていれば恰好《かっこう》がつきそうなのに、無理に若づくりしなくてもいいのにねえ、とモギリのサカタさんはよくいっている。本人は渋谷の雰囲気にあわせようと努力しているらしい。しかしアルバイトの学生たちからも、彼が着ている柄もののシャツは撤退寸前のブランドがバーゲンで売っていたなかでも誰も手を出さなかった貴重な一品だ、などと陰でひやかされている。そのカワイが、面接のときに履歴書とぼくとを見比べながら発した第一声が、おまえ恰好が若いな、だった。

「そうかもしれませんね」といってぼくは笑ってみせたが、わざとらしかったような気もする。

「映画学校出か、なぜつくる方をやらないんだ？　あきらめたのか？」

「ええ、まあそんなところです」

カワイは、ふうん、といって履歴書に見入った。

「あれっ、何だおまえ、学校卒業してからいままで何もやってなかったのか？　四年？　五年か？　いったい何してたんだ？」

「じつはちょっと病気にかかって、実家で静養してたんです」これはあらかじめ考えてあった答えだ。

「永い静養だな、もう平気なのか？」

「もちろん」

「本当か？　病名はべつに聞くつもりはねえが、仕事休まれんのは困るからな」

「本当に大丈夫ですよ、そのために静養も永くとりましたから。まったく問題ないんです」

「そうか、そりゃあ結構だな、じゃあいつでもOKか？」

「いつでも？　何がです？」

「ワーキングだよ、いつでも働けるのかと聞いているんだよ、先生。アー・ユー・オーケー？」

「ああ、OKですよ、明日からでも」

「休日でも？」

「ええ」

「クリスマスもか？」

「大晦日《おおみそか》も正月もやれますよ」

すぐに採用が決まり、ぼくは翌日から働きはじめた。面接でのカワイの最後の質問は、学校卒業後はずっと田舎で静養していたやつがなぜいまさらわざわざ東京に出てきて映写技師なんかやるのかということだった。しかもつくる方はあきらめたといっているやつが、なぜなんだ？　ぼくは、都会で暮らしているほうが何かとおもしろそうだから、と当り障《さわ》りのない答えを返した。

映写技師の仕事といっても、ぼくがやっているのはそれほど難しいことではない。映写機は全自動であり、一度スタートしてしまえばフィルムが切れたりしない限りほとんど何もする必要はない。フィルム切れの処理に手間取っているとたまに客から苦情がきたりするが、しかしマスクに画《え》がかぶっていたりフォーカスがあまかったりすることで文句をいいにくる客など滅多にいないから、上映中はけっこうのんびりしていられる。よその劇場はどうか知らないが、館主に厳密な映写を要求されることもないので、ぼくの仕事はプロのそれとはいい難いのだ。ただし、常にやれるだけのことはいちおうやっているつもりではいる。

館名は渋谷国際映画劇場という。席数は二六二席。二番館だけに、通常は封切り済みの新作二本立てというプログラムが主だが、たまに旧作の特集上映をおこなったりもする。レイトショーが組まれることもあるが、それも頻繁ではない。プログラムはすべて館主が決めている。旧作の特集上映やレイトショーはカワイの趣味みたいなもので、気分がのると彼はしょっちゅう企画を立てているが、多くは実現されずに終わる。上映開始時刻は大抵午前一〇時半。ほぼ五回上映があり、午後九時から一〇時の間に最終上映が終了する。ぼくは上映開始の一時間前に入り、まず主幹電源をONにし、二台ある映写機それぞれのクセノンランプや映写機自動制御装置の電源、または音響装置類の電源を、ONにしたり確認したりする。つづいてフィルムを巻き戻して装塡《そうてん》チェックをし、ランプがスタンバイ状態になったのを確かめて一号機から上映をスタートさせ、フレームとフォーカス、そして音響のボリューム等のチェックをし、二号機でも同様の作業をおこない、BGMを流して上映開始時刻を待つ。時間がきたらブザーを鳴らし、BGMをとめて場内の明かりをおとす。映写機をスタートさせたら、予告篇ごとにフォーカスのチェックとスクリーン・サイズの確認をして、本篇上映となる。ちなみにこの劇場には一・六六比率のレンズがなく、ヨーロッパ規格のワイド画面を採用した映画は確実に画面が切れる。本篇がはじまったら、いま一度フォーカスと音のボリュームをチェックし、二号機への切り換え時に動作確認をする。途中でフィルム切れが起これば接合し、上映が終われば場内の明かりを戻して再びBG

Mを流す。以上がぼくの主な仕事だ。

上映中ずっとそこにいる必要はないのだが、ぼくは映写室に籠《こも》りっぱなしでいることが多い。暑さは鍛練に役立つし、映写機の音を耳障りに感ずることもなく、むしろ快いくらいで、ぼくは映写室が気に入っている。映画は見ない。ぼくはスクリーンには滅多に眼をむけることがないのだ。代わりにべつなものを見ている。映写室からは客席が丸見えなので、ぼくはしょっちゅう観客たちの様子を眺めている。映画よりもこちらのほうがおもしろい。なにしろ毎回異なる光景を見ることができるのだから。おかげで近頃カワイからは覗き魔と呼ばれている。平日の夕方の回というのは、どの劇場でももっとも空《す》いている時間帯なのだが、封切り館での上映がすぐに打ち切られてしまったような不人気な映画がその回の上映作品だったりすると、この二番館の客席も——普段から大して埋まらないとはいえ——やはりがらがらになる。上から眺めていると、薄暗いなかに二〇〇以上もの空席があり、明かりのあたらない座席の下がいっそう暗くなっていて、場内に無数の穴があいているように見える。どんな映画も欠かさず見ているような映画好きもなかにはいるらしいが、主な客はサボりできているサラリーマンや若いカップルだ。覗き魔のぼくはカップルを中心に見ている。女が顔を横に傾けて男の肩に頬をのせていたりする場合、注意して見ていると、女の手が男の股間のほうへ伸びていて、ゆっくりと動いていたりする。むろん男女逆の場合もしばしば見受けられる。連中は、眼では映画を見ていて、手ではべつなことをしているわけだ。ときおり身体をピクッと震わせてみせることがあり、それを目撃できたときぼくはちょっと感動する。まるでわたしたちこんなに愛しあってますといわんばかりに露骨にキスしあっていたりまさぐりあったりしているようなカップルも稀《まれ》にいるが、これは端的に味気無い。また、当然そうしたカップルの様子をこっそり覗いているサラリーマンもおり、その様子をぼくが覗き見ていて、さらにそんなぼくの姿をたまにカワイが覗きにくる。そして彼はいう。

「邪魔するなよ、円山町《まるやま》からどやされるからな」

渋谷国際映画劇場の経営者は、円山町でホテルを数軒経営してもいる。そのためここでは予告篇の前に決まってホテルのCFが上映され、受付には休憩・宿泊どちらにも利用できる割引券が置いてある。割引券は、ピンク色をしている。

映写技師としてのぼくの愉《たの》しみは、覗きだけでなく、もう一つある。二番館で上映されるプリントは、封切り館ですでに一〇〇回いじょう映写されており、ロングランされた作品ならば三〇〇を超えていたりする。つまりそうとう疲弊しているわけだ。従って切れやすい。多くは、パーフォレーションに亀裂《きれつ》が入って歯車がフィルムを巻きとれなくなり、その結果ランプの熱で溶けてしまった箇所が切れる。そんなとき、ぼくは映写機を停止させ、傷《いた》んだ箇所を切りとって接合せねばならないわけだが、じつはここである細工をする。いつのことだったかは憶《おぼ》えてないが、ぼくはある日、フィルム切れの際に切りとったらしい様々な映画のフィルム断片が捨てられた屑《くず》入れが映写室の隅に置かれてあるのを見つけた。これはおそらく前任者がゴミの日に出すのを忘れたまま辞めてしまい、カワイもそれを知らずにおり（ぼくが休みの日は彼が主に映写を担当している）、放置されているのだと思われた。そこでぼくは、屑フィルムを利用した、観客へのささやかなサービスを考えついた。フィルム切れが生じて接合するときに、別の映画のフィルムから切りとった三コマを付け加えて上映を再開するのである。以後、その映画はぼくの作品となるわけだ。つまり『東京物語』なら、『東京物語　オヌマ・バージョン』となる。そういえば最近「ディレクターズ・カット完全版」という名目で再編集された作品がよく公開されているが、上映中にフィルムが切れてしまえばそれもすぐに「不完全版」と化す。欠落箇所がある限り「完全版」とはいえないのだろうから。映画が「完全版」として見られることなど、じつは非常に稀である。フィルムは切れるし上下左右の黒いマスクに画《え》がかぶってフレームも切れる。カメラマンは泣くしかない。さらには音響設備の問題などもある。いずれにせよ、ぼくのサービスに気づく観客はまずいないはずだ。実際、これまで一度も指摘されてはいない。密《ひそ》かに挿入されたたった三コマの映像など、よっぽど気をつけて見なければ、知覚するのは極めて難しい。違和感くらいなら感じとっているのかもしれないが。

六月七日（火）

今日はサカタさんの誕生日だというのでアルバイトのコバヤシという女子大生とともにプレゼントを贈った。サカタさんに何が欲しいかと訊《たず》ねてみると、ハイライト、という答えだった。従ってぼくはそれをワンカートン買ってきてサカタさんに渡した。彼女は愛煙家なのだ。コバヤシが何を贈ったのかは知らない。

サカタさんはもっとも古参の従業員である。パートタイムでモギリをはじめて一〇年いじょう経つという。夫は長距離運送業者なのだが、近頃は仕事がない日でもあまり家に帰ってはこないらしい。中学二年生の一人娘がおり、名はアヤコという。場所が渋谷なのでほかに用事もあるのだろうが、劇場にいる母親によく会いにくる。実際、確かに用事はほかにもあるようだ。道玄坂にあるマンションの一室に、アヤコは月に何度か通勤している。ぼくは以前、劇場に立ち寄った経営者の部下がカワイイとの会話中、ちょうど母親に会いにきていたアヤコを見かけ、間違いない、あのガキはイシハラ（部屋の持主）のところの売りもんだよ、なにしろ最初に食ったのはおれだからな、と話しているのを耳にしたこともある。そんなこととは別種の情報収集が目的で聞耳を立てていたのでぼくは不意を突かれ、少々驚いた。そのことに直接触れはしないが、サカタさんは溜息《ためいき》をつきながらよく家族についてぼくに語って聞かせる。たぶん、従業員のなかでぼくが彼女の次に年長なので、話しやすいのだろう。ぼくは聞き役に徹し、彼女の愚痴に黙って相槌《あいづち》をうつ。愚痴をもらしたりはするものの、サカタさんはいつもこちらが歯痒《はがゆ》くなるほど穏やかな性格の人なので、夫のことをあからさまに悪くいったり娘のことを突き放すような話し方はしない。ただ、気弱そうな笑みをうかべながら、みのもんたにでも相談してみようかしらねえ、と口にするばかりである。

半年前、東京に戻ったぼくは仕事をさがしながら渋谷を歩き、やはり五年前とは街の様子がだいぶ変わったなと思った。五年の間に二度ほど訪れたことはあったものの、そのときは街の様子をゆっくりと見てまわる暇がなかったため、すぐに忘れてしまう程度の印象しか受けなかったのだと思う。しかし半年前のぼくはいくらでも暇があったので、仕事さがしと街見物を充分にできた。建物じたいにそれほど変化はないが、百貨店などは売場の配置や中身がかつてとはまるで違っていておもしろい。キャッチセールスの人数は激増しているし、通行人の服装は——いくつかのグループに分けられるとはいえ——以前にも増して画一的になっており、絵に描いたような光景を到るところで眼にできる。出会う人々の印象も劇画的に誇張されたようなキャラクターの連中ばかりで、ある種の優れたフィクションはやはり現実を先取りするものだ、などとつい思ってしまう。地下道にはいつも同じ場所で女たちに声をかけている妙な中年男もいる。髪形はオールバックでチェック柄やモノトーンのゴルフ・ウェアを着ており、常にセカンドバッグを小脇《こわき》に抱えている。名スカウトなのであろう彼は、いまやハチ公やモヤイ像とともに渋谷駅周辺の名物だ。週末の夜、この街はあいかわらず嘔吐《おうと》の展覧会場と化し、ネズミも大量発生している。それにしてもネズミだけは耐えられない。なんとかならないものか。いまに渋谷はネズミに占領されてしまうだろう。みなファッションとセックスのことしか頭になく、ネズミの脅威についてなど誰も真剣に考えようとはしないのだ。これでは全体主義が台頭するのも無理はない。そんなふうに思いながらぼくは、自分はこの風景の一部になるべきだとも考えていた。

実際、渋谷の街なかにまぎれこむのは塾を離れたぼくにとって得策なのだ。とはいえ、約五年間塾生としてストイックな生活を強いられていたぼくは、いかにもファッショナブルに暴力性を身にまとう渋谷の若者たちに魅せられていたのかもしれない。あるいは、恥じらう素振りもみせずに自身の欲望を世間にむけて剝《む》き出しにしているかのような人々を見て、強く勇気づけられたのだろうか。いずれにせよぼくは、誰の眼も惹《ひ》かずにいつづけるため、渋谷の風景の一部と化すようにそれらしく自身を仮構する必要があったのだ。

六月一〇日（金）

ヒラサワがお礼をしたいというので仕事のあとにラ・ボエームへゆき、食事を奢《おご》ってもらった。彼はあれ以後やけにつきまくっているのだという。宝くじが当たって一〇〇万だか二〇〇〇万だかの金を得たり、新しい彼女ができたりと、とにかく何かとついているらしい。宝くじが当たったことはほかの連中には内緒にしてるんだけど、オヌマさんは信用できそうだしこないだガキの相手すんのを手伝ってもらったりしてるからいちおう教えときますよ、金が必要なときはいってください、一〇万程度なら貸しますよ、いつまであるかはわかりませんけどね……　ヒラサワは、にやにや笑いながらそうぼくに語った。

「しかしもうかなり遣っちまったんだろう？　そのウインドブレーカー、風車ロゴか、いくらだ？　一〇万程度か？　スニーカーも年代ものだな、ＳＬ72か、オリンピックの年だから記念に買ったのか？　見たことない色だな、なんだ時計まで買ったのか、まるで大金入ったのを宣伝してるようなもんだな。ほかにも何か買ってるんだろう？　ああ、なるほど、新しい彼女にちゃんと貢《みつ》いでおいたわけだ。今度は逃げられないようにいろいろと買い与えておく作戦か」

　ヒラサワはこんなふうにからかわれるのをもっとも嫌う。彼がぼくを何の展望も持たずただ惰性で暮らしているだけなのに偉そうなことばかりいう惨《みじ》めな男だと思っているのは知っていた。なにしろ彼は相手を選ばず思っていることをすぐに口にする男なので、これまた口が軽く無思慮なところがあるコバヤシが、それをわざわざぼくに伝えてくれていたのである。あの人はたぶんここで一生を終えるか、田舎に帰るしかないんだろうな、えっ？　田舎には帰んないって？　馬鹿じゃねえのか、こんなクソ映画館がいつまでもあるわけないだろ、まったく気の毒な人だよ、そんなふうに話していたと律義《りちぎ》に伝えてくれるコバヤシが、少しも脚色していないとはいい切れないが、直接ぼくに示す態度を見ればヒラサワがこちらをどのように思っているかはだいたい見当がつく。ただまあ自分に対するヒラサワの評価はそれほどはずれてもおらず、いちいち気にするのも馬鹿らしいのだが、そう調子にのせておくこともないと思い、彼が饒舌《じょうぜつ》になりかけるとぼくはこんなふうによくからかってみる。

「それじゃあちっとも内緒になってないな。大学通ってんだからもっとよく考えろよ、もう田舎で粋《いき》がってた頃とは違うんだぞ。『グッドフェローズ』を見たか？デ・ニーロが出てるギャング映画だよ。大金かっぱらったあと、仲間の連中がさっそく高級品買いまくってんの見て、デ・ニーロが頭にきてただろう。そのあとどうなったか憶えてるか？　みんな殺されちゃったよ、デ・ニーロに」

ヒラサワは、グラスをもつ手がわずかに震えていた。むろん怯《おび》えているわけではない。彼は口を半開きにしているが何もいわず、ちらちらと何度もテーブル上の大皿へ眼をやっている。ぼくをそいつでぶちのめすつもりでいるらしい。三〇秒ほど会話が中断した。ヒラサワはひどく汗をかいている。おそらく宮下公園でのぼくの働きぶりでも思い出しているのだろう。勝負に出るべきかどうか、彼なりに迷っているわけだ。

「オヌマさん、また慎重にやれっていいたいんですか？　おれに」

ようやく言葉を発したものの、彼は依然ぼくと眼をあわせようとはしなかった。

「何だおまえ、おれに指図するなって感じの顔だな」

「べつにそういうわけじゃあないですよ」

「ふて腐れるなよ、おい、冗談も通じないのか？　そんなんでよくいままで生きてこられたな、運が強いよ、おまえ」

「……自分のほうが年上だからってあんまりなめるなよ」

ここでヒラサワはぼくの顔へ視線をむけた。どうやら腹を決めたらしい。

「ああ、悪かったな、気に障ったのなら謝るよ。おまえを怒らせたくていったわけじゃあない」

ぼくが素直に謝るのを見て数秒間視線をはずし、ヒラサワは表情をやや軟化させた。わかればいいんだ、とでもいいたげだった。

「いいですよ、べつに。ただちょっと気分悪くなっただけだから」

「ほう、そうか。鈍感なやつでも気分が悪くなるのか、大したもんだな、小僧」

咄嗟《とっさ》にヒラサワの眼つきが険しくなり、ぼくのほうへ顔を近づけてきた彼は椅子《いす》から腰を少し浮かしているようだった。だが次の行動を決めかねており、ぼくの出方を待っている。ぼくは彼の肩を右手でつかみ、再び態度を変えてこのように述べた。

「まあ慌《あわ》てるな、おちつけよ、いまのも冗談だ」

ヒラサワが、ふざけんなよ！　と怒鳴りかけたのを遮り、ぼくは言葉をつづけた。

「いいからおちつけって、説明するから聞け。じつはな、おまえには悪いがちょっと気になることがあってわざとおまえをからかってたんだ。だからひとまずおちついてワインでも一口飲めよ」

とりあえずいわれた通りにした彼は無愛想なままの表情で苛立《いらだ》たしげに貧乏揺すりをはじめ、それで？　と聞いた。

「奥のテーブルにこないだのやつらがいる、そっと見てみろ」

これは本当だった。

「いつから？」

「おれはついさっき気づいた」

ヒラサワは押し黙ってしまい、しばらく気づかれぬように横目づかいで奥のテーブルのほうを窺っていた。高校生たちはOL風の女たちとともに思いのほか静かに談笑しているが、しょっちゅう席を立つので気が抜けない。

「じゃあおれをからかったのは？」

「むこうがこっちに気づいてるかどうか知りたかったからだ」

「何だって？　嘘いわないでよ、オヌマさん！　おれをからかったからってあいつらがこっちに気づいてるかどうかなんてわかりっこねえだろうが！」彼の語気は徐々に荒くなり、貧乏揺すりも激しくなっていた。

「それがおれにはわかるんだ」

「こらオヌマ、馬鹿にすんなよ、おれはべつにあんたが好きだから奢ってやってんじゃあねえんだぞ！　たまたま働いてるところが同じで年上だからつまんねえ話でも我慢して聞いてやってんだ。すっ惚《とぼ》けたことばかりいってると刺すぞ！」

ぼくはヒラサワの眼を見据え、それがおまえの本音か？　とだけ聞いた。彼は何も答えずぼくと眼をあわせながら身体を揺らせている。口調をいくぶん和らげ、ぼくは話の方向を変えた。

「そんなことよりいまのうちに店を出たほうがいいぞ、やつらはまだおれたちに気づいてないが、今日は人数が多いからな。身包《みぐる》みはがされたくないだろう？」

買ったばかりの品々を身につけ、財布のなかにも一〇万ほど入っているという彼は、数秒おきに舌打ちをくり返してはいたが、さすがにもう口答えはしなかった。

ヒラサワは、店を出るとすぐにタクシーをひろって帰っていった。ぼくにとって彼はさしあたり少しも危険ではない。ヒラサワのような男は、一見無鉄砲に振舞いはするが、わざわざ人生を捨てるような真似《まね》は決してしない。とりあえずぼくに対してああした態度をとってみせるくらいが精々で、こちらから仕掛けない限り彼は何もしないだろう。ヒラサワは、ぼくの下手なこじつけに騙《だま》されぬ程度には馬鹿ではなく、それなりに慎重だということだ。ぼくも学生時代に講師の助監督からあの種のくだらない厭味《いやみ》をいわれつづけた経験があるが、結果的にとった行動は、殺すぞという脅迫のみだった。

しかし偶然とはいえあの高校生たちとヒラサワはよく出会《でくわ》す運命にあるようだ。彼はどこまで慎重でいられるだろうか。

六月一六日（木）

近所のコンビニで半月ほど前から働きはじめたパートタイマーの女の両手首にはいつも新しい疵痕《きずあと》があり、買物へゆくたびに眼がいってしまう。ひょっとしたら縛った痕かもしれない。彼女は二〇代後半で、おそらく結婚している。例の噂話《うわさばなし》好きのアルバイトに訊ねてみると、——ああいうのが趣味なのか、などとお約束を口にしてから——正解、と彼は答えた。同僚の両手首にある疵痕に彼は気づいていない。働く時間帯が重なっていないためだろうと思っていたら、おれは脚しか見ないからな、と納得のゆく説明を彼はしてくれた。そして彼は、店を出てゆきかけたぼくに、おれやあんたを含めてこの辺りにはそんなやつばかりが住んでるな、といっていた。

六月二四日（金）

今日は頭痛がひどい。寝ても治らない。仕事も休んだ。頭が痛いときは本も読めないしビデオも見られない。何もできず、ただ音楽でも聴いているよりほかない。外は雨が降りつづいている。仕方がないのでぼくは薬を飲むことにした。

薬を飲んだらやけに頭が冴《さ》えてきた。間違って覚醒《かくせい》剤でも飲んじまったのだろうか？　いざというとき困るのでぼくはできる限り薬には頼らないようにしているが、こうも効いてしまうといささか悩む。しかし『アキラ』のミヤコがいっているように、「真に『力』を解き放つには欲望に身をゆだねず己れの弱さを克服し己れをコントロールする事じゃ」。ぼくは頭痛を快方へとむかわせるための身体コントロール技術をさらに磨く必要があるようだ。いずれにせよいまは気分がいい。

結局、やることがないのでぼくはまたフリオの歌を聴いている。

「33歳」の訳詞をあらためて読みなおしてみて、一つ肝腎《かんじん》なことに気づいた。なぜフリオはとりわけ33歳という年齢を問題にするのかという点がぼくにはよくわからなかった。だが、それはぼくが33歳という年齢じたいが象徴的に扱われているのだと思い込んでいたため、この歌詞をよく理解していなかったのだ。「ノスタルジーとノスタルジーのあいだを／きみの人生とわたしの人生のあいだを／夜と暁のあいだを／日々が通り過ぎてゆく」という箇所にも表されているように、この歌は何かと何かの「あいだ」に立つことを謳《うた》っている。33歳という年齢は、「人生の半分」、つまり若さと老いとの「あいだ」なのだ。従って、33歳にとっては、「きのうという時」ばかりが抑圧的なのではない。33歳は二重に抑圧されている。「きのうという時」と「肌に／かすかな／しわが見えはじめたとき」とに。まったく単純なことだったとはいえ、まだ33歳に達してはいない「他人」のぼくには、これはまさに「思いもよらぬこと」だった。

六月二七日（月）

ついに事件が起きた。

映写室で夕刊を読んでいたら、今日の正午頃、ドキュメンタリー映画製作スタッフ四名と身元不明の一名（いずれも男性）が乗ったバンが首都高速五号池袋線の竹橋ジャンクション付近でカーブを曲がりきれず横転し爆発炎上、乗車していた全員が死亡したという記事をみつけた。そのドキュメンタリー映画製作スタッフ四名とは、映画専門学校でぼくと同じクラスにいた連中であり、卒業後はともにあの塾に参加した仲間たちである。身元不明の一名もきっとそうに違いない。

この「事故」は、おそらく事故ではない。たぶん仕組まれた事故だ。つまり彼らは殺された。すべてばれてしまったのだとすれば、いよいよぼくの身も危ない。ほかの仲間と連絡をとるべきだろうか？　しかしこれが本当に擬装された事故だとして、やったのが誰かすぐに特定してよいものか？　ここはひとまず様子を見て、むこうから動き出すのを待つほうが利口だろう。

六月二九日（水）

仕事先に、突然イノウエが現れた。けれどもぼくは驚かなかった。理由はよくわかっている。例の「事故」が起きたためだ。彼が現在どういう立場であるにせよ、それをきっかけとした訪問なのは間違いなかった。昨年の秋、ともに塾を脱けて東京へ戻って以後、互いに会おうとはせず連絡もとらずにいた。「事故」で死んだ連中も同様である。イノウエは、いつも必要以上のことはしゃべらず、厳しく疑念に満ちた眼つきで、日常会話であっても常に命令を下すような口調で話す。そんな彼からはむろん、ひさしぶり、という再会の挨拶《あいさつ》など聞かれはしない。イノウエの姿を見たぼくは、ここにいることがよくわかったな、と話しかけた。それに対し彼は、おれたちが五年間なにをやっていたのか忘れたのか？　といった。

なぜあの「事故」が起きたのか、というより、誰があの「事故」を仕組んだのか、二通り考えられる。一つはヤクザ。そしてもう一つは塾にとどまった連中。ぼくは前者だと思っていた。ところがイノウエは後者だという。確証を得ているわけではないがと断りながらもそう述べた彼は、すでにいくつかの情報をつかんでいるようだった。イノウエの推測が正しいのだとすれば、ぼくはこの半年間、どうやら自分で思っていた以上に頭を働かさずにいたらしい。もしくは、塾に残った連中を甘く見過ぎていたといわざるを得ない。いずれにせよあの「事故」が単なる事故ではない確率が高まった。ぼくは、このような事態を迎えるに到った過去の経緯を、ここで整理しておこうと思う。これまで気づかずにいた大事なことに思いあたるかもしれないし、今後の対策を考えるうえでも必要だろう。まずは五年前に溯《さかのぼ》らねばならない。

●

映画学校の三年生は夏休み以降、卒業製作実習に入る。学生は、翌年二月の発表日まで、冬休みを除く約四ヵ月あまりの期間を必要に応じて利用できる。ドキュメンタリー製作のクラスにいたぼくらはネタさがしの時点で行き詰まってしまい、困っていた。取材相手に準備段階でキャンセルされ、当初予定していた企画が没になり、出端《でばな》を挫《くじ》かれたりもしていたのだ。適当な素材がまったく見つからぬまま話しあった結果、取材範囲を広げることに決まり、いちおう地方出身者は地元に変わった人物でもいないか調べてみるのもよいだろうという案も出た。安易すぎるとは思いつつも、ぼくは念のため実家へ電話をかけてみた。最近そっちで奇妙な事件が起こったとかいう記事が新聞に載ってはいなかったか、あるいは近くに変わった人物がいるとかいう話を聞いていないかと、母親に訊《たず》ねてみた。するとちょうどいい具合に変わった人物がいるという。

ぼくの郷里は東北の田舎町で、実家は不動産業を営んでいるのだが、同じ建物のなかで喫茶店も営業している。母の話によれば、その年の雪がとけだした頃からマサキという四〇代半ばくらいの男が喫茶店に客としてよく現れるようになり、親しい常連客の一人になった。通いはじめの頃のマサキは、店主の母に町のことについて質問する程度に言葉をかわすくらいで、それ以上は打ち解けそうにもない様子だったのだが、いつのまにか仕事を終えたぼくの父とゴルフの話で盛りあがったりほかの常連客たちと麻雀《マージャン》をしたり飲みに出掛けたりするようにもなり、また、珍しい漢方薬や採ってきたばかりの山菜だとかを母に届けてくれたりその店でアルバイトをしている親《しん》戚《せき》のユウコがつれてきた幼い娘の遊び相手になってくれたりと、すっかり懇意になっていたらしい。自分は小学生の頃までは両親の実家があったこの町に住んでいたのですけれども、サラリーマンだった父親の転勤が決まって東京へ移りました、それ以後はずっと東京におりましたが、去年仕事を辞めたとき、子供の時分に住んでいたこの町でもう一度暮らしてみたいなあと思ったんです、ここにはもう親戚も知りあいもいないのですが、幸い独身なので気儘《きまま》にやれますから……　そのように語るマサキに、母親になって三年が過ぎたとはいえまだ二〇歳になったばかりのユウコが、東京からわざわざこんな田舎町に移られて仕事はどうなさるおつもりなんですか？　と聞くと、ここに住んでいた当時父親の実家が営んでいた武術の道場を自分なりに形を変えて開いてみたいと思いまして、特に目的もなく貯《た》めていた金を遣ってみる気になったのです、と彼は答えたのだという。これは秘密ですよ、というのが口癖のマサキは、好きなコーヒーを何杯もお代わりしながらいつも嘘か本当かわからぬ四方山《よもやま》話をみなに語って聞かせてくれ、主に護身術や探偵術のようなことを教える高踏塾という私塾を開いており、生徒は五名ほど集まっていて、以前の職業についても「秘密の仕事」だといってあかしてはくれないが、どうも警察官だったらしい、母の説明でわかったのは以上だった。ぼくの母は彼を、とにかく不思議な人物だと述べていた。

とりあえず演出班のぼくとミヤザキ（彼は「事故」で死んだ五名のうちの一人）がマサキと会って話を聞き、その様子をビデオ・テープに収めてくることになった。事は容易に運んだ。この時点での会見内容は後にぼくらが経験する事柄に比べると些細《ささい》なものにすぎないので特に記す必要はない。マサキという男の第一印象だけを述べておけば充分だと思う。ぼくが抱いた印象は、胡散《うさん》臭いの一言に尽きている。この印象は、あれから五年たったいまでも変わらない。一方ミヤザキのほうはかなり興味をそそられたようで、帰りの電車のなかでは、どこにでもいるただの変人だというぼくと、確かに変人だがまったく新しいタイプの変人だという彼とで口論になった。結局ミヤザキは、大しておもしろくもないビデオ・テープを再生させながら絶対に彼を取材すべきだとスタッフたちを熱心に説得し、企画を通してしまった。ぼくは曖昧《あいまい》な態度をとりつづけた。マサキの第一印象がよくなかったせいもあるが、それよりも彼が自分の家族に近づきすぎているのが気に入らなかった。そう、いやな予感がしていたのだ。そして結果的に、そのいやな予感は当たった。

二週間の撮影期間を設けた製作スタッフたちは一六ミリ・カメラと録音機材を携えてぼくの郷里へ出向いた。メンバーはイノウエ、ミカミ、ミヤザキ、ムラナカ、ユザ、そしてぼくの計六名。交通費等を含めると製作費はあきらかに学校から支給される額をオーバーしていたが、撮影旅行へ出掛ける直前までみなで短期のアルバイトをしたりぼくの実家を宿に使ったりしてなんとか間にあわせた。もっとも、高踏塾の活動を撮影しはじめて五日も経つと、彼らと生活を始終ともにしていなくては不充分だとムラナカがいい出し、マサキが快諾してくれたので、ぼくらは塾の道場で寝泊まりするようになった。高踏塾の道場は、市境にあたる川沿いの林に囲まれた場所にあり、陸上自衛隊第六師団駐屯地は眼と鼻の先である。道場はいかにも急拵《ごしら》えといった感じの建物で三〇畳ほどのスペースがあり、同じ敷地内にある離れ家がマサキの住居になっている。その土地はぼくの父が安値で譲り、建物のほうは喫茶店の常連客である建設会社の社長にマサキが賭《か》け麻雀の最中に安く建ててくれと頼んだらしい。貯めてあったという金など、大して遣わずに済んでいたわけだ。

マサキの生徒は、高校を中退した無職の不良少年のイソベとエシタ、登校拒否中の高校生キタガワ、そしてぼくらよりやや年上でいずれも農家の長男のアラキとサエという五名である。一〇代のイソベやエシタやキタガワは、マサキが道場を開くので息子を預けて鍛えてもらってはどうかと喫茶店の常連客らが彼らの親に勧め、入塾することになったのだという。まあよくある話だ。一方アラキとサエは、家業を継ぎたくないが一人で他所《よそ》へ出てゆく勇気もなく、当初は塾を家からの逃げ場所にしていたらしいのだが、ぼくらと会った頃にはすっかりマサキの弟子になりきっていた。アラキやサエほどではなかったにせよ、一〇代の連中もマサキに従順だった。塾生たちはぼくらに対して表面的には協力的だったが、本心では迷惑に思っていたのだと、後に彼ら自身が述べていた。

初期高踏塾の活動は、あらかじめ聞かされていた通り、護身術や探偵術のようなことを学ぶのが主だったのだが、塾生たちはもっぱら基礎体力づくりのトレーニングをやらされていた。護身術はともかく、なぜ探偵術などを教えるのかと訊ねてみると、周知のようにいまは情報戦の時代だが、インターネット等により多種多様な情報の入手が誰にでも容易になりはじめている今日、数多くの領域に精通していながら同時にまた行動的でもあらねばならず、例えば諜報員《ちょうほう》の世界でヒューマン・インテリジェンスと呼ばれているような、様々な人々との接触によって得られる微妙な情報の収集こそが重要になってくるんだよ、などとマサキは答えていた。これはおそらくぼくらに質問されたときにはじめて考えだした回答だと思われる。なにしろ彼は時が経つと発言内容がしばしば変わるのだ。それに探偵術の学習といっても、この時点では雑学的な知識を徹底的に記憶するというじつに非行動的で実践性に欠けるものだったのだから。マサキが、単なる山師にすぎないのは明白だった。それゆえにぼくらは彼の言動をひどくおもしろがっていた。何のために高踏塾をはじめたのか？　というぼくらの質問に対するマサキの回答の変遷《へんせん》は以下の通りだ。まずは健全な青少年育成のために設けた武術の道場から若者の愛郷心を育《はぐく》む心身鍛練の場へ、次に高度情報化社会を有利に生き抜くための特別な技術の講習所へと変わり、さらには現在実験段階にある当塾はテロリズムから自然災害まで幅広く対応可能な危機管理コンサルタント会社設立を目的とした雛形《ひながた》的組織なのだと話は発展し、最終的には確か、これはオフレコだが、じつをいうと高踏塾はＣＩＡの日本支局と某政党の指導・監督下にある情報工作員養成のための特務機関でね、アメリカのある企業から融資を受けているんだよ、という答えにおちついていたはずだ。

「この時代に国家改造などを計画するのは馬鹿げているかもしれないが、しかし陰に隠れながら時間をかけて緻密《ちみつ》にやればうまくゆかないこともないね。実際おれは確実に成功できそうな計画を考えてあるんだが、ここでは秘密にしておいたほうがいいな。それはともかく、歴史はくり返すとはいえ、くり返すのは形式だけであって中身は修正可能だろう？　例えば『一人一殺主義』の血盟団や農民決死隊だとかがやったことは手本になる、失敗の原因はあきらかだからな。いまや手本だらけだよ、そんな事件が山のように起きているんだから。おれは定期的にアメリカのハッカーどもと情報交換しているんだが、計画のことをちらっと教えてやると連中はすぐに乗り気になりやがる。あいつらはクソッタレのクズ野郎ばかりだから、戦争したくて仕方がないんだ。きみたちはどうなんだ？……」

戦闘服姿で葉巻をくわえながらふんぞりかえってテロリスト風に自己演出してみせ、マサキはカメラにむかって右のごとく語ってみせたこともある。彼はいつも平然と構え、いっそう自分に対する関心を強めてゆくぼくらにサービスをしていたようにも見えたが、次第に表情から余裕の笑みが消えていったのも事実だ。

なぜマサキがぼくらの取材対象になるのを了承したのか、結局はっきりと確かめたことはない。だが、きっと彼には深い考えなどありはしなかったのだと思う。少なくともぼくらと出会った頃のマサキは、密《ひそ》かに野心を抱いてある目的のため計画的に行動している人物に一見みえて、じつはただ思いつくがままにあれこれやってみたことがたまたまうまい具合に進展していただけの男だったはずだ。その証拠に彼はべらべらとしゃべりすぎた。ぼくは本来マサキは無目的な男だと思っている。取材をはじめた当時のぼくはずっとそんなふうに彼を見ていた。ただし、環境が変化すればそこに住む人も変わってゆくものだ。マサキも、ぼくらの取材を受けてゆくうちに野心をもちはじめたのだと思う。しかしそれでも、彼の野心は本当のところそう大きなものではなかったという気がする。ぼくらのほうはといえば、卒業後の見通しをたてられずにいる者ばかりだった。就職口が確保できるのかどうかもわからず、たとえ現場に入れたところで下積みの永さを想像すると馬鹿らしくなり、このまま作品をつくれずに終わってしまうのではないのかと、いかにも卒業間近の学生らしい不安をそれぞれが抱えていたわけだ。ぼくらもまた、アラキやサエと同様、塾を現実逃避に恰好の場所として利用していたかったのかもしれない。五名の塾生たちにせよぼくらにせよ、塾でのやや非現実的な生活は楽しくて仕方がなかったのだろう。普通に暮らしていては味わえぬ独特の楽しみというやつが、あの塾での生活には確かにあった。社会を外から眺めているような気にもなれた。そしてそれ以上に、暴力的なことを欲していたぼくらにとって、あの塾はうってつけだった。いわゆる「政治的」イデオロギーなど必要ではなかった。ぼくらが求めていたのは、訓練を積めば強靭《きょうじん》なサイボーグのようになれるという、劇画的な物語（別種のイデオロギー）のほうだった。だからこそ高踏塾は、その活動内容を加速度的に複雑化させ得たのだと思う。

二週間の撮影を終えて学校に戻ったぼくらはまず話しあった。簡単には決められぬとはいえ、それははじめから結論のみえている話しあいだった。いちばん積極的にその結論を口にしたのはムラナカである。彼はスタッフたちにむけて次のような呼びかけをおこなった。今回の卒業製作用に記録した分の素材だけではマサキと高踏塾の実像を捉《とら》え得たとはとてもいえない、けれども自分たちはこの作品を発表日までに完成させる義務があるのでとりあえず仕上げにとりかからねばならないが、卒業後にもう一度マサキのもとへゆき、今度は自分たち自身が高踏塾の塾生として活動に参加し、より完全な作品をつくりあげるべきではないか、個人的にはたとえみんながこの案に賛成してくれなくても学校側にかけあってみようと思っているのだが……こういった内容の提案をしたあと、どうだろう、ぜひ考えてみてくれないか? と彼はみなに問いかけた。数日間を要したが、最終的には全員の賛同が得られた。意外なことに、撮影には加わらず東京に残っていた編集班のトヨタとヨコヤマが参加を表明し、最初にこの企画を推していたミヤザキがもっとも消極的な態度を示した。発表日に上映された四〇分の（未）完成作品はそれなりに好評だった。ただしぼくらの提案をめぐる学校側の対応は曖昧で、あまり協力的ではなかった。機材の貸出しはビデオ・カメラと録音機器のみが可能で、他の製作に関する援助にはいっさい応じられないが、そうした試みはできる限りおこなうべきだと告げられた。これは予想通りの回答だった。

卒業後、約三ヵ月ほどの準備期間を経て、ぼくら八名は再び高踏塾を訪れ、入塾した。作品をテレシネしたビデオ・テープを再生させてマサキに見せると、どこまで本気なのかはわからぬが、彼は異様なほど悦んでいた。

最初に大きな問題が生じたのは、ぼくらが入塾して半年すぎた頃だ。映画学校出の塾生が二派に分裂したのである。この入塾をあくまでもドキュメンタリー映画製作の一環として考えている側と、もはや塾活動それじたいが目的化されている側とに。前者は、ミヤザキ、ユザ、トヨタ、ヨコヤマ。そして後者は、ムラナカ、ミカミ、イノウエ。厄介なことに、どういうわけか両派とも――企画の発案者でありその土地の出身者だからなのか――ぼくの意向を重要視しはじめた。ぼくは中立的な態度をとらざるを得なかった。ムラナカほどマサキに心酔してはいなかったが、当時はちょうどぼくも高踏塾での訓練に真剣に取り組みはじめていた時期だった。実際、いろいろと実用的な知識を修得できたことは確かだ。しかしぼくらが、永続きするはずもないマサキとの塾活動などに人生を費やさず、作品を完成させて映画の現場へ戻るべきなのは疑いようもなかった。二晩ほど話しあいがもたれたものの解決せず、塾生全員をまじえて再度話しあったのだがやはり埒《らち》があかなかった。もう訓練などやめて自分は東京へ戻るといいだした者もおり、ミヤザキとトヨタはこの時期に限らず二、三度脱退を申し出てもいる。結局この問題は、どういった結論を出すにせよ、訓練はまだほんの初期段階を終えたにすぎないのだから、決断するのはさらに先へ進んでからでも遅くはないだろう、というようなことをマサキが述べていちおう収束したはずだ。

忘れ難い過去だとはいえ、五年も前のことを思い出しながら再構成してゆくのはさすがに骨が折れる。むろん事実といくらかずれている箇所もあろうが仕方あるまい。いつになったら半年前に辿《たど》り着けるのか、書き残しの出来事を想像しただけで気が滅《め》入《い》ってくる。ともかく、つづきを書くことにしよう。

六月三〇日（木）

●

高踏塾道場の壁には、フランシス・ワルシンガム卿《きょう》の肖像画が掲げてあった。一六世紀後半の英国で最初に実践的な諜報機関を設立し、エリザベス一世を守りつづけたこの有名なスパイ・マスターの肖像は、マサキが書物の一頁《ページ》を拡大コピーしたものである。ぼくらはいつもトレーニングの前にそのポスターにむかって拝まねばならなかった。当時、マサキは各国諜報機関の動向を調べ尽くすつもりでいた。いわばスパイ・マニアの彼は、その種の関連書物を熱心に読みあさり、塾運営の指針にしているようだった。マサキはつねにスパイを賛美してやまず、フィルビー、アングルトン、ハーマン、ミューラー、シェン、ゾルゲ、コーエン、ベラスコなどの名高い諜報工作員たちの名を挙げ、高踏塾は彼らのような人材を輩出せねばならないと無茶なことも語っていた。彼にいわせれば、スパイとは、高い知力と運動力と精神力に加えて様々な分野の専門知識や技術を備えた、人類のなかでもっとも美しい至上の存在だった。いいいい人間美学の最終洗練形態たるスパイこそが世界を支配すべきである、CIAはもっと大っぴらにやってよいくらいだ、クソの役にも立たぬ国連でも与えておけば世間のアホどもは満足するのだから、彼は本気でそう信じていたようである。

マサキはぼくらの前で幾度か自身の経歴を語ってくれたが、実情はすべて定かでない。長身で体格がよく戦闘服の似合う彼が、自分は数年間世界中を渡り歩きいろいろな国で特殊作戦部隊の訓練に参加させてもらったなどと口にすると、思わず信じてしまいそうになる。実際マサキはその種の知識に事欠かない男だった。スパイ・マニアの彼は、同時にミリタリー・マニアでもあったわけだ。素性も知れずあきらかに妄想癖をもつマサキに、ぼくらが約五年もの間つき従ってこられたのは、彼が立てる教練プランが常に綿密で、実践性が高かったからだといえる。確かに以前書いた通り、ぼくらが加わる前はほとんどカルチャーセンターと大差ない教習内容だった。マサキが本腰を入れはじめたのには、やはりぼくらの入塾が影響しているのは間違いないが、特にムラナカの存在が大きかったのだと思う。自分から塾長の助手になると買って出たムラナカは、まさにマサキの手足のごとく積極的に働いていた。ムラナカは塾生のなかでもっとも記憶力がよく、頭の回転もはやかった。アラキとサエは、塾生としては先輩だったものの、口が達者なムラナカに頭が上がらなかった。いつしか彼らはマサキよりもムラナカに指示を受けることのほうが多くなっていたほどだ。しかしムラナカは、マサキ流にいえば、スパイとしてのバランスがとれていなかった。彼は運動力に欠けており、精神的にも不安定な面があった。ぼくの眼から見て、塾生のなかでいちばん総合的にバランスがとれていたのは、イノウエである。

ついさっき書いたようにマサキの経歴は不明である。彼の口から語られるのは、金大中拉致《らち》事件のときにＫＣＩＡをサポートしたとか、函館空港に強行着陸したミグ25の解体に立ち会ったとか、そんなような話ばかりだ。かつての職業は公安調査官だったという話もあり、ぼくらは当初これを事実だと思っていた。公安の仕事はつづけたかったのだが、仕方なく辞職したのだと彼はいう。理由は以下の通りだ。調査対象だった反戦・反核を謳《うた》う市民団体に所属する一人の学生をスパイとして仕立てるためマサキは身分を隠して接触していた。そのうち彼は、学生の父親である信用組合支店長が背任の嫌疑をかけられていることを知り、標的を変更したのだという。マサキは捜査当局側に関する情報提供を約束し、学生の父親から数千万円の現金を騙し取ろうとした。しかし上司にばれてしまい、内密に処理したので逮捕はまぬかれたものの辞職せざるを得なかったという次第である。この話はしばらくしてイノウエが、あれはやはり出任せだとぼくに教えてくれた。イノウエは、マサキが読んでいた雑誌に似たような事件を扱った記事が載っているのを見つけたのだ。ただ、金の稼ぎ方の点ではマサキ自身の体験からそれほどはずれてはいないような気がする。彼が金に困っている姿をぼくは見たことがない。たぶん仕事上の都合で、所用があるから出掛けてくると告げて月に何度か道場を留守にしていたマサキは、常にはぐらかすようなことばかり述べて自分の収入源が何なのかをあかそうとはしなかった。彼の前身は、おそらく総会屋か詐欺《さぎ》師か、それに近い何かだと思う。

高踏塾は、町の住民からの依頼で便利屋や興信所だとかがおこなうような仕事をひき受けることもあった。ぼくらはいちおうそんなふうに当地の人々から受け入れられていたのである。ただしそうした仕事の依頼があるのは稀《まれ》であり、稼いだ金はすべて塾運営予算にまわされた。したがって、当然ぼくらは生活費を稼がねばならなかった。けれども同時に訓練も欠かせなかったので、映画学校出の塾生たちは三日間交代で訓練班とアルバイト班の二組にわかれることにした。分派した者どうしが再び対立せぬようそれぞれの班の成員は三週間ごとに組替えをおこなった。仕事先は主に果樹園やガソリンスタンドやスーパーマーケットなどだった。果樹園での仕事は農家の長男コンビのアラキとサエが世話してくれたわけだが、彼ら自身は二人とも収穫期以外はあまり働こうとしなかった（イソベとエシタとキタガワの一〇代トリオは親がすべて支払っていたので金を稼ぐ必要がなかった）。アルバイトは、ぼくらが塾活動から離れて外部と接触できるわずかな機会の一つだったので、精神的なゆとりを保つためにも効果的だった。いちばん好まれた仕事先はスーパーマーケット。理由はいうまでもないだろう。高踏塾は、食料や生活用品などの買出しとともに、女性の従業員や客と知りあうための場としてそのスーパーを利用していたのである。マサキは、どうせ働くのなら農作業や車の整備もよいが特殊な機械を扱える工場だとかのほうがさらによいといっていた。何事も訓練になり得るというわけだ。そう、確かに当時のぼくらにとって、あの町での生活すべてが訓練として有効だった。いや、それは当時に限らずいまのぼくにとっても、日常生活におけるあらゆる事象は訓練に役立つ。

格闘・敵捕獲・殺害・銃器類の操作及び射撃等の近接戦闘技術、敵地潜入術、爆発物・通信機器・毒物等の取扱い法、サバイバル術、救急処置法、暗号作成及び解読法、変装術、盗聴術、尾行・張込み術、情報分析術などの修得が、高踏塾の主要な講習内容である。それぞれの講習で必要な機材類は可能な限り入手したが、いうまでもなく銃器や爆発物の材料となる品々を大量に集めるのはいろいろな危険を伴うので、それらは少しずつ数を増やしていった。弾を節約できるようにリローディングも徹底的に学んだ。銃器はモデルガンを代用していたこともあったが、最終的には、S&W M36を一挺《ちょう》、ベレッタM92S1を二挺、マカロフPbを一挺、H&K MP5SD3を一挺、AKMを三挺、AK74を二挺、ウェザビー・マークVを一挺、揃《そろ》えることができた。それらのなかではMP5SD3の人気が圧倒的に高かった。理由は見栄《みば》えがよく、——MP5シリーズは——最近のハリウッド製アクション映画で頻繁に小道具として使用されているからだと思われる。購入費用は塾運営予算から捻出《ねんしゅつ》されたとはいえかなりの出費であり、ものによっては入手が非常に困難だったが、教練をつづけてゆくうちにぼくらはマサキのいう人間美学の最終洗練形態という観念にとり憑《つ》かれ、塾生としての活動を充実させるためにはいかなる労苦も厭《いと》わぬつもりでいた。もはやぼくらは完全に箍《たが》がはずれていて、歯止めが効かなくなっていたらしい。そして当然この頃には、塾の活動すべてを撮影するわけにはゆかなくなっていたが、以前話しあわれた映画製作と塾活動のいずれを選択すべきかの問題は、誰も口にはしなくなっていた（後にぼくらは高踏塾の実態を隠蔽《いんぺい》するため卒業製作作品のプリントとネガをいくつかの無関係な作品とともに映画学校から盗み出した）。ミヤザキやトヨタが脱退を申し出た理由は、訓練の辛《つら》さや娯楽時間の少なさであり、そうした問題はスケジュール等の調整で解消できた。活動内容の違法性など、問う者は一人もいなかった。

ぼくらはよく、自衛官が集まる居酒屋やバーへ通った。理由は二つある。一つは情報収集等に利用可能な隊員獲得のため。もう一つは連中と喧嘩をするため。ぼくらはこれを陸上自衛隊との合同格闘演習と考えていた。塾生どうしで組手ばかりおこなっていても進歩がないのはいうまでもなく、格闘術は実戦をくり返していなくては確実な修得になど到れない。したがってぼくらには対戦相手が必要だったわけだ。そこでまず露呈したのは端的にぼくらの素人性《しろうと》である。緒戦でのぼくらは連敗つづきだった。ぼく、イノウエ、アラキ、イソベ、エシタは苦戦しながらもいちおう勝ち越していたが、あとの八名は格闘術の要領をよくつかみきれずにいたようだった。ときには体育会系の大学生などを相手に選びながら時期をあけて定期的に試みられたこの演習では、塾生全体の実力は確実に向上していったものの、その八名は本質的に格闘術には不向きらしいとわかった。総合的に優秀なイノウエはともかく、塾生たちそれぞれの長所と短所は各講習のなかで次第に明確化してゆき、それと同時に自身の得意領域の訓練のみを集中的におこなう者が多くなっていった。ちなみにぼくが得意なのは近接戦闘術だったが、情報分析には自信がもてなかった。それはいまでもぼくの不安材料の一つでありつづけている。

マサキが重要視していた講習の一つに、レポートを書くという作業があった。その理由もいくつか述べていたはずだが、あまり説得力のあることは口にしていなかったと思う。というか、その点について彼が何をいっていたのかぼくはほとんど忘れてしまった。けれどもマサキが始終ぼくらにレポートを書かせていたことだけは記憶している。たぶん塾生たちが各講習内容を正確に理解しているかを確認するため、彼は実習の前にまずそれをやらせていたのだろう。とはいえ実際は、レポート作成は各講習の補完的な意義を超えた作業でもあった。爆発物の工程表だとかを作成するのとは別に、ぼくらはいわば一つの緻密な物語を書き上げねばならなかった。それは、あらかじめ案出された謀略計画や戦闘作戦などを、マサキが提示した条件に基づいてシミュレーションをおこない、レポートとしてまとめるという作業である。形式は自由で、それより精緻なものが求められた。ぼくらはできる限り詳細に事態の推移を捕捉《ほそく》し、それを簡潔に物語ってみせなくてはならなかった。映画学校出の塾生たちは当初書き慣れた脚本スタイルに仕上げて提出したのだが、マサキの評価は大変低かった。あまりにも簡略化しすぎているというのだ。いっぽう手先が器用で絵がうまいサエの描いた漫画は評判がよかった。確かマサキは、登場人物たちの心理面にまで立ち入った描写を要求し、自分以外の誰かに徹底してなりきってみることが肝要で、起こり得る出来事の可能性をより多く想定せねばならないと語っていた。つまりレポート作成は、塾生たちの想像力強化の訓練でもあったわけだ。そして彼は、塾生たちすべてのレポートに共通する特徴として、身体感覚の稀薄《きはく》さを挙げていたように思う。事物の変化を肌で敏感に感じとり、それを思考に反映させるということを普段怠っている証拠だと、マサキがくり返し述べていたのを、ぼくはいま思い出した。

すでに身につけていた知識に未知の分野を追加してゆき、それを教示しながらぼくらとともに訓練をおこなっていた教官のマサキは、寝る暇もなかったはずだ。しかし彼は、ぼくの母がいうように「とにかく不思議な人物」で、疲れ知らずの精力的な中年男だった。彼は特にサバイバル訓練を好んだ。格闘演習同様、季節を問わず定期的に実施されたこの訓練の参加者は、山中に一人で潜伏する側と二人一組で捜索する側とに別れる。期間は三日間から一週間程度。まあキャンプへゆくようなものだ。ぼくは何度かマサキと組んで捜索にまわったことがある。勝利者もしくは勝利チームには賞金が贈られることもあったので、塾長と組むのは異例だったのだが、マサキはなぜかぼくとペアになりたがった。彼が披露した食用植物の識別と動物捕獲用の罠《わな》づくりの正確さ、そして調理法のバリエーションの豊富さにはいつも感心させられた。仕掛けた罠は、塾生にとっても危険なので槍《やり》罠は避けて簡単な輪罠ばかりに限定していたが、マサキは様々な動物の習性をよく把握していたようで、大抵ウサギやらリスやらの獲物《えもの》がひっかかっていた。これを書いていて気づいたのだが、マサキがぼくとペアを組みたがったのは、こちらから何かを聞き出そうという意図があったからなのかもしれない。ほかの機会に彼が塾生と二人きりになれることなど滅多になかったのだからだ。だとすれば、ぼくはそれと自覚せぬまま彼が知りたがっていた何事かを口にしてしまっていたのだろうか？　あるいはそれも訓練の一つだったのだろうか？

七月一日（金）

昨夜はサバイバル訓練のときにマサキと自分は何を話していたのかを思い出そうとしていたらそのまま眠ってしまった。まったく情けない。結局、疑問は解消されていないが、このまま考えていても時間の無駄なのでさきへ進むことにする。

基礎的な教練課程を一通り終えたぼくらは次に具体的なスパイ活動の実習に移った。映画学校でいえば短篇作品の製作実習といったところだ。課題は町全体の調査。手初めにぼくらは盗聴器を町中に仕掛けてみた。標的は地図と電話帳を見ながら各ブロックごとに数箇所ずつ無作為に選定し、塾生たちそれぞれに担当地域が割り当てられた。ぼくやアラキ、サエ、イソベ、エシタ、キタガワにとっては家族や幼なじみが調査対象になりかねないわけだが、それを気にかける者は一人もいなかった。一〇代の連中はむしろひどくおもしろがり、大乗り気だった。もっとも積極的だったのはキタガワである。登校拒否をつづけているうちに高踏塾の活動にのめり込み、けっきょく高校を中退してしまったキタガワにとって、盗聴術の修得はほとんど生き甲斐《がい》に等しかったようで、ぼくらは彼をその道のエキスパートとして遇していた。小学生の頃からいじめられてばかりいたらしい彼は、盗聴を復讐《ふくしゅう》の一つと考えていたようだ。そのキタガワの提案で、ぼくらはこの大規模な盗聴工作をウォーターゲート事件の「鉛管工グループ」を真似て「配管工事」と呼んでいた。ただしこの場合の「工事」は、水漏れ（情報漏れ）の防止ではなく、町中の「鉛管」を穿《うが》つ作業だったのだが。

ぼく自身も「配管工事」を愉しんでいた。もっとも、ぼくが愉しんでいたのは盗聴器を仕掛けるという「工事」よりもその後の作業のほうである。町の住人たちの相関関係をそれなりに把握していたのでなおさら覗き趣味的な興味をそそられてもいたのだが、複数の情報が町という枠組みのなかへパズル式に嵌《は》め込まれてゆき、それが一つの物語のごとく読めてしまうのがなかなかおもしろかった。「配管工事」をはじめる以前からぼくらはすでにアルバイト先などで入手した多数の情報をまとめてあったので、それらを分野別にわけながら整理してみたのだが、真偽のほどはともかく、多くの醜聞を含んだ様々な情報によって地図の空白が隙間《すきま》なく埋まり、町の全貌《ぜんぼう》がより濃密かつ鮮明な像を結んでゆくようだったといえば、いささかロマンチックすぎるだろうか。いずれにせよ「配管工事」やそれ以前の収集活動によって得た情報はいろいろと有用なネタを含んでいた。それを利用して、ぼくらは次の段階でいくつかの実験を試みてみることにした。町の情勢や住人たちの関係をぼくらの手ですこしばかり操作してみたのである。例えば選挙戦の操作。しかしこれは失敗に終わった。ぼくらは圧倒的有利が伝えられていた現職市長を落選させる計画を立てたのだった。醜聞を広めたり、支援者たちの活動を妨害したり、選挙事務所の機能を麻痺《まひ》させたり、敵陣営にとって不利な情報を遮りつつ有利な情報を流したりというように、塾生たちそれぞれが独自に築いたネットワークを用いてあれこれやってみたものの、またしてもぼくらの素人性が露顕したにすぎなかった。投票率の低さも要因の一つなのだろうが、ぼくらはどうやら派手にやりすぎたらしく、一連の裏工作が徐々に表面化していった結果、それらは対立候補側が仕組んだ陰謀によるものだという噂が投票日前に流布《るふ》し、多くの住民たちを誤解させてしまったのである。この失敗はぼくらに大きな挫折感《ざせつかん》を抱かせた。

選挙戦の操作に失敗したぼくらは活動の規模を縮小せざるを得なかった。はじめの大きな挫折によって得たものは、ちっぽけな悪意にすぎない。ぼくらは次に、離婚率上昇作戦なる馬鹿げた計画にとりかかっていた。標的にした二組の夫婦を塾生全員による情報操作で離婚へ追い込むというこの計画の発案者は、塾生のなかで最年長のアラキである。すでに二度ほど見合いの相手にふられた経験をもつ彼の怨念《おんねん》がここで一気に爆発したわけだ。標的として選ばれたのは、一方は夫と妻いずれも不倫中という情報をあらかじめこちらがつかんでいた若い夫婦で、もう一方は半年前に結婚したばかりの新婚夫婦であり、どちらも子供はいない。二組同時進行で作戦を実行した結果、前者は妻が不倫相手の子を身籠《みごも》ったことが発覚したものの離婚へは到らず、後者は夫がややノイローゼ気味になって病院通いをするようになった程度でおさまった。

ぼくらの計画はまたもや失敗したわけだ。もっとも、盗聴術の専門家で元いじめられっ子のキタガワが、「配管工事」を終えた後に本格的な復讐計画を密かに立てていることを知り、さっそくぼくらは協力したわけだがこれはすべてうまくいった（どうもぼくは当時から誰かの復讐につきあう運命にあったらしい）。標的は、彼が特にひどい目にあわされたという中学生時代の同級生三人。主な成果は以下の通りだ。まず、二人の父親が失業し、もう一人の父親は交通事故を起こし運良く全治一週間の軽い怪《け》我《が》で済んだものの乗っていた車は廃車。当人たちは変装したぼくとイソベとエシタに袋叩きにされ、また別の機会に一人ずつ捕えられてマリファナを吸わされた後にクロロアセトフェノン・ガスを吹きかけられ、さらに覆面をしたキタガワから一五万ボルトの威力をもつ棍棒《こんぼう》型スタンガンによる拷問《ごうもん》を受けた。高踏塾での様々な訓練によって鍛えられ、かつてのいじめられっ子から見事に脱皮したキタガワの冷静沈着な拷問ぶりに、ぼくらは拍手を送った。その後三人はミヤザキが預かり、彼が独自でおこなう肛門《こうもん》セックス実習の道具にされていた。

二つの失敗を経験して以後のぼくらは、より慎重で抜け目のない行動をとれるくらいに成長していたとはいえ、活動内容の点ではいまだとるにたらない愉快犯グループに留まっていた。ただ、最終的にはある広域暴力団組織から極めて貴重な品を奪い取ることに無事成功できたのだから、一連の実習はそれなりに有効な訓練たり得ていたのではないかとぼくは思っている。

七月二日（土）

ぼくは昨日まで過去のいきさつを整理しながら努めて手短に叙述してきたつもりだが、なにしろ五年分ということもあるのでうまく収拾がつかず、多くの思い出すべき重要な事柄が抜け落ちているような気もする。記憶が不確かなところはすべて想像であり、細かい点で事実と食い違う箇所もかなりあるだろう。「事故」からすでに五日が過ぎたが、いまのところ特に変わったことは何もなく、イノウエからも連絡はない。ぼくは現在、塾生時代のことなどよりどちらかといえばサカタさんと娘のアヤコのほうに関心がある。はやくこんなおちつかぬ状態から解放されないものだろうか。「事故」を仕組んだのがムラナカたちだろうがヤクザだろうが、いずれにせよ獄中のマサキと行方知れずのプルトニウム239が事の起こりに関係しているのは間違いないのだ。

各実習の総括として試みられたヤクザ相手のあのドタバタ劇は、途中で何度か計画の変更を余儀なくされたにもかかわらず、結果的には大成功だった。しかしぼくのなかには、マサキにはめられていたのではないかという疑いが消えずに残っている。手に入れたプルトニウム239の処置にしても、決して所在をあかそうとしなかった彼が当時から何事か目論《もくろ》んでいたのは火を見るよりもあきらかだ。あるいは本気で国家改造計画を企《たくら》んでいるとでもいうのだろうか？　あのロリコンの変態中年男が！

●

当初の予定では、ある住宅金融専門会社社長を誘拐して身代金《みのしろきん》を奪う計画にすぎなかった。三年以上もの間ひたすら訓練をつづけてきたわれわれの実力をそろそろはっきりとさせておかねばならないだろう、発案者のマサキは計画のことをぼくらにうちあける前にそう述べた。彼はすでに標的に関する情報をいろいろと入手していた。標的は、その地域一帯を勢力範囲にしている暴力団組織と密接な関係にあり、その社長にとって公表されてはまずい情報をこちらは多数つかんでいるのでやりようによっては警察が本格的に動くことはないはずだと、マサキは説明した。とはいえ、活動の場となるのは他所《よそ》の県なのでまだ調査すべき点は数多く残されており、隠れ家の確保など必要な作業は山ほどあった。いうまでもなくこれは私塾の実習という域を通り越した甚《はなは》だしく危険な行為にほかならず、ぼくらの人生が後戻りのきかぬ隘路《あいろ》へ追い込まれるのは確実だった。そのため塾生たちは、積極的な態度を示した者とあからさまに戸惑いをみせた者の二派にわかれた。前者はムラナカ、ミカミ、アラキ、イソベ、エシタ、キタガワ、イノウエ。後者はミヤザキ、ユザ、トヨタ、ヨコヤマ、サエ、そしてぼく。話しあった結果、迷いが消えぬままで任務につかれてもかえって危険なだけなので、参加は強制されないと決まった。むろん不参加者に報酬はない。結論を出すまでに各自一週間の猶予《ゆうよ》を与えられた。

その一週間は仕事も訓練もすべて休んだ。塾生全員が一斉に長期休暇をとるのはぼくらが入塾して以来はじめてのことだった。積極派の連中はマサキのもとから離れずにいたが、消極派の六名はみな道場から出た。女に会いに出掛けた者もいれば実家へ帰った者もいる。高踏塾には、休暇の際、期間内に戻らぬ者は脱走者と看做《みな》されて処罰を受けるという規則があり、ここで逃げ出せば自分がどういった仕打ちにあうかは誰もがよくわかっていた。たぶんマサキは、情報操作術を叩き込まれたことで塾生たちの口は非常に堅くなっており、高踏塾の者以外には家族や友人に対してさえ慎重に言葉を選びながら話すのがみな習慣化していたため、ぼくらが計画のことを知りながら外出するのを許可したのだろう。その判断はいちおう正しかった。外出した者は、誰も逃げ出さず、誰も秘密を口外しなかった。それは訓練の成果というより、処罰への恐怖があったからだと思われる。

休暇中にぼくは実家へ帰った。ぼくやサエは普段からよく実家に顔を出していたので、今回の帰宅は特に珍しいことではなかった。それに相変らずマサキはしょっちゅう喫茶店へコーヒーを飲みにきており、塾生たちの生活ぶりを彼からある程度知らされていた両親に、ことさら何か訊ねられることもなかった。むろん父も母も息子が高踏塾で実際にどのような活動をしているのかなど知る由《よし》もなく、むしろぼくが撮影を終えたら再び東京へ出てゆくことのほうを二人とも気にしていた（以前書いた通りもはや撮影などおこなってはいなかったのだが）。ぼくが実家へ帰ったのは単に塾から離れたかったからであり、計画に加わるべきか否《いな》かの判断は一週間後まで留保しておくつもりでいた。しかし、いつもの帰宅時より多く両親と顔をあわせ、ひさしぶりに旧友たちと会い、スーパーマーケットでアルバイトをしているうちに親しくなったレジ係の女と遊んでいるうちに、まるで互いの属す時間の流れ方が著しく異なり、埋め難い溝が自分と相手との間で深まりつづけてゆくような気分にばかりさせられ、結論など下す以前から自分はすでに後戻りできない地点に辿り着いていたのだと思わざるを得なかった。高踏塾に深く関わった以上、計画への参加と不参加のどちらを選ぶにせよ、もはや部外者になどなれるはずもなかった。

積極派の七名に、ぼくとサエが加わり、計画への参加者は最終的に九名となった。ちなみに参加を断った四名は、例の「事故」で死んだ者たちである。偶然なのかどうなのか、いまはまだわからない。結局その四名は道場に残り、とりあえず後方支援にあたることになった。マサキから計画のことを最初に告げられたとき、サエは悩んでいた。家族のことを気にかけていたらしい。しかし実家へ帰ってみて、サラリーマンの弟が会社を辞めて家業を継ぐことになったと聞かされ、蟠《わだかま》りが消えたのだという。参加者たちは全員、自分たちの実力がどの程度のものなのかを知りたがっていた。ぼくもその一人である。「至上の存在」とやらにどこまで近づき得たのかを確かめるため、具体的な結果を出したかったのだ。マサキの殺し文句は、まだまだ効力を保持していた。

ぼくらはまず敵地に三ヵ月間潜入し、標的と繫《つな》がりのある暴力団と関係箇所を中心にその地域の実態を徹底的に調べ尽くした。「配管工事」以来こうした作業はやり馴《な》れていたので、何ら問題なくすべての調査を終えることができた。何度目かの作戦会議で、標的と暴力団の組長が毎月決まって会談する日が二日だけあり、そのどちらかの日を決行日に定めてはどうかというムラナカの案が採用された。会談の場所はいつも異なるが、そこへむかう途中で標的を拉致《らち》し、後の交渉を暴力団側とおこなえば警察へは通報されずに済むだろう、さらに危険性が増すことになるとは思うが、自分たちはあちら側の組織網をいっさい把握しており、攪乱《かくらん》工作を万全にし、こちらから警察へデマ情報を流すなりしてヤクザの動きを抑え込めば大方うまくゆくはずだ、以上がムラナカの考えである。いちおうそのムラナカ案に基づきながらぼくらは計画を詰めていったが、収集した情報を再度分析してみた結果暴力団側が交渉に応ずる見込みは非常に乏しく彼らは標的を見捨てるだろうという意見がイノウエから出されたことにより、あらためて考え直さねばならなくなった。イノウエによれば、自分たちがつかんでいる程度の情報を公表されてもヤクザは痛くも痒《かゆ》くもなく、単に標的の社長が窮地に陥るだけだという。したがって、誘拐すべきなのはむしろ暴力団の組長のほうだとイノウエは述べた。なかなか大胆なこの提案にいちはやく賛成したのはマサキである。そんなわけでさっそく誘拐の対象はヤクザの親分に変更された。マサキはこのとき、当の暴力団が、数ヵ月前に外国の密輸品売買組織との取引の際に何らかの揉《も》め事を起こし、和解の条件だとして相手から強引に高値で売りつけられたプルトニウム239を持て余しており、それを港湾労働組合事務所に密かに保管しているらしいという情報を、すでに入手していたようだった。

　計画が成功した要因の一つとして、最終的に標的となった組長が当時組織内で権力闘争の渦中《かちゅう》にあったので、おそらく対抗派閥に弱みを握られるのを避けるため、暴力団側の対応が終始迅速かつ秘密裡《り》におこなわれたことが挙げられる。これはぼくらの狙《ねら》いどおりだった。事後調査で得た情報を分析してみても、いちおう犯人捜しは内密に進められてはいるが、組織内の者で事件のことを知っているのはほんの数人にすぎないと確信できた。組長はそうとうな自信家で、いつか必ずぼくらの居場所をつきとめて皆殺しにするといっていた。監禁中は念のため彼にアトロピンを投与し、判断力を低下させておいた。交渉段階に入ってからは速やかに事が運んだとはいえ、さすがに捕獲のときは緊張し、ぼくらは少々もたついた。捕獲作戦の内容は以下の通りだ。まず、金融会社社長との待合せ場所へゆくのに通らねばならぬ一方通行の道で待機し、組長の車がそこを通りはじめたのを確認して通行止めにする。次に、停車させてあるこちらの車の横をむこうが通りすぎようとする直前に車をゆっくりと発進させて進路を遮り、追突させる。そして運転手か誰かが外に出てきたのを確かめてからこちらも車から降り、そばに近づけて注意を惹《ひ》きつけておく（組長が降りてきた場合は即実行に移る）。あとは組長の車に後方から忍び寄り、一斉に銃をむけて組長を連れ出しこちらの車に乗せて発進し、相手の車も奪って逃走する。ぼくらにとって気掛かりな点は同乗者の数だった。組長はいつも待合せ場所に車一台でゆくとわかっていたが、同乗者の数は毎回違っていた。もしも運転手のほかに何人か一緒にいて、そのなかに血の気の多い無分別な組員がいたりすると、いきなり発砲してきたりすることもあり得る。そうなると対応がいささか面倒だ。しかし幸運なことに作戦決行時の同乗者は運転手一人だった。もっとも、その運転手は異常に怒りっぽい男で、追突のあとに車から降りていったアラキにすぐさまつかみかかり、一瞬こちらを怯《ひる》ませるほどの剣幕で怒鳴り散らされたため、なるほどこれはヤクザだと、ぼくらは思わせられたりもしたのだが。

直接の交渉相手は金融会社の社長で、常にマサキが連絡をとった。その結果、いつのまにか身代金二億円が八五〇〇万円と核爆弾に変わっていた。受け渡し場所の港へゆくと、現金入りの鞄《かばん》のほかに、プラスチック板で覆《おお》われた直径約六〇センチほどの重いボールがおさめられたジュラルミン・ケースを渡され、ぼくらは戸惑った。だが、同行していたマサキが当然のようにそれを車に乗せろと指示を出したので従わざるを得なかったのである（ちなみにこのときぼくらは不意打に備えて三〇〇メートルほど離れたビルの一室に狙撃《そげき》手イノウエと観測手サエを待機させていた）。車中でマサキは、凄《すご》いものを手に入れたといって子供のように悦《よろこ》び、それが圧縮爆破加工を施されたプルトニウム239であることをはじめて説明した。正直にいうが、それを聞いたぼくは唖然《あぜん》とするほかなかった。原子爆弾が、かつてあまりにもあっけなく大勢の人々を殺したように、ここでもまた、あまりにもあっけなく民間人の手に渡ってしまったことに、ぼくは驚かされたのだ。

ぼくらが手に入れたそのプラスチック・ボールが、本物の核爆弾なのかどうかはわからない。というか、例の暴力団が外国の密売組織から強引に売りつけられた代物だという話が事実ならば、偽物《にせもの》の疑いは大いに深まる。その密売組織は、偽物だからこそ、揉め事を利用して強引に売りつけるほかなかったのではなかろうか？　単に放射能汚染物質が詰められているだけなのかもしれない（それじたい充分に危険な殺人兵器たり得るが）。それがいったい何であるにせよ、プラスチックの覆いを解かずに本物か否かを確かめるには、とりあえず爆発させてみるほかないだろう。むろんそれはできない。あれは、誰も本物かどうかを確かめられぬまま、核爆弾という名の商品として世界中の密売ルートで延々と売り渡されつづけてきたただのボールなのではないかと、思えなくもない。

ようやく今日で過去の整理を終えられそうだ。困ったことにすこし頭が痛いが、我慢できぬほどでもないのでこの作業をはやく済ませてしまおう。外は大雨が降っている。

七月三日（日）

●

高踏塾の解散は、マサキが警察に逮捕されたことに起因している。暴力団組長誘拐の件がばれたわけではない。容疑内容は、ぼくらとはまったく関係がなく、高踏塾とすら無関係であり、あくまでもマサキの個人的な営みに関わっている。彼はある趣味をもっていた。そしてぼくら塾生は、そのことを誰一人知らなかった。しかし、マサキの言動をよく分析しておけば、少なくともこのぼくは見抜けていたはずだった。塾生のなかでは、ぼくがもっともそのことを知り得る立場にあったのだ。どういうことか。

思えばマサキの逮捕はじつにタイミングがよかったといえる。事実上の最終実習となった誘拐計画を終えて以後、塾生たちの結束は急速に緩みはじめていた。結局その計画が、参加者と不参加者との二派にわかれたまま実行されたのが決定的だったのだと思う。直接口に出されることはなかったものの、不参加側の四名は各自そろそろ高踏塾から離脱すべき時期だと考えていたらしく、一方マサキに特に忠実なムラナカやミカミやアラキらは活動内容のさらなる規模拡大と戦力強化へむけて積極的に話しあい、塾生全員の賛同など必要ではないとでもいうようにしばしば彼らだけで会議をおこなってもいた。そんななかでムラナカが、本格的な階級制の導入を提案したり、組長の身代金を得たことで一挙に増額された塾運営予算の一部を宣伝費にまわそうなどといい出したりして、仲間内で採めることも多くなっていった。ムラナカは以前からそれらの提案を口にしてはいたのだが、いつも時機尚早だとして却下されていたのである。階級制の導入はマサキの反対でまたもや却下されたが、予算の遣い道をめぐっては、三五ミリの映画用カメラとフィルムを購入し、PR映画を製作するということでいちおうまとまった。それにしても、ミヤザキやトヨタらが幾度か脱退しかけたとはいえ、約五年もの間、高踏塾は離脱者を一人も出さずに活動をつづけてこられたのだから、マサキは指導者としてそれなりに優秀だったといえるのかもしれない。あるいはぼくらがあまりに牧歌的すぎたということか。

マサキは林檎《りんご》畑のなかで逮捕された。現行犯だった。何をしていたのかといえば、小学三年生の女の子に性的ないたずらをしていたのである。彼がいたずらしていた女の子とは、ぼくの親戚のユウコの娘だった。マサキは、自分の塾生たちとともに苛酷な訓練に耐えつづけ、いくつもの危険な活動に参加してきたにもかかわらず、お愉しみに耽《ふけ》っている間はまるで無警戒になっていたようだ。数人の警察官に駆け寄られても、彼は半勃起《ぼっき》状態のペニスを曝《さら》け出したまま立ち尽くし、一歩も逃げ出そうとはしなかったという。高踏塾の道場に警察が家宅捜索に訪れたときは、見つけられてはまずい品々は銃器類も核爆弾もすべて別の場所に保管してあったので問題なかった。その代わりに、マサキが住居に使っていた離れ家から、彼の趣味を裏付ける大量の証拠品が見つかった。幼児ポルノ・ビデオやその種の出版物、写真、さらには衣類などの品々。ビデオ・テープと写真は、マサキ自身が撮影したものも多数あり、彼は、ユウコの娘が毎年成長してゆく姿を記録してもいた。被害にあった女の子はユウコの娘のみではない。すでに数件の被害届けが出ていたらしく、有力な証拠品も押収《おうしゅう》されたことで、もはやマサキが起訴をまぬかれないのはあきらかだった。

マサキがぼくの実家の喫茶店に通いつづけていた理由の一つが、ユウコの娘と会うためだったことに、誰か気づいていてもよかったはずだ。しかし、ユウコのほうに気があるのではないかとぼくの両親もユウコ自身も疑ってはいたものの、まさかそんなふうには考えてもみなかったという。それはぼくにしてみても同様だった。町の住民のなかではたぶん最初にマサキと親しくなったぼくの両親や喫茶店の常連客たちは、事件が発覚してからは毎晩のように噂話をしていた。そしてしまいに出てくる台詞《せりふ》はいつも、裏でそんなことをしている人にはとても見えなかった、だった。マサキは自分の趣味を五年間ずっと隠し通した。これは高踏塾の塾生であるぼくらにとって一つの敗北にほかならない。なにしろ何年も生活をともにしながら誰一人マサキの秘密を看破れずにいたのだから。塾生たちは一様に衝撃を受けていたが、事態の受けとめ方はそれぞれ異なった。離脱を考えていたミヤザキたちにしてみれば、適当な理由ができたわけだ。ムラナカはしばらく沈黙しつづけていた。いちおうぼくらも警察の事情聴取を受けたが、捜査関係者はみな高踏塾には何ら疑念を抱いてはいない様子で、塾生に対しては同情を示す者すらいた。事情聴取に際してぼくらは特に申合せなどはしなかった。ただ、警官たちの前で、「何も知らずにいた素朴な生徒」を演じてみたりしただけだった。各自どういった態度をみせていたにせよ、指導者を失ったぼくらは、ひどく狼狽《ろうばい》していたことに変わりはない。

　ムラナカとイノウエとサエは、勾留《こうりゅう》中のマサキと面会した。彼らに指示を求められたマサキは、いかにも教師らしく、君たちに教えることはもう何もないなどといってから、あとは自分たちで決めろとだけ述べたそうだ。サエによれば、拘置所内でのマサキはひどく穏やかな人相に変わってしまっていて、かつての精力的で野心に満ちた指導者の容貌《ようぼう》は見る影もなく、別人のようだったという。一方ムラナカは、塾長は悟りを開いたのだと苦々しげに説明していた。マサキの逮捕以降、塾生たちは話しあう余地もないほどそれぞれの立場をはっきりとさせていた。まず、ミヤザキ、ユザ、トヨタ、ヨコヤマの四名がさっそく脱退を表明した。誘拐計画に直接関与していない分、彼らは精神的な重荷を背負っておらず、転身するのに悩む必要はなかったようだ。ムラナカは頑《かたく》なに、全員ここに留まって高踏塾を存続させるべきだと主張し、それにミカミ、アラキ、イソベ、エシタが従った。キタガワは、他の塾生がどうするにせよ、自分は高踏塾に残り、住民から依頼がくる仕事をつづける気だと述べた。おそらくキタガワは盗聴器という玩具を手放せずにいたのだろう。サエは悩み抜いた挙句、脱退を申し出た。塾から離れるとはいえ、この町からも出てゆくわけにはゆかないと語る彼の心境はかなり複雑だったと思う。イノウエがどうするのか、ぼくの関心はそこにあったが、彼は意外にあっさりと離脱を決めた。理由はわからない。ここでも彼は、多くを語らなかった。

ムラナカたち残留組は、あのマサキが無能な地方の警察ごときにやすやすと捕えられるはずがないと信じていたらしい。つまり、誰かが仕掛けた罠にはめられたのではないかと考えていたのだ。彼らが、その「誰か」に該当する人物として、このぼくを疑っていたのは明白だった。ぼくはマサキにいたずらされた女の子の親戚であり、一人で外出することが多かった。ムラナカたちは裏でこそこそと話しあっていたようだが、直接的にはそのことに触れず、ぼくが脱退と残留のどちらを選ぶのかを頻《しき》りに知りたがっていた。ぼくは脱退組が東京へ戻る日の数日前まで態度を留保していたが、そうした状態がいつまでもつづいたため、ついにすべてが馬鹿らしくなってしまい、けっきょく離脱を決めたのである。当然、その町に残るつもりもなかった。

イノウエが、塾を脱けはしても誘拐計画に参加した自分たちには稼いだ金の取り分を受けとる権利があり、それはマサキもすでに了承済みのはずだと主張した結果、脱退組のぼくらは五〇〇万円ずつ受け取った。ミヤザキら不参加者には口止め料としてそれぞれに一〇〇万円が配られた。残留組からの最後の忠告として、仮に後日それ以上の請求がなされた場合は別の手段で対処するので覚悟しておくようにと言い渡された。金をもらってさっさと出てゆこうとしているぼくに、ムラナカたちは冷やかな視線をむけていたようだったが、もはやどうでもよかった。

高踏塾が解散に到った経緯は以上である。残留組がいるのだから一部解散と書くべきなのかもしれないが、マサキもいないなか、ムラナカたちだけで以前のような活動が可能だとはぼくにはとても思えないので――イノウエは必ずしもそうとは思っていないようだが――、事実上の解散だとみてよいだろう。ともあれ、こうしてぼくらは東京へ戻ったわけだ。

前に書いた通り、ぼくらは東京へ戻ってから一度も会わず、連絡もとらなかった。だから、ミヤザキ、ユザ、トヨタ、ヨコヤマがドキュメンタリー映画製作の仕事に就いていたことは、「事故」の記事を読んではじめて知った。彼ら四名は、東京でも行動をともにしていたため、ぼくらのなかで最もはやく不幸な事態を招き寄せてしまったのかもしれない。塾生としてはそれほど優秀な連中ではなかったとはいえ、高速道路で「事故」を起こすような不注意をおかしたのは、彼らの意識が弛緩《しかん》しすぎていたとしか考えられない。ぼく自身は、映画製作関係の職を見つけようとはまったく思わなかった。興信所だとかで働く気もなかった。ただ、五年ぶりに一人になれたのだから当分の間は孤独に徹し、何か地味な仕事でもしながら少しずつ先のことについて考えてゆけばそれでよいとしか思ってはいなかった。ぼくはいったん高踏塾から思考を切り離すつもりでいたのだ。しかし、映写技師の仕事をしながらいまもなお、一連のトレーニングやある程度の情報収集はつづけている。特に、誘拐計画でぼくらが世話になった暴力団組織関係の情報は、できる限り集めるようにしている。例の自信家の組長は、あれ以後、組織内で有数の大幹部に昇進した。彼には今後もどんどん偉くなってもらい、誘拐の件はきれいに忘れ去ってほしいものだ。じつは、東京に戻ったぼくにとって、渋谷国際映画劇場の映写技師という職に就けたのは、それが孤独に徹しきれる仕事だということとは別の意味でも幸運だった。なぜなら仕事場にいるだけでいろいろと興味深い話を耳にできるのだから。タチバナという名の劇場経営者は、ぼくらが誘拐した組長が属す組織と対抗関係にある広域暴力団組織の幹部なのである。ぼくがあらかじめその情報を入手していたことは、いうまでもない。

●

イノウエと再会した六月二九日の補足をしておく。

ぼくと同様、イノウエは映画製作関係の仕事には就いていない。何をしているのかと訊《たず》ねてみると、興信所に勤めているという。本当かどうかはわからない。彼は、切らしているといって名刺はくれなかった。ただし、アパートの住所と携帯電話の番号は聞き出せた。驚いたことに、イノウエはぼくと同じ町内に住んでいる。だが、仕事の都合上その部屋にはたまに寝に帰るだけでほとんど留守だから、会う気になったら電話をかけろといわれた。ぼくは彼と会うまで、「事故」を起こした車に乗っていたのは五名だと新聞に書いてあったため、身元不明の一人とはてっきりイノウエなのかと思ったこともあった。五人目は誰なのだろうか？　その問いに対してイノウエは、それはミカミだと答えた。ムラナカとともにあの町に残った映画学校出の塾生ミカミ。なぜミカミがその車に同乗していたのかは不明だが、「事故」に残留組が関係しているのは確かだと思われる、イノウエはそのように述べた。しかしミカミは何をしにきていたのだろうか？　東京へ出ていったぼくらを処分するために残留組が派遣した刺客だったとでもいうのだろうか？　しかしミカミはそうした任務に不向きな男だ。イノウエがいう通り「事故」に残留組が関係しているとして、連中は現在どういった目的に沿って行動しているのか？　服役中のマサキが何らかの指示を出したとも考えられるが、目的がみえない。誘拐犯の正体をつきとめたヤクザの仕業かもしれないし、単なる事故にすぎないのかもしれない。ともあれ、イノウエとぼくは今後、頻繁に情報交換をおこなうことにした。

「あれの隠し場所をおまえは知っているか？」

イノウエはぼくにそう訊ねた。ある日マサキは、塾生たちにまったく気づかれずに、例のプラスチック・ボールを町のどこかに隠してしまった。むろんぼくは知らない。おまえこそ知っているのかとぼくが聞くと、おれも知らないと彼は答えた。

「ムラナカたちはどうなんだろうか?」

「さあな」

「塾長に会って聞いたかな?」

「マサキはいわないよ」イノウエは自信ありげにそう口にした。

「連中があれを手にしたら、面倒なことになりそうだとは思わないか?」

「それよりもおまえは自分の身のほうを心配すべきだな」

「なぜ?」

「疑われてたろう、おまえ」

「ああ、塾長が逮捕された件か」

イノウエは黙って数秒間ぼくをみつめていた。こいつもおれを疑っているのだろうか? 彼のその、やや斜視気味の眼でじっくり見つめられると、誰もがいささか萎縮《いしゅく》してしまう。ぼくはこのとき急に、イノウエは裏でムラナカたちと手を組んでいるのではないかという疑いを抱いた。

「じつをいうとあれは、おれがマサキをはめたんだとしたら、どうする?」

これはいかにも怪しい問いかけだ。第一理由が判然としない。ぼくはひとまず曖昧な態度をとるほかなかった。

「……なるほど。確かにあり得ないことではないね」

「頭にこないのか？」

「いまさらだからな、もうどうでもいいよ」

冷静に振舞ってはみたが、イノウエに試されているのではないかと思うと、なかなか次の言葉が出てこなかった。

「しかしなぜ、マサキをはめる必要があったんだ？」ぼくは彼の眼に見入った。

「おい、おれはマサキをはめたと断言したわけじゃあないぞ」

イノウエはそういうと、ぼくから視線を逸《そ》らさずにうっすらと笑みを浮かべた。あ、そうか、といってぼくも微笑《ほほえ》んでみせた。結局、この話題はここで打ち切られた。

別れ際《ぎわ》にイノウエは、オヌマ、しばらくこれ預かっといてくれ、といって三五ミリ用のフィルム缶を差し出した。中身は長さ七〇〇フィートほどの未編集プリント。富士の71337タイプと表示された缶蓋《かんぶた》を見て、彼に聞いた。

「ハイ・コンのポジ？　こんなもんでおまえ何を撮ったんだ？」

「撮ったのはおれじゃないよ。忘れたのか？　高踏塾のPR映画」

「だけどあれは結局撮らなかったろう」

「そうか、おまえは実家に帰ってたんで知らないんだな」

「何を？」

「カメラを買った次の日に試し撮りしたんだよ。マサキが言い出して。それでミカミがフィルム扱うの久しぶりだったから、間違えてタイトル用に買っといたそいつで撮っちまったのさ」

「へえ……　何が写ってるんだ？」

「おまえ以外みんな写ってるよ」

そんなことがあったとは、ぼくは全然知らなかった。しかしなぜ、イノウエはそれを所持しているのか？

「フィルムやビデオ・テープ類は全部廃棄したはずだったじゃないか」

「これだけ残しといたんだ」

「おまえが？　なぜ？」

「記念だよ。もったいなかったのさ、見てみりゃあわかる。みんな愉しそうに写ってるよ」

「おれ以外のな」

二人とも、少々気まずそうに笑った。

「ネガは?」

「あるわけないよ、もともと。必要ないからな、これだけさ」

これは、撮影につかったポジ・フィルムからデュープ・ネガをつくらなかったという意味だ。確かに、ただの試し撮りなのだからそんな必要はない。

「現像に出す必要こそあったのか? ほかは撮らなかったんだろう?」

「ああ」

こんなフィルムの存在を知れば、確実にムラナカたちは奪い取りにくるだろうから、映写室にでも隠しておいてくれと、彼に頼まれた。確かにそれは、記念品にもなれば証拠品にもなる。むろんぼくはイノウエを信用しきってはいない。そのフィルムは、彼のいう通り塾生たちの「愉しそう」な姿が写っているばかりで別段どうということもない代物《しろもの》だが、おそらく本当はそれ以上のものなのだろう。とりあえずは、こちらよりも先に動いた、彼の今後の出方を見てみるしかないわけだ。

それにしても、頭が痛い。

七月一二日（火）

ヒラサワの無断欠勤がつづいている。今日で三日目だ。映画館に学校の友人だという連中が訪ねてきた。学校にも顔を出してはおらず、電話をしても常に留守だという。何かあったに違いない。食事を奢《おご》ってもらったあの日、やつはえらく調子づいていたので気になる。ガキどもに捕まっちまったのだろうか？

七月一三日（水）

最終上映スタート後にアヤコがきた。見ると眼帯で左眼を覆い、唇の左脇に痣《あざ》がある。表情が無愛想なだけに、余計に痛々しい。彼女はいつもよくしゃべり、ジュースや菓子類の自動販売機の在庫を勝手に持ち出し、覗き魔のぼくを真似て映写室から客席を観察したがる。占い好きで、会うたびにぼくは自分の運勢を告げられる。今週はさして目ぼしいことはないそうだ。今日は母親に携帯電話をねだっていた。アヤコが帰ったあと、彼女の怪我のことでサカタさんに相談された。本人は校庭にいたら野球のボールがぶつかったのだと説明したという。ありきたりすぎる。娘の言葉を信じられずにいるサカタさんは、同級生と喧嘩でもしたのか、教師から体罰を受けたのか、あるいはいじめられたのか、などと考えられる限りの原因を列挙し、娘は近頃家に帰ってくるとひどく疲れた様子でぐったりしており、とにかく心配だと語る。夜中にたびたび妙な電話がかかってきたりもしているらしい。気の毒だ。何とかしてやりたい気もするが、そんな余裕がいまの自分にあるのか？　そもそもどこから手をつければよいのか？　アヤコは余計なお世話だというだろう。「事故」が起きたせいか、なんだか最近自分が弱気になっているように思える。今週は目ぼしいことはないというのだから、ひとまず信じておこう。

七月一七日（日）

道玄坂で、手首に疵痕《きずあと》があるコンビニのパートタイマーが夫らしき男とぶらついている姿を見かけた。彼女は男の右腕にしがみつくような恰好でぎこちなく歩き、困惑気味の表情をしていくらか頬を赤らめていた。羞恥《しゅうち》プレイでもやっていたのかもしれない。たぶんぼくには気づいていない。

七月二〇日（水）

ヒラサワの無断欠勤は今日で一一日目になる。カワイが何度か電話をしてみたもののまったくつかまらないという。ぼくも電話をしてみたが、留守番のメッセージが聞こえてくるだけだった。休めないといってコバヤシはすっかり頭にきている。とうとうカワイは新しいアルバイトの募集をはじめた。

経営者のタチバナが数人の部下を従えて夕方の回を見にきた。彼は月に四、五回は必ず映画を見に立ち寄る。それなりに映画好きなのかと思っていたが、まともに映画を見ているわけでもない。映写室から観察してみたところ、女たちといちゃついていたりはしないものの、タチバナは連れと内緒話をしていることが多い。劇場は先代の組長から受け継いだものだと聞いている。ようやく土地を有効利用する気になった彼は、近々この劇場を取り壊して貸ビルを建てる計画を進めようとしていたはずだったが、どうやら延期になったらしい。予算の目処《めど》はついているけれども時期が悪いと、上映前にタチバナがカワイに話していた。もしもそのままビルを建てるとして、映画館のほうはどうするつもりなのかと聞いたカワイは、二階分くらいのスペースをとっておけば充分だろうというようなことをタチバナにいわれ、蓄積していた不安が一挙に解けた様子だった。これで劇場が改築されることは間違いない。とはいえそれは、先送りにされてしまったようだが。

タチバナと直接言葉をかわしたことはごくわずかしかない。はじめて会ったとき、新たに雇った映写技師としてカワイに紹介されたぼくの右手の甲に、ちいさな蜘蛛《くも》の入れ墨があるのを見つけたタチバナから、そりゃ何の印だ？　と聞かれていささかドキッとした。そのちいさな蜘蛛は、高踏塾で入れ墨をするのが流行《はや》っていた頃に自分で彫ったものである。イノウエの右手には蜥蜴《とかげ》の入れ墨がある。ほかの塾生のものは憶《おぼ》えていない。最初にはじめたのはイソベとエシタで、そこにミヤザキが加わり、彼らは身体《からだ》のあちこちに彫りまくっていた。まだ入塾したばかりの頃だったため、右手の入れ墨を高踏塾の塾生である証《あかし》にしようなどといってみなで浮かれていたのだが、活動の際に目立っては困るのでいちいち隠さねばならず、そんなところに彫ったのは安易すぎたと反省させられもしたのだった。ぼくの入れ墨を見たタチバナは、それが蜘蛛だとは思えなかったようだ。さっきの質問のあとに彼は、タコ焼き組合か何かの印か？　といっていた。

七月二一日（木）

学生の頃につきあっていたキョウコが、ぼくを訪ねて映画館にきた。これには驚かされた。彼女は、イノウエからぼくの居場所を教えられたのだという。イノウエに抗議しようと思って電話してみたが彼は出なかった。「事故」の真相が判明するまでは何事も慎重に対処しろよなどと自分でいっておきながら、いくら知人だとはいえこうも簡単に居場所をあかすとは、おれがどう感ずるかくらいやつは百も承知しているはずだ、いったい何を考えているのか……受話器を耳にあてながらそんなふうにぼくは思っていた。しかし、イノウエが電話に出ないためひどく苛《いら》ついているぼくを見ていたキョウコに、何か不都合なことでもあるのかもしれないけれど、相変わらず心が狭いわね、といわれてなるほどおれは余裕がなさすぎたと思い、慎重さに欠けているのは自分のほうだと痛感せざるを得なかった。ぼくのほうこそ、そばにいるのがよく知っている女だとはいえ、相手にすぐ悟られるほど感情を表にあらわしたりするべきではなかったのだ。

キョウコは、ぼくが首からぶらさげていたウォークマンのヘッドホンを耳に塡《は》めて聴こえてくる音楽を確認すると、再び「相変わらず」と口にして笑っていた。彼女はぼくをフリオ中毒にした張本人だ。それについてはいいたいことが山ほどあったが、大人気《おとなげ》ないと思って何も述べなかった。フリオ・イグレシアスの歌による呪縛《じゅばく》は、キョウコによる呪縛でもあり、解放されるには射精するほかないわけだが、それは完全なる自由ではなく、いま一度歌を聴いてしまえば、さらなる呪縛を受けねばならない。学生時代にそんなようなことをキョウコにいってみたことがある。実際に自分がどんなふうにしゃべったのかは忘れたが、少なくとも当時のぼくはいま以上にロマンチストだったので、結構派手にかましていた気もする。それに対し彼女が、勝手な言い種《ぐさ》ね、勃起を人のせいにするつもり？ といい返してきたのはよく憶えている。仕事は何かと聞いたら、エステ・サロンでカウンセラーをしているという。比較的気の強いほうだが、過剰に防御的な面があり、打たれ弱い女だ。しばしば冗談が通らず、喧嘩になった。別れてから五年以上も経つわけだが、久しぶりに再会したキョウコの印象は、やはり「相変わらず」だった。

相変わらずイノウエの考えは読めない。ムラナカたちがぼくらを狙っているのだと考えているのなら、なぜ第三者のキョウコにぼくの居場所を知らせてしまうのか。この点だけは腑《ふ》に落ちない。まあ人の手など借りなくても高踏塾の塾生なら簡単にぼくの居場所くらいつきとめられるだろうし、キョウコが巻き添えを食うほどのことは起こらないかもしれないが、慎重さを心懸けようというのだから、できる限り無用な言動は避けておくべきはずだ。ぼくはイノウエをもっと疑っていてよいくらいだろう。むろん彼は、こんなふうにぼくが懐疑的になることなど予測済みに違いない。

マサキは、高踏塾の講習で次のように語っていた。〈絶えず裏切りを念頭におかねばならぬスパイは、どのような情況下であれ、他者の言葉から二重、三重の意味を読みとらねばならず、相手が味方であってもそれを怠ってはならない。スパイにとって情報収集とともに重要な作業とは、誰がスパイなのかを明確に知ることなのだから。そして、スパイは特異な存在である自己を社会においては常に平凡な存在として仮構していなくてはならず、同時にその特異な才能を発揮しつづけてもいなければならない。つまりスパイは自分が他者の眼にどう映っているのかという問いをくり返し発動させ、そこで得た回答を幾度も吟味しておく必要がある。だから優秀なスパイとは、より多くの眼と耳、もしくは複数の意識を、絶えず連動させつつバランスよく統御し得る者だといえる。確かにこれらはとりわけスパイのみに当てはまる条件ではない。しかしスパイは、こうした情況を極めて苛酷な、絶対的な体験として生きているということを忘れてはならないだろう〉

七月二四日（日）

仕事中に電話がかかってきたので出てみると、ヒラサワからだった。想像していた通り、彼は例の高校生たちに捕まってしまったという。ここ何日間かほとんど軟禁状態にあるらしい。新しい彼女は連中にまわされてしまい、宝くじが当籤《とうせん》して得た金はまきあげられ、さんざん殴られつづけているというのだ。用心しろとしつこくいっておいたにもかかわらず、どうやらあれ以後も調子にのって遊びまわっていたようである。自業自得《じごうじとく》というほかない。彼は、高校生たちがぼくを呼び出せと催促しているので電話したのだという。案の定といったところだろう。やはりぼくは迂闊《うかつ》だったわけだ。ヒラサワのような馬鹿のために一肌脱ぐべきではなかった。彼はとにかく仕事が終わったらここにきてくれといっていたが、ぼくは見捨てた。可哀想《かわいそう》だが仕方がない。いまのぼくは慎重さの塊《かたまり》のような男なのだ。しかしいずれヒラサワは、ぼくが渋谷国映で働いていることを教えるはずだから、ガキどもとはまたいつか会わねばならないだろうが、そのときはそのときだろう。

七月二六日（火）

イノウエと会った。ぼくはあえてキョウコのことには触れなかった。彼もその件については何もいわない。ますます怪しい。けれどもそんなことより今日は大変重大な情報を知らされた。

未確認だが、どうやら刑務所のなかでマサキが殺されたらしい、イノウエはそう述べた。近頃都内で、もともとは一つの大組織だったものが分裂して以来、いわば冷戦状態にあった二つの暴力団組織が急激に関係を悪化させており、戦争へと発展しそうな雰囲気すらあるという噂は、ぼくの耳にも入っていた（渋谷国映の改築が延期されたのも、たぶんそれが要因なのだと思う）。ある企業に依頼されてその筋の情報を集めていたイノウエは、調査中に偶然、「マサキの死」にゆきあたったのだという。ガキにチンポくわえさせてパクられた変態野郎をX組系の若い衆が自殺に見せかけて殺《や》っちまったらしい、知りあいのポーカー賭博《とばく》屋の店員がそんなふうに語っていたのだと、イノウエは説明した。その店員はさらに、X組はいったいなぜそんなくだらないやつを殺らねばならなかったのか、それが不可解なのだとも述べていたという。イノウエは、もっと詳しく教えてくれと頼んでみたのだが、あとは特に知らないといわれたようだ。そのとき得た情報からの推理にすぎないとはいえ、殺された変態野郎はやはりマサキ以外に考えられない、どう思う？　イノウエにそう聞かれたぼくは、頷《うなず》くほかなかった。X組とは、ぼくらが誘拐した組長が属す暴力団組織の中心団体名であり、その組の若い衆とやらが収容されていたのは、マサキのいる刑務所なのだ。イノウエに、映画館の経営者や部下連中がそれらしき話をしてはいなかったかとも訊《たず》ねられたが、ぼくの記憶にはない。仮にタチバナらが話していたとしても、それほど重大な情報をまさかぼくが忘れるはずはないだろう（しかしイノウエとの会話中、ぼくは自分の記憶力を疑わしく思いはじめてもいたのだが）。いずれにせよ、「マサキの死」が事実であれば、あの組長が誘拐犯の正体をつきとめたということになる。ならばミヤザキたちはヤクザに仕組まれた「事故」によって殺されたのではないかという見方も依然有力なわけだ。イノウエは、ぼくの郷里へ出向き、「マサキの死」に関する事実確認をしてくるといっていた。ぼくは同行を申し出たのだが、二人では目立つのでやめたほうがいいと断られた。むろんこの拒否は、いろいろな意味に受けとれる。

「おまえ、護身用の武器は何か持ってるか?」

ぼくがそう聞くと、イノウエは、ほら、といってポケットからビクトリノックスのスイス・アーミーナイフ(レインジャー)を取り出した。

「それだけか」

「それだけかだって? 知らないのか? こんなに多機能だぞ」

そういって笑いながら、イノウエはナイフの刃やら缶切りやら毛抜きやらを出してみせた。イノウエは射撃が得意だが、ナイフの扱いもそうとうなものだ。

「おれにはこれで充分だ」

確かに充分だろう。護身用程度の武器など、身のまわりにいくらでも転がっているのだから。つまりぼくの最初の問いじたいがそもそも愚問だったわけだ。

「オヌマ、おまえには何がある?」

ぼくは、何もないと答えた。しかしこれは嘘だ。高踏塾から離れて東京に戻る際、ぼくは密かにマカロフを隠し持ってきていたのである。そのことを、イノウエは知っているのかもしれないし、知らないのかもしれない。

七月二七日（水）

仕事からの帰り道、誰かに尾行された。すぐに気づいてまいたが、雨が降っており、通行人が傘をさしていたため、目立たぬようにしながらすばやく動くのに難儀した。それに傘といえば、あのあまりにも有名な、KGBの暗殺要員によるゲオルギー・マルコフ殺害事件を思い出さずにはいられない。リシンを仕込んだ弾を雨傘銃から発射されたりするのは御免である。尾行していたのが、どの関係の者なのかはわからない。ぼくは現在、少なくとも三つのグループと――潜在的に――敵対的な状態にあると思われる。一つは高踏塾の残留組、一つはX組系の暴力団組織、一つはヒラサワを軟禁中の高校生たち。まったく大変な情況である。笑うしかない。高踏塾での鍛練を経験していなければ、不眠症にでもなっていたかもしれない。約五年間鍛えつづけてきたおかげで、幸い偏頭痛もほぼ克服できたし、いまもトレーニングを欠かさずにいるため不安に思ったりもしない。このまま集中力を保持しつづけ、手脚がばらばらに動いたりせずにいられれば、なんとか乗り切れるだろう。

七月三〇日（土）

頭が痛い。アメリカでオリンピックがはじまった。日本は男子の競泳選手陣の活躍が期待されているらしい。外交政策の面で各国から露骨に非難されているなかだけに、せめてスポーツの分野ではよい意味で世界から注目されたいと、この国の誰もが願っているようだ、などとマスコミは報じている。

アヤコが遊びにきた。彼女はすでに夏休みに入っている。そのせいか、今日は珍しく昼間に訪れ、夕方すぎまでずっと映画館にいた。やっと携帯電話を買ってもらえそうだといってすっかり悦んでいる。いつものように映写室から客席を眺めたり、自動販売機の在庫補充にきていた顔見知りの業者から新製品の話を聞いたり、カワイからお使いを頼まれたりしていた。ぼくが外出しようとすると、休憩ならつきあうといって彼女はついてきた。壱源《いちげん》でカムイ・ラーメンを食べてから、ぼくらはシネタワーの二階にある喫茶店に入った。会話はもっぱらスニーカーの話だとか、遊びの話だとかに終始した。主な内容は以下の通り。

「オヌマくん（彼女は母親を真似てぼくをそう呼ぶ）はハイテク系は一足も持ってないの？」

「さすがにエアマックス95だけは買ったよ」

「色は？」

「赤」

「一緒じゃん」

「うん。知ってたよ」

「でも96って実物見るとダサイよね」

「そうだね。黒いやつはどうなの？」

「駄目」

「そう」

「ポンプフューリーとかは？」

「持ってない」

　この辺りで急に彼女が黙り込んだため、ぼくは何かまずいことでも口にしてしまったのかと思った。表情を見ても機嫌が悪そうだ。ついに世代間のギャップが露呈したのか？　だとすれば淋《さび》しいものだが、理由を訊ねてみると必ずしもそういうわけではないとわかった。ぼくは塾生時代からの習慣で、人が多い場所では絶えず周囲を見渡すようにしている。アヤコはそれが気に入らないらしいのだ。会話中に他所見《よそみ》をされていると不愉快になるのだという。結局ぼくは、アヤコと一緒にいるときは彼女だけしか見ないと約束させられた。

「ねえ、普段何して遊んでるの？」

「えっ？」

「いつも何して遊んでるの？　クラブとか行ったりする？」

「おれはいま命狙われてるからね、あんまり人が多いところには行けないんだよ」

「ふうん、そう、やばいんだ。でも人が多いところが駄目なら全然遊べないじゃん。ギャンブルとかもできないの？」

「やらないね」

「じゃあカラオケは？」

「……それ誘ってんの？」

「そうだよ。一緒に行く？」

　こうしてぼくはアヤコとカラオケに行く約束をした。ようやく歌唱訓練を活《い》かし得るときがきたわけだ。書き忘れていたが、高踏塾ではカラオケ実習もおこなっていたのである。むろんスパイは可能な限りあらゆる分野に精通していなくてはならないからだ。アヤコは、暇ができたら映画館に連絡するといっていた。

　喫茶店から出てもぼくらはすぐに劇場へは戻らなかった。ぼく自身の休憩時間はもう終わっていたが、上映終了までにはまだ余裕があった。冗談で少し散歩でもするかとぼくがいうと、劇場とは反対方向へアヤコは歩きだした。ぼくは黙ってついていった。井の頭線の高架線下を通り抜け、坂をあがってゆき、銀座線の車庫の辺りで彼女は立ち止まり、街の様子を眺めはじめた。その場から見える街の風景は、普段眼に入る渋谷の容貌《ようぼう》とはまるで異質に感じられるから気に入っているのだという。ほかと違って見えるのは、高さや角度だけが理由だとは思えないと彼女は述べていた。そんな話を聞きながら、愚かにもぼくは、ここはアヤコが通っているマンションの眼と鼻の先じゃないかなどとつい考えてしまい、自己嫌悪《けんお》に陥らざるを得なかった。ぼくはお詫《わ》びだと述べてアヤコの前に跪《ひざまず》き、恥ずかしがる彼女を肩車に乗せた。そして数分間その場に立ちつづけ、アヤコとともに街の様子を眺めてみた。なかなか気分のよい一時だった。

　劇場に戻ってから、来週の運勢は？　と聞いてみると、運命の出会いがあるかもしれないなどといわれた。しかもただ漠然と運命の出会いがありそうだとのみである。一見幸運の兆《きざ》しのごとく思えるが、それがどういった運命に基づく出会いなのかはわからないのだから、嬉《うれ》しくも悲しくもなれない。良い出会いなのか悪い出会いなのかアヤコにしつこく訊ねてみたが、教えてくれなかった。彼女は、乙女座なのか天秤《てんびん》座なのかはっきりしない誕生日だから曖昧なのだと述べ、くすくす笑ってみせた。アヤコはたぶんぼくに気があるのだろう。それは確かだ。訓練を積んだぼくにはよくわかる。今日はなかなか悪くない雰囲気だった。危険に囲まれ孤立無援のこのぼくに、束《つか》の間《ま》の安らぎを与えてくれたわけだ。一四歳の小娘が！　しかし本当にそうなのか？　ああ見えてアヤコはおれよりも凄腕《すごうで》なのかもしれない、恐るべき策略家なのかもしれない、なにしろあのエロガキは、おれが大好きな背筋の伸ばし方と身振り手振りを知り抜いていやがる、冗談じゃない！　おれを本気にさせる気なのか？　高踏塾は小娘をなめすぎていた、だがおれはマサキと同じ過《あやま》ちは犯さない、イノウエもそれを許すわけがない、そう、イノウエはおれを常に監視しているはずなのだ、信じ難いことだが、イノウエとはそういう男だ。

いずれにせよアヤコとぼくは心地よい時間を過ごしていた。そこへ今度はキョウコが現れた。仕事を終えて帰る途中に何となく会いたくなったのだという。両手に花状態というわけだ。とはいえアヤコは、昔の女がぼくに会いにきたことを知るとすぐに帰ってしまった。戦略のうちかもしれないが、案外あっさり身を引くものだ。ともにいる女が変わると雰囲気まで変わる。キョウコの口から出てくるのは愚痴ばかりだった。仕事や彼氏に不満があるらしい。閉館後もつきあわされ、あまりにもうるさくしゃべり続けるのでついにぼくは怒鳴りつけたのだった。すると彼女は狂ったように泣き出した挙句、学生の頃にぼくがやってみせたセックスへの誘い方と称する恥ずかしいエピソードを見知らぬ連中を前にして大声で披露しはじめたのだ。これはぼくにとっていささかきつい鍛練となった。じつはキョウコはいま、ぼくがこれを書いている脇で寝息をたてている。まったく碌《ろく》でもない女だ。ぼくらは昔のようにフリオを聴きながら立て続けに三回もやっちまった。彼女の携帯電話がいつまでも鳴りっぱなしで苛々《いらいら》させられもした。おそらく彼氏だろうと、キョウコはいっていた。彼女は満足げに眠っていやがる。おれはいったい何をやっているのか？　こんなことではいつ寝首を掻《か》かれてもおかしくない。まったく最低だ。

七月三一日（日）

昨日はどうも舞い上がっていたようだ。いささかチューニングにしくじったらしい。反省している。

渋谷国映の新しいアルバイトが決まった。カヤマコウゾウなどというふざけた名前の大学生だ。さっそくカワイから「若大将」と呼ばれていた。働くのは明後日からだという。本人と会ったが、結構かわいい美少年といった感じの男で、全体的に容姿が洗練されており、ヒラサワとは正反対の印象だ。コバヤシが悦ぶだろう。金髪で眼が青い。しかし外人ではない。カラーコンタクトを使っている。まだ言葉をかわしていないので性格はわからないが、顔付きに余裕を窺わせる。妙に落ち着いているのだ。これもヒラサワとは対極的である。

今日は注文していない作品のプリントが届いた件で久しぶりにカワイが激怒していた。送り主の配給会社に電話をした彼は、相手の態度が気に入らなかったらしく、受話器を机に叩きつけて壊してしまった。ぼくがそのプリントを送り返そうとしていたら、むこうが取りにくるまでほっとけ、と怒鳴られた。いい迷惑だ。

八月二日（火）

新人アルバイトのカヤマはそう落ち着き払ってばかりいる男ではないとわかった。むしろおしゃべりで、しょっちゅう何かを弄《もてあそ》んでおり、ヒラサワよりも図々《ずうずう》しい。工事現場から拾ってきたような細長い鉄製の管（長さは鉛筆二本分程度）をいじりながら、彼は延々とぼくを質問攻めにした。カヤマの質問はどれも率直だった。例えば次のように。

「オヌマさんは『右』ですか？『左』ですか？」

唐突なやつだと思いながら、どちらでもないね、とぼくは答えた。

「ああ中道ですか、そりゃあもう時代遅れですよ、完全に終わってます」

『右』とか『左』とかのほうが古いんじゃないのか」そういいながらぼくはカヤマの手の動きに気をとられ、次第にそこから眼が離せなくなっていった。

「違いますね。『右』とか『左』は普遍的です。中道なんてものはいつだって陰でこそこそやってるだけだから、流行《はや》り廃《すた》りがあるんですよ」

「おまえはどっちなんだ？」

「ぼくは一貫して『右』ですよ」

ここでぼくはいったん彼の顔へ視線を移した。

「ほお。見た目じゃあわからんね」

「オヌマさん、失礼ですけどそれは現状を読み間違えてますよ。いまはこれがいちばん保守的なスタイルじゃあないですか」

「そりゃあそうだ。随分古そうなヘインズにXXにエンジニアだからな、立派な伝統主義者だよ」

「そういう意味ではオヌマさんも『右』ですね。どうです、この際だからぼくの前で

『右』宣言してみちゃいますか?」カヤマはここではじめて笑みを見せた。

「なぜおまえは『右』か『左』かにそれほどこだわるんだ? どっかの団体の成員集めでもしてるのか?」

カヤマは、聞かれ飽きたといった様子の表情をしてみせた。

「それ以外にこだわるべきものがありますか? ありませんよ。それより選択肢は二つしかないんだから、単純でいいじゃないですか。わかりやすいですよ。さあ、オヌマさんもはやくどっちかにしてしまいましょう。優柔不断な男は女の子に嫌われますよ」

カヤマはそういって、望遠鏡のように右眼にあてた鉄管の尖端《せんたん》をこちらへむけていた。ぼくは、考えておくよ、といって択一を避けた。たぶんカヤマは、ぼくが答えずにいる限りいつまでも誘いつづけるだろう。しかしやつを黙らせるくらいたやすいことだ。

八月六日(土)

今日は久しぶりに面倒事がつづいた。

質問攻めにあった日以来、仕事場でぼくはカヤマとばかり話している。彼はぼくを適当な話し相手だと思っているらしく、暇を見つけては映写室にきておしゃべりをしている。馴《な》れたからか、カヤマは時折ひどく子供っぽい身振りや無邪気な表情を示すのだが、顔がかわいらしいだけに実際の年齢よりもさらに若く見える。ほとんどアヤコと年が変わらないような気にすらさせられる。彼らと気があうのは、おそらくぼく自身が子供じみているからだろう。もっとも、あまりカヤマを甘く見ないほうがいいかもしれない。上映プリントに紛れ込ませてあった三コマのフィルム断片に、彼は気づいた。この動体視力の良さは、何を裏付けてくれるのだろうか。それに今日、彼に関して新たに判明したことはこれだけではない。

今日はタチバナがいつものように数人の部下を連れて映画を見にきていた。そのためカヤマにさんざん質問された。ここの経営者はまるでヤクザみたいだがいったい何者なのかとか、なぜこんな古い映画館をいつまでも取り壊さずにいるのかとか、そういったことだ。それにしてもあの質問好きは何とかならないものか。タチバナたちが映画を見ている間中、カヤマは映写室から客席の様子を眺めつづけ、いちいちぼくに実況中継してくれた。カヤマによれば、タチバナは連れではないサラリーマン風の人物の隣に座り、その男と相変わらず内緒話をしていたらしい。

最終回の上映終了後、ぼくとカヤマは映写室でフィルムの巻き戻しが済むのを待っていた。その頃、客がすべて出たあとの場内でタチバナがカワイや連れの者たちと舞台の前に集まり、何か話しあっていた。カヤマはまたその様子を観察していたのだが、堂々とそちらへ眼をむけている彼に気づいたタチバナの部下の一人が映写室にやってきて、早く帰れとぼくらに告げた。するとカヤマはその若い組員を挑発しはじめたのである。相手はまさか自分がコケにされているとは思わなかったようで、当初はちぐはぐなやりとりがなされていたものの、こんなことで目立っては堪《たま》らないと思ったぼくがカヤマの袖《そで》をひっぱりだしたのを見てようやく察したらしく、その若い組員はこちらを睨《にら》みつけながら口をぱくぱくし、五厘《りん》刈りの丸顔をみるみるまっ赤にさせていった。しかしカヤマはいっこうに態度を改めようとはせず、タコ君、舞台下には何があるのかね？ などといってばかりいたのだった。今晩中には帰れそうもないなとぼくは思っていたが、幸運なことにその後すぐに若い組員は呼び戻されたので何事もなかった。可哀想なタコ君は、タチバナがすでに劇場から出ていたのに気づかず、自分が運転手だということを忘れていつまでもぼくらにばかり構っていたため別の組員たちからこっぴどく叱《しか》られてしまったのでした。

ぼくはカヤマに文句をいった。だが彼は反省する気など毛頭ないといった様子だった。カヤマの無鉄砲さは、ヒラサワのそれとはあきらかに異質である。ヒラサワは単に無鉄砲なので後に悲惨な目にあったりしがちだが、たぶんカヤマの言動はほとんど戦略上のものだろう。彼は間違いなく何らかの確信を抱いているように思える。あの若い組員をおちょくったところで自分に害はないはずだと信じていたかのようだ。もしくは、何か目的があってとった行動なのかもしれない。劇場を出たところでカヤマに、奢《おご》りますから飲みにでもいきましょうと誘われ、話の途中だったのでぼくはついていったのだが、そこでもう一度彼の戦略的な無鉄砲さが発揮されたのである。

夏休み中であり、しかも土曜日だったため街はどこも混んでいた。センター街を歩いていたら、ファーストキッチンの前でアヤコを見かけた。彼女は、浅黒い肌で体格がよく首から金のネックレスをぶらさげた歯だけが異様に白い三〇歳くらいの男と一緒にふらふら歩いており、完全にラリッていた。サカタさんが心配するから家に帰れとぼくはいいかけたが、彼女はまったくこちらには気づかず男の肩にもたれかかり、東急本店通りのほうへ抜けていったのだった。アヤコの姿を立ち尽くしたまま黙って眺めていたぼくを見て、カヤマは大いに関心をもったらしい。彼は、ちょうどそばにあった三平酒寮へぼくを連れて入り、席に着くとさっそく得意の質問攻めをはじめた。愚かにもぼくは一通り、サカタさんと娘のアヤコについて彼に説明してしまったのだった。月に数回道玄坂のマンションに通勤しているアヤコは、ロリータＡＶの女王だということも。何という口の軽さだろうか！　ぼくはカヤマといると、彼の饒舌《じょうぜつ》ぶりに影響されてついおしゃべりになってしまうようだ。いや、人のせいにするのはよくない。酒が入ったせいだなどという言訳も通用しないだろう。単に緊張感が欠けているのだ。

「どこの組が仕切ってるんですか？　あのタチバナとかいうやつのところですか？」

カヤマは日本酒を呷《あお》りながら興奮気味にそう聞いた。

「まるでこの辺のヤクザに詳しいみたいじゃないか、若大将」

ぼくはアヤコについて話してしまったことをすでに後悔しはじめており、会話を打ち切ろうと思っていたのだが、それはできなかった。カヤマの質問は、ぼくにとってもはや拒み難いものになっている。

「先輩、そんなことといってる場合ですか？　これは重大な問題ですよ。彼女はまだ中二じゃないですか」

「いまどき珍しくもないだろう。中二で売春なんてざらだよ」

「いや、そんなことが問題だといいたいわけじゃあないんですよ、ぼくは」

「だったら何が問題だといいたいんだ？」

「人口の多さですよ」

「何だって？」

「量の多さは質の低下しかもたらしませんからね」

「それで？」

「粗悪品を減らしましょう」

　ぼくはカッとなった。

「おれにアヤコを殺せというのか!?」いうまでもなく、これはかなりまずい応答だった。あたかもぼくがアヤコを「粗悪品」だと思っているかのようではないか。

「違いますよ。オヌマさん、冷静になってください。ぼくがいっているのはいつも通り非常にシンプルなことなんですから」

「じゃあ粗悪品とは何だ？」

「文字通りの意味ですよ。例えばあそこでさっきからプロレスの話ばかりしているブタの二人組がいるでしょう」斜め隣の席で大声を張り上げてはしゃいでいる若い二人を、カヤマは顎《あご》で指した。

「ああいう連中は体力的にはそれなりに優秀かもしれませんが、トータルで見たらまったく屑《くず》でしょう。おそらくプロレスを観戦してきた帰りで、恰好《かっこう》からしてサラリーマンなんだろうけど、こんな学生が飲みにくるような店であの浮かれようはちょっと救い難いですよ。たぶん会社で上司にいびられまくって相当ストレスが溜まってるんでしょう。あんな図体《ずうたい》して、プロレス見てきた帰りにせいぜい安酒飲んでストレス発散するしかないような連中ですから、粗悪品以外の何物でもない。あっ、ほら、店員に何かいちゃもんつけてますよ、醜《みにく》いですねえ、プロレス見て自分も強くなったような気になるのは構わないけど、所詮《しょせん》はいかにも弱そうなやつを捕まえてワンワン吠《ほ》えてみる程度のことしかできない。無様《ぶざま》ですね」

そういうとカヤマはゲラゲラ笑いだした。それにしても顔に似合わずよくしゃべる男だ。

「やけに毒舌だな、デブに恨みでもあるのか？　しかしどうも君はさっきから的を射てないね。アヤコの件とあそこのブタどもは関係ないよ」カヤマが何をいいたいのか薄々わかってきてはいたが、彼の真意を探るためにもここはひとまず好きなだけ語らせてみようとぼくは思った。

「つまりですねえ、人口の多さは欲望の多さでもあるわけでしょう？　オヌマさん。人が多い分それだけ欲望も多種多様になりますよ。いくらか欲望の流れが方向づけられているから実際はそれほど多様には見えないんだろうけれど、方向の道筋が太いだけに横道に逸《そ》れたがる連中も多いとなると、これを統制しつづけるのはさすがに骨が折れます、ぼくがやってるわけじゃあないけど」

「抽象的すぎるよ。しかも自明なことばかりだ。要するに横道を塞《ふさ》ぐべきだといいたいんだろう」

「そう、あくまでもぼくは自然の摂理に従うべきだと思ってますからね。横道に逸れたがるような連中はそもそも摂理に反してるんだから、自然の側から報復を受けても文句はいえない。それでですね、ぼくはいま、摂理に加担する者としては、積極的に自然の手助けをおこなうべきではないかと思ってるんです」

「待てよ、自然の摂理というが、おまえはそれをどの程度まで認識してるつもりなんだ？　横道に逸れようとする欲望も自然の一部ではないのかね」

「ええ、そうですよ。だけどぼくからしてみたらそれは不自然だ。確かに自然の摂理といったってそれは極めて曖昧で、人が考えた理屈にすぎないのかもしれません。けれどもいまやその言葉じたいが持つ重みを消すことは誰にもできないでしょう。人間である以上、自然の摂理を確実に認識し得ることなどむろん無理です。大事なのは、その重みを常に感じつづけていることですよ」

「その年ではやばやと多くのことを悟っちまったかのような口ぶりじゃないか、しかし詰めの甘さは否定できないな、若大将よ」

そういわれてもカヤマは意に介さなかった。いつのまにか取り出していた二つの細長い鉄管を箸《はし》のごとく扱い、尖端をぶつけてカチカチ音を鳴らしてみせる彼は、とても愉しそうに見えた。こちらが何もいわずにいるとその行為をずっとくり返していそうな様子ですらあった。この会話中にぼくが終始考えていたことは、こんなときイノウエならどのように答えるだろうかということだった。なぜかそれが気になった。カヤマの箸遊びがいっこうに止《や》まないので、ぼくはさらに問いかけた。

「自然の手助けって具体的には何をするんだよ？」

「だから粗悪品の始末ですよ。これは自然の理にかなってます。といっても、国家だとかが勝手に粗悪品を選んで次から次へとかたづけてゆくといったことではありません。そもそもの中心は自然なのであって、ある限られた人間の集団ではないのですから。ぼくらにできることは手助けにすぎませんよ、いわば自然淘汰《とうた》の速度をいくらかはやめてあげるんです。方法はいろいろあるでしょう。人が死ぬ機会を増大させればよいのですから。いちばんてっとりばやいのは戦争だろうけど、これは国家の統制を受けた一つの事業ですから、やはり駄目ですね。もっとも望ましいのは、事故や殺人事件をどしどし起こさせることとです。だから自動車会社がしていることは正しいんですよ。あれで毎年そうとう死んでますからね。車が速くなれば淘汰のスピードも速まるわけです。なんなら試しにこの国を本当の無政府状態というやつに陥らせてみるのもいい。これはみんな緊張しますよ、いつ何が起こるかわかりませんからね。きっと何人もばたばた死ぬでしょう。すべては自然の意志に沿ってなるようになります。それがいやなら死なずにいられるよう努力すればいいんです。そうした情況を経て生き延び得た者だけが子孫を増やせるんです。それが自然の営為ってやつですよ。歴史って本来そういうものじゃないんですか？　オヌマさん。ぼくはとにかくもっとシンプルになるべきだと思うんです。人が多いと碌《ろく》なことになりませんよ」

「君にとって最大の摂理は淘汰だということはわかったけど、自分は一貫して右翼だといっていたわりには何だかアナーキスト的な発言じゃないか。いずれにせよ君が本当に望んでるのは、要するに発展途上段階にあるような環境で素朴な生活を送ることにすぎないんじゃないのかね？　だとすれば人が死ぬ必要はまったくないよ。君一人が山村だとかで暮らしてゆけば済むはずだからな」

「違いますよ、そうじゃないんです。仮に大きな淘汰が起こったとして、それ以後の生活のことなんかぼくは何も考えちゃあいませんよ。そんなことはぼくにとって何ら重要ではない。生き残った連中が勝手にやればいいんです。ぼく自身にとって重要なのは、大きな淘汰を少しずつ仕掛けてゆく過程のほうなんです。国家間の戦争とは異なる別のやり方で。確かに立場上の矛盾はあるかもしれませんが、これはいわばぎりぎりの譲歩なんです」

「しかしそうしたことを起こすのであれば小規模にせよある種の統制のもとで行うほかないじゃないか。結局それも君のいう国家的な事業と変わりはないように思えるがね。それにいまの話だと、まるで自分は大量に人が死んでゆくのを愉しみたいだけだといっているようにも受けとれる。というより、おれにそう受けとってほしいみたいだ。君は単に反社会的なことが魅力的だと思っているだけだよ。それこそもはや時代遅れだね。その種の美学はもう流行《はや》らないよ」

「ぼくが口先だけの男だと思いますか?」

「さあね。君は自分のことを連続殺人鬼だとでも思ってるのか?」

「そうですね、ああいうブタどもを見ていると本当にそういう気になりますよ。だから例の女の子と一緒にいた男、オヌマさんだってああいう連中は殺しておくべきだと思うでしょう? いいんですよ、やっちゃって。ぼくがいま話したのはそういうことなんです。つまりぼくら個人は自然なんです。まったく単純な話ですよ。なんならぼくがいまから手本を見せますよ」

そういうとカヤマは、いまだ大声で喚《わめ》いている斜め隣の席の二人組にむかって、うるせえぞ！　と怒鳴りつけた。二人組はすぐにこちらをむき、睨みあいになった。数秒後にようやく二人組の片方がカヤマに話しかけ、今度は怒鳴りあいとなり、その勢いでグラスが割れ、ぼくらは外へ出た。

二人組の片方はカヤマの襟首をつかんで井ノ頭通りのほうへどんどん歩いてゆき、ぼくらは西武ロフト館とブラザービルの間の小道に辿《たど》り着いた。カヤマを連れて先頭を歩いていた男は、たぶんセンター街が明るすぎたので逆方向へきてみたらたまたま人気《ひとけ》のない暗がりを見つけたのだと思う。つまりやる気満々というわけだ。彼らは二人揃《そろ》ってラグビーでもやっていそうな体格だったため、項《うなじ》をつかまれたまま無抵抗のカヤマは半殺しにされてしまうかもしれないと思い、ぼくはやや焦《あせ》った。ところが勝負はあっけなくついた。ぼくはほとんど何もしていない。片付けたのはカヤマだ。その場に着いた途端、カヤマを捕えていた男は跪《ひざまず》き、顔を蹴《け》りあげられて地面に横たわった。おそらく急所撃ちでもされたのだろう。それを見ていたもう片方の男がカヤマに近づこうとしたのでぼくは正面に立って遮ったのだが、必要なかった。すぐに悲鳴が聞こえてきた。カヤマが、隠し持ってきていたグラスの破片を倒れた男の左耳に突き刺したのである。ぼくは端的に、早い、と思った。さらにカヤマは、血だらけの左耳を両手でおさえて泣き声をあげはじめた男の顔面を、うるさい、といって踏みつけると、ぼくの正面で動けずにいるもう一人のそばへ近寄ってゆき、眼の前でへらへら笑ってみせながら不意に相手の左の大腿《だいたい》部にグラスの破片を再び突き刺したのだった。

はたしてカヤマは口先だけの男だろうか？　彼はただ若さを謳歌《おうか》しているだけなのだろうか？　カヤマが述べていたことはどれも単に反動的なだけで、驚くには値しない。ああいうやつはいつの時代にも存在しているのだろう。とはいえ手際《てぎわ》の良さには感心させられた。しかもかなり習熟している。どこかで訓練でも受けていたのかもしれない。いずれにせよカヤマという男には注意が必要だろう。彼は、塾生時代以前からぼくのなかに巣くっている暴力性への意志を見抜いているかのようだ。彼に対して述べた反論は、同時に自分自身にむけられたものではなかったのか？　ぼくは彼に、少なからず近親性を感じているふしがある。これはおそらく、良くない兆候だろう。

八月八日（月）

イノウエと会った。前回いっていた通り、三日間ぼくの郷里にいってきたという。「マサキの死」の事実確認と残留組の現状を調べてきたのだ。刑務所内でマサキが殺されたというのはやはり事実らしい。イノウエからそう告げられても、単なる情報の一つとしか受けとれず、あまりにも漠然としていて、何の実感も湧《わ》かなかった。当然だ。あのマサキがそう簡単に殺されてしまうとは思えないし、実際に彼の遺体を眼にしたわけでもないのだから。

しかしいったいどういうわけだ？　奇妙なことにぼくはいま、これを書きながら涙を流している。マサキが死んでしまったことが悲しいのか？　違う。ぼくにとってマサキは許し難い男だ。彼は自分の欲望を制御できず、生徒であるぼくの身内に手を出した。真面目《まじめ》に講習を受けていたぼくを裏切り、忠心を無下にしやがった。詫びの言葉もなく、刑務所に入り、死んじまったのだ。だから、悲しいというよりは悔しい。本来ならこのぼくが彼を殺しておくべきだったはずだ。にもかかわらず、どうやらぼくはいま悲しんでいる。これで本当に高踏塾は終わった。どれほど胡散《うさん》臭い人物であろうと、高踏塾を運営できるのはやはりマサキ以外にはあり得ない。あの幸福な訓練生活は、時には荒唐無稽《こうとうむけい》だったりもするマサキの独特な発想に支えられていたのは確かだ。ぼくら塾生にとって、マサキという男は、容易には解き難い魅力的な謎《なぞ》だったのだと思う。ぼくらは謎としての彼に惹かれていたのだ。逮捕によって解けた謎の答えがあまりにも愚かしい内容だったとはいえ、様々な意味で野蛮な欲望を抱いていたマサキだからこそ、魅力的な謎たり得ていたのだともいえる。野蛮な欲望は、絶えず危機的な事態を招き寄せかねない。だが同時に、並外れた力を生みもする。ぼくらはマサキを、そのような力に満ちた男として見ていたのかもしれない。じつをいうとぼくは、自分を裏切ったマサキを恨めしく思いながらも、一方では、彼が凄まじい力を発揮して見事に脱獄し、高踏塾を再開させることを密かに期待してもいたのだ。可能性の限界を超えよというのだから、まず彼に、それを実践してみせてほしかった。

いずれにせよぼくはイノウエに対し、一言もまともな感想は述べられぬまま、先日同様ただ一度だけ頷いてみせただけだ。彼はぼくに、顔色が悪いな、といっていた。

高踏塾の道場には誰もおらず、近所の人はもう何日もムラナカたちの姿を見ていないと語っていたという。イノウエは、アラキ、イソベ、エシタ、キタガワら地元の連中の実家も訪ねてみたのだが、ことごとく行方がわからないといわれたようだ。ぼくはイノウエに、サエとは会わなかったのかと聞いてみた。サエはぼくらが東京へ戻ったあとすぐに他県に住む農家の娘と見合いをし、その家に婿《むこ》にいったのだと彼の家族から告げられたそうだ。一つくらいは悦《よろこ》ばしい知らせがあるものだなとぼくがいうと、イノウエは、それが事実ならな、と述べた。

「確かに嘘みたいな話だな。マサキが殺されたのも、ムラナカたちの姿が消えたのも、サエが結婚したのも、ちょうどあの『事故』が起きた日の近辺だというのは出来過ぎてるよ」

「おそらくムラナカたちはマサキが殺されたのを知って今度は自分らの番だと思って姿を消したんだろう。サエの結婚は偶然だよ」

「でもさっき嘘かもしれないといってたじゃないか」

「おまえに注意を促しただけだ。おれの話を信用しすぎるからな。それに具合も悪そうだ。本当に大丈夫なのか?」

「ああ。そんなことよりムラナカたちはなぜマサキが殺されたことをおれたちに知らせなかったんだ? あいつらならおれたちの居場所くらいすぐに突き止められるはずだが……」

「それこそもはやどうでもいいことだ。そろそろおまえはあいつらを仲間だと思うのをやめるんだな」

それは誤解だといいかけたが、言葉にはしなかった。今日はなぜか気分が重くなるばかりだった。イノウエと高踏塾関係の話をするのがいささか耐え難くなりはじめている。何一つ片づきそうになくひどく息苦しい。はやく結着がつかないものか。

ともあれ、すべての曖昧さを払拭《ふっしょく》せねばならない。その後ぼくは気をとりなおし、預かったフィルムのことをイノウエにあらためて訊《たず》ねてみた。質問内容は、なぜあれを保管しておく必要があるのか、それほどあれは大事なものなのか、大したものは写されておらず所持していることじたいが危険を伴うのであれば廃棄すべきではないのか、以上の三点である。イノウエの回答はつまらぬものだ。彼は恥じらう素振りも見せず、あれは唯一《ゆいいつ》残された五年間の記録であり思い出なのだとか、自分はあの五年間を空白の期間にしたくはないのだとか、まるでメロドラマの台詞《せりふ》のようなことをぼくにむかって言い放った。そんな答えを聞かされてしまったため、ぼくはもう何も訊ねる気にはなれなかった。しかしまあイノウエも苦し紛れとはいえあの程度の嘘しかつけないとは。以前ならもっと気の利《き》いた答えをいえたはずだ。彼もそれなりに参っているのかもしれない。

むろんぼくはイノウエから本当のことを聞き出せると期待していたわけではない。フィルムの謎など自分で解けばよいのだ。あれに何が写っているのかをもっとよく確かめてみれば、自《おの》ずと答えに辿り着けるはずである。

八月九日（火）

今日は通常よりも一時間はやく仕事場へ出向いた。イノウエから預かった例のフィルムをチェックしてみるためだ。結論からいえば、謎は解けていない。しかしこのフィルムの主題が何なのかは、だいたい見当がついた。

以前書いたように、このフィルムにはぼくを除く塾生たち全員の「愉しそう」な姿が写されている。合計八つの固定ショットで構成されており、永さは八分ちょうど。各ショットの永さが正確に一分間ずつなのが気になる。塾生たちが庭や公園や河原だとかで会話している様子をおさめた単なる試し撮りのわりには、必要以上の配慮がなされているようだ。つまり演出が施されている。イノウエの言葉を信ずるまでもなく、その撮影がマサキの指示によって行われたのはあきらかである。ぼく以外で画面に登場しないのは彼だけだ(カメラを担当したミカミは最後のショットに写っている)。画面内の塾生たちは時折カメラのすぐ脇《わき》へ視線をやり、画面外の誰かと言葉をかわす。画面外の誰かとは間違いなくマサキだろう。例えばムラナカの表情を見ればすぐに察しがつく。全ショットにそうした箇所があるのだから、マサキはすべての撮影に立ち会っていたわけだ。演出をしたのがマサキだとすれば、このフィルムにはいくらか彼の意図が反映されているということになる。謎はそれだ。マサキはこのフィルムで何かを暗示しようとしている。おそらく、プルトニウムの隠し場所だろう。それ以外に考えられない。だからこそこのフィルムは重要なのだ。ぼくはとりあえず各ショットの被写体すべてを書き出しておいた。写されたものから何かわかるはずだ。

そうでなければフィルムである必要はないのだから。

しかしなぜマサキはそんなことをする必要があったのか？　それも実習の一つだったとでもいうのだろうか？　あるいはぼくだけが知らずにいるだけなのかもしれない。何だか馬鹿らしく思えてきた。一生懸命こんな謎解きをやらねばならぬこのおれはいったい何なのか？　もうどうでもいいではないか、プルトニウムの在りかがわかったところでそんなものおれには必要ないのだ、イノウエは必死になって何をしているのか、マックタクダラナイジャナイカ、ヤツハイマサラナニガシタイトイウノカ、ぷるとにうむナドニタヨッテヤラネバナラヌコトガナニカアルトイウノカ……

今日は比較的なごやかな日だった。友達をつれて映画を見にきていたアヤコは、初対面のカヤマと仲良く会話していた。これはなかなか良い光景だった。何よりすさんでないのがいい。コバヤシが嫉妬《しっと》しそうだ。アヤコは買ったばかりの携帯電話を見せてくれた。NTTドコモ・デジタル800F101ハイパー。すでにプリクラのシールだらけになっている。オヌマくんもプリクラやりなよ、などとぼくはいわれた。使わないのならポケベルをくれないかと冗談をいってみたら、真面目な顔つきでいやだといわれ、気持ち悪がられた。サカタさんは、夏休みに入ってから娘は外泊ばかりして父親同様あまり家に帰ってこないと心配していた。いまどきの女の子なのだから、それくらい当然だろう、オバチャン。

八月一〇日（水）

仕事帰りに近所のコンビニに寄ったらまたしても顔色が悪いと脚フェチ野郎にいわれた。そういう彼は右眼の周囲が紫色に腫《は》れており、どうしたのかと訊ねると、ちょっとヘマをやったとしか答えなかった。いつも人の噂話に限らず何でもあけすけに語って聞かせる男なのだが、そのことに関しては珍しく言葉少なだった。

アパートに帰ってから、試しに熱を測ってみた。三七度ちょうど。どこまでも曖昧だ。顔色の悪さなど、自分ではわからない。頭痛はしていない。いや、多少の痛みはあるようだ。しかし気になるほどではない。これは痛みの度合いが以前と比べて軽減してきている証拠だろう。

たったいま、窓のところに人の姿がぼんやりと見えた。白い影のような像。これを書いている机のすぐ脇、眼のまえで立っていやがる。こいつはなぜだかカヤマみたいな顔だ、イノウエのようにも見える、ああ、なんだかオナニーがしたくなってきたぞ、しかしおれはこいつに見られながらスッキリしなくてはならないのか、馬鹿げている！

八月一二日(金)

仕事は休みだった。部屋でのんびりしていようかと思っていたが、そうはいかなかった。あまり気分のいい日だったとはいえない。

二週間ぶりにキョウコと会った。昼に彼女から電話があり、今日は休みだというと、渋谷へ買物にゆくからつきあってくれといわれた。むろん今日は外出しないつもりだったし、面倒なので断った。第一ぼくに思いを寄せている見知らぬカワイコチャンたちに誤解されたくない。しかし結局ぼくは、先日のお詫びに何か買ってあげるという言葉につられたのだ。何というお安い男なのか!

女の買物などにつきあって渋谷を歩くのはじつに久しぶりのことだった。予報通り今年は冷夏なので暑くはなかったが、脚がやや疲れた。東京に戻ってから鍛え方が甘くなっているのは確かだ。キョウコに何の買物なのかと聞くと、彼氏への誕生日プレゼントだという。何という女か。それをぼくに選ばせようというつもりなのかと思ったが、そういうわけでもなかった。百貨店を数軒まわったあと、ステラというディスカウント輸入品店へゆき、時計でも見てみようということになった。しかしキョウコは時計が並べられた棚など見向きもせず、MACの口紅(エモーション230)とリップペンシル（スパイス）を購入しただけで店から出てしまった。はじめからプレゼントを買う気などなかったのだと思う。

その後ぼくらはモンスーン・カフェで食事をした。キョウコが現在つきあっている男は洋服屋の店員だそうだ。クラブで知りあい、同棲《どうせい》して半年経つという。嫉妬深いから気をつけたほうがいいよ、などと彼女はいっていた。結婚しようかどうか迷っているという彼女は、このまま決断を避けつづけていたいらしい。ぼくと会うことは回避策の一つなわけだ。まったく傍《はた》迷惑な話である。じつはさっき見てまわったあるデパートの売り場でその彼氏が働いていたのだと、しばらくしてキョウコはうちあけた。ぼくと一緒の姿をわざわざ見せつけていやがったのだ。嫉妬深い彼氏に！　男を試したのかと聞くと、そういうわけではないという。何となくそうしたくなったのだそうである。何となくそうしたくなった？　ふざけた女だ、恋愛問題なら何事も許されると思い込んでいやがる、おれは寛大な男だし、その種の女心というやつがわからぬでもないが、極めて危険な情況下にあるこのおれをまた新たな厄介事にまきこもうというのか！　そんなふうには思っていたが、ハハハ、と笑ってみせただけで、ぼくはことさら何もいわずにおいた。こないだのように、過去の恥ずかしいエピソードを言い触らされたくはないからだ。

店を出て、公園通りを歩いていたら、ヒラサワとばったり出会《でくわ》した。彼も女連れだった。ヒラサワは当初、無視して通り過ぎようとしていた。まあ無理もない、自分を見捨てた男なのだから口も利きたくはないだろう、ぼくはそう思い、去ってゆく彼に話しかけはしなかった。ところが背後から、オヌマ、と呼び止められた。ヒラサワも苦い経験を経ていくらか成長したわけだ。ぼくはもはや彼から「オヌマさん」と呼ばれることはない。通常の会話でもただの「オヌマ」である。ヒラサワは、以前にも増して挑発的にそう口にしていた。

オヌマ、せっかく久しぶりに会ったんだからボウリングでもやろう、ヒラサワがそう提案し、ぼくらは東口会館にいった。ヒラサワはボウリングが得意なのだ。しかし空きのレーンがなく、永く待たねばならないようだったので、カラオケに変更した。アヤコと一緒にゆくと約束していたカラオケに！　とはいえアヤコの前で歌う本番に備えてここで練習しておくのもよいだろう……　ぼくは大好きなＳＭＡＰとcorneliusの歌を集中的に練習する気で張り切っていたのだが、ヒラサワはそれを許さなかった。彼は、歌のほうは女たちに任せて自分はがぶがぶ酒を飲み、二時間ばかり延々とぼくに絡《から》みっぱなしだったのである。

ヒラサワの連れは新しい彼女だ。あの一件があって以前の彼女とはすぐに別れたという。しかしもう新しい女がいるのだから、ヒラサワもそう不運ではなかったわけだ。不幸なのは以前の彼女のほうだろう。ヒラサワにそういうと、あの女はいま例の高校生たちの一人とつきあっていると述べ、笑っていた。

「おれはあんたを恨んだよ。さんざんおれを嗾《けしか》けといて、都合が悪くなった途端しらんぷりだからな」ほとんど互いの唇が重なりあう寸前の距離までぼくに近づき、ヒラサワはそういった。

「ヒラサワ、いまさらそんな言掛かりをつける気か？　おれはおまえを嗾けたことは一度もないよ」

ヒラサワはいったん退いて酒を飲み、再び近寄ってから低声で話しかけてきた。女たちはこちらを無視して歌ったり曲を選んだりしている。

「嗾けたことは一度もない？　ボケたのか？　オヌマ。あんたはあのとき、おまえはたかが屑どもの掃除すらできないのかとか、ああいうガキどもは攻撃することしか知らないんで防御がまるで駄目だから簡単に片付けられるんだぞとか、おれにいってただろうが。ボエームで見かけた日のあともおれはあいつらと渋谷で出会したんだ。あんたからいろいろと教わった通りにしたよ、おれは。簡単に片付けられると信じてたからな。一度こっちの力をみせちまえばもう平気だとも確かにいってたよ、あんたは。だけどそれは間違いなんだ。あいつらは何度も何度もおれの前に現れたよ。おれがもうやめにしようといったって無駄なんだ。何度も何度も現れやがる。ゲームオーバーはないんだ。死んだあとまでつづきそうでおれは何度も吐いたよ。あいつらと会うたびに道端にゲロを吐いたよ。セックスしているときまで気持ち悪くなって女の腹の上に吐いたんだ。そんなふうになるなんてあんたは一度もいわなかったよ。もう限界だったからおれはあいつらの気の済むようにさせたんだ。あんただってゲロを吐くようになればそうするよ」

語り終えたヒラサワは、吐くだのゲロだのと自分で口にしているうちに気分が悪くなったらしく、トイレへいってしまった。彼が席を立ったあと、ぼくは考え込んでいた。ぼくはヒラサワを嗾けたつもりも、彼によればぼく自身が述べたという言葉をしゃべった憶えも、まったくない。どうやら大きな誤解が生じているようだ、やつはおれの言葉をひどく曲解している、おれは慎重にやれとしかいわなかったではないか……何分たってもヒラサワがトイレから戻ってこないので、ぼくは彼を迎えにいった。トイレのドアを開けて大丈夫かと声をかけると、彼は洗面台に顔を埋めながらこちらを横目で見て、あんたはおかしいよ、といった。ぼくは、どこがおかしいと訊ねた。自分のしてることがまるでわかってないじゃないかと、ヒラサワは答えた。どういう意味だとぼくは再度聞いてみた。すると彼はそれには答えず、あんたはあいつらから一度もつけまわされなかったのかと問い返された。ぼくは頷いた。それはおかしいと彼はいう。高校生たちは、ぼくが渋谷国映の映写技師だと知っており、すでに何度か報復を行ったとヒラサワに話しているらしい。嘘に決まってるだろうとぼくは述べた。おまえを騙して逃げ場を無くす戦略だったのさとぼくがいうと、やっぱりあんたはおかしいよとだけ彼はつぶやいていた。ヒラサワは顔色が悪かった。よほど悲惨な目にあわされたのだろう。もはや彼は、ぼくが誰なのかすらわからなくなっているのだ。

トイレから戻ってもヒラサワは、あんたはおかしいよといい続けていた。そんな彼を見て女たちはおもしろがり、歌の途中にたびたび、あんたがおかしいよ、という合の手を入れていた。さらに彼女たちは、あんたもおかしいよ、とぼくにむかって口にしてもいた。もはや皆しらけきっていたのだ。キョウコから、「黒い瞳《ひとみ》のナタリー」を歌えと催促された。彼女はきっとぼくの熱唱に救いを求めたのだろう。ぼくは断った。いつまでも言いなりになってばかりはいられない。結局あの女は、お詫びに何か買ってあげるといっておきながら、何もくれずに帰ってしまった。おれをなめくさってるのだ。彼氏とうまくいってないから心に隙間《すきま》ができちゃっただと？　このおれをタンポンだとでも思ってるのか！

八月一五日（月）

いま、これを書いているのは一六日の早朝だ。まったく寝ていない。やばいことになった。もうずっとやばいことになっているが、とうとう最悪のところまできてしまったようだ。

最終上映スタート後の食事中、アヤコが五日も家に帰ってきておらず連絡もないといってサカタさんに泣きつかれた。娘の携帯電話にかけてみても留守番メッセージしか聞こえてこないという。学校の友達数人に電話をして娘の所在を訊ねても、誰一人知る者はいない。家出したのだろうか、あるいは誘拐されてしまったのではなかろうかと不安になり、警察に届けを出そうかとも思ったのだが、珍しく家にいた夫から面倒なことになるからもうしばらく待てといわれた彼女は、娘の部屋にあったポケベルを念のため仕事場に持ってきていたのだという。そして今日の夕方、そのポケベルに連絡が入り、すぐに相手へ電話をかけてみたところ、彼女の知らないアヤコの友人が出たのだそうだ。サカタさんの話によれば、その友人は女子高生で、彼女はアヤコと連絡をとるため携帯電話にかけていたのだがつかまらず、電池切れだと気づいてポケベルの番号にかけてみたらしい。居場所を知らないかと聞くと、たぶん道玄坂のマンションにまだいるだろうと彼女は述べ、自分も昨日まで一緒にいたのだと語ったようだ。女子高生の話を、若干推測を交えて整理するとこうなる。最初は彼女とアヤコのほかに二人の少女がマンションの一室でデート・クラブの従業員二人と一晩中遊んでいただけだった（たぶんドラッグ・パーティーでも開いていたのだろう）。しかし翌日の夕方頃、怖い人たちが三人ほど部屋に現れた。怖い人たちの一人は片手に怪我《けが》をしていて何かに腹を立てており、そこにいる男たちを怒鳴りつけてばかりいて少女たちは不安になっていった。そのうち怪我をしている怖い人は王様ゲームをやるぞと言い出したのだが、自分だけが王様になりつづけて暴君のごとく振舞い、いろいろと無茶な要求を出されて少女たちは家に帰してもらえなくなってしまった。少女たちは、命令に従わずにいたり泣いたりすれば容赦なく蹴《け》りつけられた。結局彼女だけは隙をみて逃げ出したのだが、アヤコたちはまだ囚《とら》われたままだと思われる。ちなみにこの話は、後でぼくが直接その女子高生に電話をかけたときにあらためて確認した。

　サカタさんはおろおろしていた。女子高生の話に対してはやや半信半疑な様子だったが、カワイに相談してみようかどうかと迷ってもいた。無駄だからやめたほうがいいとぼくはいった。アヤコたちを監禁しているという怖い人たちは、タチバナの組の者ではない。その部屋の持主イシハラは、X組と関係のある男なのだから（そうした情報は入手済みだ）。とりあえず警察へ届けたほうがよいのだろうかと聞かれ、ぼくは頷いた。だが彼女はそうしなかった。後が怖いというのだ。それに警察はいつもまともに取り合ってくれないから、などといかにも気弱そうに述べ、サカタさんは縋《すが》るような眼でぼくを見ていた。つまりこのぼくに、アヤコを救出しろといっているのだ。ぼくに危ない橋を渡れといいたいのだ。おいオバチャン、いい加減にしてくれよ、自分たちが危険な目にあいたくはないからおれに一肌脱げというわけか、卑怯《ひきょう》者め！　こういう連中はいつだってそうだ、非常時にはおれのような男を利用することしか考えない、そして用が済めば無関係なふりをしやがるのだ、冗談じゃないぞ、おれは御免だ……　しかしこうしたことを考えることじたいが無駄だった。ともに話を聞いていたカヤマに、やりましょう、と誘われ、ぼくは拒めなかったのだ。というか半面では、アヤコを助け出すことに、大いに魅力を感じてもいた。正直にいえば、興奮もしていたし勃起《ぼっき》してもいたかもしれない。

いったんアパートへ、マカロフを取りに戻ろうかどうか迷ったが、それはよした。意外なことにカヤマは、話しあいで平和的に解決させましょうと提案した。だが、万が一のことを考えて武器は所持しておくべきではないかと思い、劇場の舞台下にタチバナらが隠しているトカレフでも持ってゆこうとぼくはいったのだが、M54式なんて暴発したらいやだからやめましょう、とカヤマに断られた（カヤマはすでにそのトカレフが密造による粗悪品だと知っていたのだ）。カヤマがあまりにも楽観的な態度だったので、いうまでもなくまともに話しあえる相手ではないが何かいい考えでもあるのかと、ぼくは訊ねてみた。学校の教師だと名乗って、教え子を返してくれとかいって土下座でもすりゃあいいんですよ、というのが彼の答えだった。おれたちを中学の先生だと信じる人間はこの世に一人もいないよ、といってみても、じゃあ予備校の教師か家庭教師でいきましょう、といった回答が返ってくるだけだった。平和的な解決を望むのは結構だが、緊急事態を前にしてカヤマはふざけすぎている。この時点では、カヤマよりもぼくのほうが何かと先走って考えすぎていたのかもしれない。いや、危険地帯からの少女救出というヒロイックな行動を自分がとりつつあることで、ぼくがすっかり逆上《のぼ》せあがっていたのは事実だろう。銃の所持を提案したのも、防衛手段という理由以上に、敵を撃ち殺すという行為じたいによってもたらされるカタルシスを求めていたのは疑いようもない。映画の主人公気取りでいたわけだ。けれども同時にぼくはひどく憂鬱《ゆううつ》だった。そもそも相手に正体がばれたらマサキと同じ道を歩むのは必至だし多くの危険に囲まれたいまなぜ正義の味方をわざわざ買って出ねばならないのか、そんな考えも途切れはしない。というか、ぼくはいまだに甚だしく憂鬱な気分だ。おれは何のプロでもありはしない、それは確かだが、約二月《ふたつき》近くの間ずっと危険に備えてきたにもかかわらず、情況はまったく鮮明に見えてこない、イノウエの考えにせよ、ヤクザどもの動向にせよ、ムラナカらの狙いにせよ、マサキの死にせよ、ミヤザキらの「事故」にせよ、すべてが不透明であり、現実味を欠いている、ヒラサワを捕えた高校生たちですら例外ではない、どうしてこうも立て続けなのか？　こうしたことはこれを書いているいまも実感している、というか毎日これを書くたびごとに必ず何かがずれてゆく、なぜいまこんなことをしているのかと問いたくもなる、いい加減解放してほしい、おれは辛抱強さがまだまだ足りないのか？　何だかやりきれなくなってきた、しかしながらつい数時間前のあれを思い出すと、確かに手で触れられる位置ですべてが、要するにカヤマの導管ナイフが喉《のど》の窪《くぼ》んだ箇所に突き刺さって大量の血液が酒樽《さかだる》の注ぎ口から酒が流れ出るようにして、案外単純なのだ、あれを誰が掃除するのだろうか？　とはいえぼくは思いのほか冷静だ、しつこいようだがこれは様々な訓練を受けた成果だろう、とにかくはっきりさせねばならなかった、ハッキリさせたかったわけだ、このおれは！　スッキリしたか？　そう、スッキリかつハッキリさせよう、物事は。

つづきを書こう。

例の女子高生に電話をかけて部屋の位置を再確認し、ぼくとカヤマは問題のマンションを訪れた。周辺の環境は、建物が密集しており、一方通行の道に囲まれている。マンションの非常階段を見て、これを使って女子高生は逃げ出したのだと理解した。アヤコたちがいるのは角部屋なので、うまくすればバルコニーから非常階段へ渡れる。よく見ると、その部屋の窓の一つがうっすらと明るくなっており、なかの様子がわずかに透けて見え、網戸のほかは閉ざされていないとわかった。その部屋では誰か寝ているのかもしれない。ぼくはあそこから忍び込むのがベストなやり方だと提案したのだが、カヤマはいうことを聞かない。彼はまたしても、人数が足りません、ここでは正面から堂々といきましょう、と述べてぼくの意見を退けたのだ。にもかかわらず、路上に停車中の一台の車から発煙筒を盗み出し、これを使いましょうという。彼は何がしたいのか？　むろんそれはスタン・グレネードの代用品のつもりだろう。突入時の必需品だ。しかし馬鹿げている。第一爆発音がしない。堂々ともしていない。とにかくぼくらは無計画すぎる。高踏塾の塾生としては落第だ。結果がどうであれ。

そうしているうちに大粒の雨が降ってきた。風も強い。これで非常階段は使えない。ぼくらはマンションの玄関で雨宿りをしているふりをしながら住人がオート・ロックのドアを開けるのを待った。二人とも作業着姿で帽子を目深《まぶか》にかぶり、俯《うつむ》いている（作業着は渋谷国映の倉庫に放置してあったものだ）。これではあきらかに不審な二人組だが、仕方がなかった。もっとも、帰宅してきた住人が何人かいたものの、特に注意はひかなかったと思う。煙草《たばこ》を吸いたくなったが我慢した。四〇分ほどそこにいて、全身ずぶ濡《ぬ》れになった頃、ようやく住人が一人外へ出てゆき、ぼくらはなかに入った。目標の部屋は501号室。エレベーターのなかで、念のため映写室から持ってきた白手袋をはめた。通路を歩くと床がキュッキュッと鳴り響き、いちいち緊張させられる。部屋の前につくと、カヤマは覗《のぞ》き窓を手で塞《ふさ》ぎ、ドアを激しく叩《たた》きはじめた。しかし応答がない。時間は深夜の一時二〇分頃だったと思う。雨風の音にまざって通りのほうから「アメ、アメ、フレ、フレ、モォット、フレ」という酔っ払いの歌声がきこえてくる。さらにドアを叩きつづけると、部屋の奥からドタドタと駆け寄ってくる音が耳に入ってきて、ぼくはほっとしたが、それはすぐに緊張に変わる。把手《とって》を動かす音が聞こえてきたのとカヤマが発煙筒を点火させたのは同時だった。ドアが半開きになり、上半身裸の男が姿を現す。はい？　見るからにヤクザだ。チェーン・ロックを忘れている。不用心なやつだ。どうやら寝ていたらしい。連日連夜の王様ゲームで疲れ切っていたのだろう。両手とも隠れているため、片手に怪我をしている怖い人かどうかはわからない。立ち籠《こ》める煙に気づいて男の顔つきが変貌《へんぼう》してゆく。むろんドアが開いてから数秒しか経過してはいない。カヤマはドアを抉《こ》じ開けて発煙筒を室内へ放り投げ、後退《あとずさ》った男の口を左手で塞いだ。ヤクザであれ、このような不意の急襲にあえばすぐには反撃へ移れない。ぼくもさっそく内へ入り、背後でドアが閉まる。通路に発煙筒が転がっており、暗闇《くらやみ》に煙が充満しはじめていて、部屋の様子がからない。カヤマ一人でヤクザを抑えつけていられるか？　振り返ると、早くも男の喉に鉄の管が突き刺さっていて、フィーバー状態と化している。まさに出血大サービスだ。つづいてもう一本、心臓付近に蜂《はち》の一刺し。これでおしまいだ。カヤマがいつも弄《もてあそ》んでいた鉄管は、尖端《せんたん》が斜めに切り取られて錐《きり》状になっており、人体に突き刺さるとカテーテル的な役割を果たす。血がどんどん流出する。彼は自分の玩具にいつのまにかそんな細工を施していたわけだ。寝惚《ねぼ》けていたばっかりに、そのヤクザは悲惨な死を遂げた。ヤクザらしいといえばヤクザらしい死に様だ。そんな場面をまともに目撃したぼくは、ヒラサワの気分をはじめて共有していた。つまり吐きそうになった。高踏塾では殺人術の講習を行ってはいたが実践はしていない。場の暗さが幾分か衝撃を吸収してくれたのだろうか？　むろん言葉はでない。おれは素人《しろうと》だ、勘弁してくれ、いまならこんなふうにいくらでもいえる。ぼくは口だけ動かしてカヤマを罵倒《ばとう》したつもりになっていた。確かにぼくらは切羽詰まっていた。興奮が言葉を抑えたが、身体《からだ》の動きはより活発になった。思えば大変ながんばりである。その場から逃げ出すようにしてぼくは急いで煙のなかを進み、部屋中を見てまわった。誰もいない。風呂《ふろ》にもどこにもアヤコはいない。少女たちもいない。男たちすらいない。徒労だ。風呂にもトイレにもいない。ただゴミが散らかっているだけだ。ただ蒸し暑いだけだ。すべてが無駄骨だ。雨で濡れた身体が汗塗《あせまみ》れになってさらに濡れてゆく。一つだけ電気スタンドの明かりがついている部屋があった。寝室。ベッドがある。やはりあの男は寝ていたのか。枕《まくら》の脇にエロ雑誌が一冊置いてある。「Beppin-School」。ティッシュの箱もある。クリネックス。なんという不幸な男か！　何日もそこにいたセクシーな少女たちが帰ったあと、女子高生のヌード・グラビアを見ながらオナニーをしていたら中途で邪魔をされ、わけもわからず殺されてしまったというのか！　ぼくはついに我慢できず、トイレに駆け込んで吐いた。そして泣いた。あまりにも酷《むご》すぎるから。

トイレから出ると、カヤマは姿を消していた。ぼくをおいて逃げたのだ。外は大雨だから、返り血も目立たずに済むわけだ。職質されたらうまく切り抜けられるだろうか？　そういえばあいつがどこに住んでいるのか、ぼくは知らない。あれからもうすでに何時間も経っている。ぼくは無事に帰れた。いったん渋谷国映に戻り、服を着替えてタクシーで帰った。シャワーを浴びて布団《ふとん》に入ったが眠れない。だからこれを書いている。

もうすぐ仕事へゆかねばならない。なぜだ？　ぼくは映写技師だからだ。それで収入を得ているからだ。それがぼくの生活のすべてだ。

八月一六日（火）

仕事場に着いた矢先に、アヤコは昨夜のうちに帰宅したとサカタさんから告げられた。何でも学校の先輩からね、一週間ほど両親が旅行に出て家を留守にするから泊りにおいでっていわれてね、ずっとそこにいたようなのよ、あの電話の女の子がその先輩なのよ、電話で聞いた話は先輩のいたずらだっていうのよ、家事の手伝いだとかをやらされていたそうなのよ、連絡しなさいって叱っといたわ、心配かけて御免なさいねえ、オヌマくん、オホホホホ……お嬢さん、せいぜい笑うがいい、そうやって中二の娘に騙されつづけ、ささやかな幸福の一時を味わっていればいい、そしていつも通り、「おもいッきりテレビ」から健康法や老化防止策でも学ぶがいい、あれこれ心配している暇があるのだから、夫や娘が家に寄りつかないとはいえ、あなたはそれほど不幸ではないのだ、サカタさん。ただ、ぼくにむかって、顔色が悪いわよ、というのだけはやめてくれ。顔色が悪い？　当然だ！　娘の帰宅を知って不安から解放されたおまえがすやすやと眠っている間におれが何をしていたのか知っているのか！　とにかく最低の日だった。仕事になどなりはしない。コディンにでも頼るほかない。顔色が青いな、青大将、などとカワイにまでいわれる始末だ。まったくやりきれない。まったくやりきれないが、サカタさんに腹を立てても虚《むな》しくなるだけだ。

カヤマは仕事を休んだ。あれだけのことをやっちまったのだから、仕事場になどくるわけがない。あいつはいったい何者なのか？　そんな疑問はもはやどうでもいいことだ。若大将はそうとう多趣味な方だと伺っておりますが、なかでも最近特に凝ってらっしゃるものを教えていただけますか？　ハッハッハッ、人殺しなんですよ、意外でしょう？　こうしたくだらないインタビュー場面ばかりが思い浮かぶ。それにしてもこのぼくが、こともあろうに青大将だとは！

新聞やテレビのニュース番組はいまのところどこも昨夜の事件を報じてはいない。X組が全面的に動き出している模様。対応策は何かあるのか？　イノウエに協力を要請してみるか？

駄目だ、もう眠い。身体を充分に休めておくべきだろう。意識が混濁している感じがする。眠らねばならない。夢も見ずに。

八月一七日（水）

イノウエと会った。昼過ぎまで寝ていたら、彼から電話があり、呼び出されたのだ。ぼくは今日、再会した日から蓄積していた疑念をすべてぶちまけてやった。主要な点はむろんフィルムの謎《なぞ》だ。イノウエは妙なことばかり口走っていた。彼もそろそろおしまいのようだ。苦しい言訳が多すぎる。いや、それは言訳というよりもむしろ出鱈目《でたらめ》といったほうが適切だ。もっとも、耳の早さは相変わらずだが。

ぼくらは東急本店の屋上へゆくことにした。真夏とはいえ暑くはない。それにぼくらは塾生の頃からなるべく冷房はつかわず暑さに耐えるようにしている。むろん鍛錬のためだ。そこはあまり人がおらず、結構大きなペットショップがある。たまにぼくは仕事の休憩時間中、そのペットショップにグリーンイグアナやリスザルを見にゆく。単におもしろいから、ただ見ているだけだ。それ以上の理由はない。何十分間かそれらを観察してから弁当を食べ、劇場に戻るのである。

ぼくはイノウエに、あのフィルムに写されていたものを書き出したメモを見せた。そして、ここに謎の答えが含まれていることはお見通しだと告げた。彼はしばらくメモに見入り、数箇所を指先で触れてからぼくに問いかけてきた。

「これで何がわかるというんだ？」

しらばっくれているのは見え見えの態度だ。ぼくは問い返した。

「つまりあれの隠し場所が暗示してあるんだろう？　そろそろうちあけたらどうなんだ、イノウエ。おまえは全部知っているはずだ、違うか？」

「あれとは何だ？」

「プルトニウム？」

「プルトニウム」

「プラスチック・ボール、核爆弾だよ。おいおい、惚《とぼ》けるのだけはよせよ。ごまかしはもう通用しないからな」

イノウエは、ふうん、とだけ口にして考え込むような表情で再びメモを見つめ、数秒間ほど黙っていた。

「おまえだってあれの所在を気にしてたろう？　マサキがどこに隠したのか知ってるかっておれに聞いてたじゃないか」

「ちょっと待ってくれ、オヌマ、おまえ鎮静剤は飲んだか？」身体は動かさず上目遣いでぼくを見て、イノウエはそういった。冷静さを装《よそお》っていやがる。

「話をずらすなよ。鎮静剤なんか関係ないよ。聞かれたことに答えろよ」

ここでもイノウエは数秒間ほど沈黙してから顔を上げ、やっと口を開いた。

「……しかし核爆弾か、随分でかく出たな。正直にいうがおれは知らない。マサキはそんなもんをどこで手に入れたんだ？」

イノウエは終始こんな感じだったのだ。自明なことをいちいちぼくに説明させて否定するというのが、今日の彼のやり口だった。一方的にぼくの記憶違いを指摘してゆきながら、いろいろと騙して悪かったなどと詫びたりもするのだ。

「それじゃあおまえはあのとき、何の隠し場所を知ってるのかとおれに聞いたんだ？」

「写真だのビデオ・テープだの、その類《たぐ》いのものさ」

「また思い出の品か？　ごまかしはやめろといってるだろう。本当のことをいえよ」

「ごまかしではないよ。プルトニウムなんかを捜しているおまえにしてみればつまらんものかもしれないが、人によっては高価なものだ」

おれが捜しているわけじゃないといいかけてやめた。話がまた脱線しそうだからだ。

「写真やビデオ・テープが？　高踏塾の？」

「マサキのコレクションだよ」

「ガキのエロ写真か！　おまえはそんなしょうもないものの隠し場所が知りたいっていうのか!?　第一あんなものまだ残ってるのか？　全部警察に押収《おうしゅう》されちまったじゃないか」

「全部じゃない、ほんの一部だ」

「なぜそう断言できるんだ？　ものを見たことがあるのか？　そもそもマサキが逮捕されるまで誰も知らなかったじゃないか、あいつのコレクションのことは」

「知ってたよ、みんな。ものを見たこともある。しかも見たことがあるなんていう程度じゃない。あんなこと、いくらマサキでもおれたちにいっさい内緒でやれるわけないだろう。おまえだけが知らずにいたのさ。理由はわかるだろう？　おまえには教えられないよ。親戚の子のことがあるからな。確かにおれはあのとき隠し場所のことを聞いたが、おまえはもう気づいてるかもしれないと思って、試したんだ。おれはあれの隠し場所としかいわなかったろう。おまえは平然としてたから、まだ知らないんだとわかったのさ。マサキが逮捕されたとき、おまえは怒り狂ってたからな」

頭にきたがここはひとまず抑えた。たぶんこれは事実なのだろう。確かに辻褄《つじつま》があう。イノウエはぼくから目線をはずさずに言葉をつづけた。

「おれたちが手伝ってたからマサキはあれだけやれたんだ。だから商売もうまくいってたのさ。逮捕されておれたちのことを吐かなかったマサキの真意は不明だが、どうもあいつは自分だけ牢屋《ろうや》に入って高踏塾を終わらせようとしていたふしがある。面会したときにそう感じたよ。聖人ぶっていやがったからな。あの頃はちょうど親団体だった暴力団と例の誘拐の件で揉《も》めてもいたし、それにやつはいい歳《とし》だ。ここで捕まったのも人生の区切りだとか思って、すべてを清算したくなったということじゃないか。懺悔《ざんげ》でもしたくなったんだろう。ちょっと早めの定年だよ」

ここで二つ新たな疑問が生じた。「商売」とは何の商売なのか？「親団体だった暴力団」とは何か？　またしてもヤクザが出てきてしまった。ヤクザだらけだ。イノウエに説明を求めると、おまえこそ惚けるなよ、などといわれた。彼によれば、マサキは知りあいの暴力団組長から勧められて高踏塾を設立したのだという。高踏塾は、単なる暴力団の下部組織にすぎなかったというのだ。そんな話は初耳だとぼくがいうと、絶対におまえは知ってるはずだ、忘れてるだけだろう、とイノウエは述べた。

「あの誘拐だって、身内のごたごたにおれたちが巻き込まれただけだ。くだらん権力争いにな。高踏塾は利用されてたんだよ。これだっておまえが知らないはずはないんだがね。確かに商売のことは知らないだろうが、これはつまりビデオ・テープやら写真やらの販売だ。親団体の指導・監督下で、裏の商いをしていたわけさ、マサキとおれたちは。かなり儲《もう》かったからな」

そう話すイノウエを見ていると、会ったばかりの他人のように思えてくる。ぼくが知らないということよりも、彼がそれをいかにも事実らしくしゃべることのほうが変なのだ。

「……イノウエ、誘拐のことははっきり憶《おぼ》えてるのか？」

「少なくともおまえよりは正確に憶えてるよ」

「それならなぜプルトニウムのことを知らないというんだ？　身代金《みのしろきん》と一緒に奪ったプラスチック・ボールを忘れたのか？　それを忘れたというのならおまえの話をおれは信用できないね」

「強硬だな。しかし残念ながらおまえに信用してもらえそうにはないよ。おれの記憶ではね、あの誘拐でおれたちは、プラスチック・ボールはおろか、身代金だって奪っちゃいない。あのときの利益は親団体からの報酬だけさ。たった三〇〇万だ。それでマサキと親団体の組長は揉めだしたんだ。三〇〇万でも多いくらいだと怒鳴りつけられたといってマサキは憤慨していたよ。おれたちがまともな成果をあげられなかったというのがむこうの言い分さ。現におれたちが誘拐したやつはあのあとえらく出世したからな。それですっかりマサキはやる気をなくしたんだ。あとはもっぱら趣味に走るだけしかなかったというわけだ」

「イノウエ、そんな出鱈目までいっていまさら何を隠そうとしてるんだ？」

「もう何も隠しちゃいないし出鱈目など一言もいってない、といってもおまえは信じないんだろうな」

「ああ、信じないね。おまえはすでにボロを出してるからな。ＰＲ映画を撮るためのフィルムとカメラの購入資金はどこから捻出《ねんしゅつ》したのか説明できるか？　それとおれたちが東京へ戻るときに……」

「おれはさっき裏商売は儲かるといったはずだ。おまえにはいいにくいことだが、エロ写真だとかを売るだけじゃあないぞ。たまに集会を開くのさ、変態どものために。連中は小さなコンパニオン目当てに集まるわけだ。そこでの稼ぎが一番でかい」

この辺りでぼくはもう本当にうんざりしていた。会話を中断して帰ろうかとも思っていた。足許《あしもと》は吸殻だらけになってゆき、少しずつ暑さが気になりはじめてもいた。とにかくイノウエは頑固な男だ。あのフィルムをムラナカたちに渡せないというのもその商売絡《がら》みだというのかとぼくが聞くと、彼は開き直ったような態度でそうだそうだと答えた。ぼくは、彼が手にしたままでいたメモを取り返し、どうすれば本音が聞き出せるかしばらく考え込んだ。これをいま書きながら気づいたが、イノウエのいう出鱈目はそれなりに手が込んでいる。会話中は苛立《いらだ》っていたのでそうは思わなかったが、あきらかな嘘を彼が堂々と述べてゆけばゆくほど、まじめに対処するぼくのほうがまるで馬鹿みたいに見えてしまう。ぼくは正直にやりすぎた。それに早く気づくべきだったのだ。高踏塾をめぐる事実確認はこのあとも延々とつづいたが、齟齬《そご》が深まるばかりだった。ぼくらのやりとりは、人の記憶はあてにならないという教訓話におちつくほかないのか、すべてがイノウエの策略による擦れ違いなのか、どちらともいい難い。確かなのは、会話がつづいてゆくなかで、ぼくもうんざりしていたし、彼もまたうんざりしていたということだけだ。あまりにも互いの見解が一致しないため、自分は二月ほど前に五年間の要約を書き記したばかりだとぼくは述べ、ここに記したことを詳しく語ってみせたのだが、それを聞き終えてイノウエが口にした感想は、やっぱりおまえはおかしいよ、だった。

イノウエがあかした「新事実」はまだある。「マサキの死」に関して新たに判明した事実として、彼は次のように述べた。

「あれは病死だ。コーヒーばかり飲んでたろう。胃をやられてたのさ。だから殺されたんじゃあない。おれが聞いた話は別人のことだったよ」

さらにはこんなことも述べた。

「ミヤザキたちの『事故』も、おそらくただの事故だ。つまりスピードの出し過ぎだ。勝手にあいつらが事故って死んだわけさ。ミカミはたまたま一緒にいただけだ、たぶんな」

いったいどんな態度をとれというのか。イノウエはぼくを混乱させ、すべてを無かったことにしたいのだろうが、もはや遅すぎた。なにしろ彼がそれらのことを述べたのはぼくと高踏塾についてさんざん話しあったあとなのだ。簡単に信用できるわけがない。ぼくは聞いた。

「ならば随分危険が減ったわけだな？　イノウエ」

「そうだ」

「それはムラナカたちがおれたちに危害を加えることはないということか？」

「少なくともあの『事故』とムラナカたちは無関係だと思うね」

「それでもフィルムはおれが保管しなければならないのか？」

「できればそうしてくれたほうが助かるが、いやなら返してくれてもいい」

「今日おれを呼び出したのはマサキの病死とミヤザキたちの自滅を伝えたかっただけか？」

「厭味《いやみ》のつもりか？」

「どうなんだ？」

「……じつはもう一つ確かめたいことがある」

「何だ？」

「一昨日の夜、道玄坂のマンションでヤクザが一人殺された。知ってるか？」

これはまったくの不意打ちだった。これだけはぼくに対してひどく効果的だった。一瞬驚いた表情を見せてしまったが、ぼくは首を横に振った。イノウエは、そうか、知らないのか、といって含み笑いをしてみせた。ということはぼくがその事件に関わっていることに彼は気づいている。ぼくはミスをおかしたわけだ。イノウエが、こちらの動揺を察しているのはあきらかだった。けれどもぼくはしらを切りとおした。

「しかしおまえが知らないとはね。なにしろ昨日の渋谷は騒然としてたらしいからな。おれは新宿でポーカー・ゲーム屋から聞き出したんだが、独特な殺され方だ。凶器は鉄の管二本。専門的だよ。興味深い話だろう？」

「まあね」

イノウエがなぜ、その事件にぼくが関わっていると推測していたのかはわからない。「独特な殺され方」がヒントになってはいるのだろうが、それはカヤマの仕業だし、直接ぼくに結びつくような情報を得ているわけでもなさそうだった。彼の話によれば、警察には伝えられておらず、X組が屍体《したい》等の処理にあたり、犯人は一人だと思われているようだ。つまりイノウエは、ぼくが一人でそれをおこなったと考えている。困ったことに、彼はさらにこんなふうにもいっていた。

「犯人はコカイン入りの鞄《かばん》をかっぱらって逃げたらしい。時期が時期だ、おまえの雇い主の組は疑われてるよ。遅かれ早かれ確実に戦争になるな。渋谷はやばいよ」

ぼくは「コカイン入りの鞄」など知らない。カヤマだ。あいつはぼくの知らぬ間にそんなものを盗み出していたのだ。ぼくが泡食って部屋中をうろついている間に。しかし本当にそうか？　妙だ。あのときあいつにそんな余裕があったのか？　ぼくがトイレで吐いている間にそれを見つけて部屋から脱け出していたというのか？　ヤクザに致命傷を負わせたあとの彼の行動を思い出せない。あれ以後彼が何をしていたのか、まるで記憶にない。だらしないものだ。五年前からひたすら訓練をつづけてきたにもかかわらず、ぼくは、あんな小僧よりも精神的に脆《もろ》かったわけだ。唐突な殺しの場面に遭遇してショックを受け、相棒の行動をまったく見過ごしていたとは。いずれにせよこの先カヤマがぼくの前に姿を現す保証はない。殺しのほかに「コカイン入りの鞄」などを盗み出したのだから、彼も当分は「自然の手助け」を慎まざるを得ないだろう。しかしあいつはそんなものを手に入れてどうするつもりなのか？　ガキ相手に売り捌《さば》こうとでもいうのか？　それにしてもイノウエに勘づかれたのはまずかった。ぼくは徹底してしらを切りとおすしかない。別れ際《ぎわ》にイノウエはこう述べた。本当はおまえがやったんじゃないのか？　危うくぼくは、いや、もう一人いた、と答えそうになってしまった。
もっとも、フィルムの謎が解消されたわけではないのだ。イノウエは、あれだけいろいろと語っていたくせに、フィルムのことに関してだけは具体的な明言を避けていた。ぼくはもう一度メモを見て、さらによく考えてみるべきだろう。

八月一八日（木）

仕事からの帰り道、背後からいきなり蹴《け》りをくらった。ついにきやがったかと、ぼくは思った。しかしどこの誰がきたのか？　場所は渋谷の地下道だ。振り向いた途端に殴りかかってきたのでぼくは避けた。見ると相手はヤクザでも高踏塾の関係者でも高校生でもない、背の高い二〇代後半くらいの男だ。誰だと聞いても答えず、再び殴りかかってくる。なかなかよい動きをするが、ぼくの敵ではない。彼が蹴りの動作に入ったのを見て、軸脚の膝《ひざ》を蹴って転倒させた。もう一度、おまえは誰だとぼくは聞いた。だがそれでも答えない。しかも馬鹿なことに、立ちあがったその男はバタフライ・ナイフなんぞを取り出しやがった。そして殺すぞなどと口にしやがったのだ。ぼくは完全に頭にきた。ナイフを持った相手との格闘は久しぶりだ。多くの注意を必要とするのはいうまでもない。まずナイフを持っているほうの手を捕まえるのが常道だろう。しかしこれには難儀した。最近訓練を怠けているためだ。すぐに急所を蹴り、再度転倒させてナイフを持った手を踏みつけ、さらにおまえは誰だと聞いてみた。返ってきたのは、キョウコはどこだ？　という問いだった。つまりこいつが例の嫉妬深い彼氏だったわけだ！　再び彼は、キョウコはどこだ？　とぼくに聞く。知らないと答えると、嘘をいうなと怒鳴り返してくる。どうやらキョウコに逃げられたらしく、それをぼくのせいにしているのだ。ナイフを奪い取り、ぼくはその男を蹴りつづけた。左腕にはめられたG-SHOCKが路面にぶつかりガチッという音が響いた。キョウコがプレゼントしたものだろうか？　ぼくは構わず踏み潰《つぶ》してやった。後頭部が床に何度もぶつかり、鼻血が顔中を汚し、嘔吐《おうと》しはじめても、蹴るのをやめなかった。当然だ！　ぼくは殺してやろうかと思っていた。こういうクソみたいなやつは殺されるべきだと考えていた。あの女に逃げられたのをおれのせいにしやがった挙句、ナイフで刺し殺そうとまでしやがった、こういうくだらない馬鹿が女に逃げられたからといってなぜこのおれが死なねばならないのか、人類はまるで進歩していないじゃないか……　ぼくの憤《いきどお》りはいまもおさまらずにいる。結局地下鉄の駅員が止めにきた。つい数時間前の出来事だ。

八月二〇日（土）

渋谷国映にヤクザ風の客が増えた。タチバナの組の関係者ではない。いやがらせ目的がほとんどだ。なかに入らず表から様子を窺《うかが》っている者もおり、しょっちゅうカワイと揉めている。イノウエの予告通り、X組はあの事件でタチバナの組を疑っているわけだ。しかしタチバナらにしてみればそれは言掛かりにすぎない。ちょうど不穏な情勢にあるだけに、この誤解を解くのは極めて困難だ。挑発がこのままつづけば、タチバナらも本格的に動き出さざるを得ないだろう。

ぼくら従業員もいやがらせの標的にされたが、意外にサカタさんは強気な態度を見せていた。今回は後ろ盾があると思って安心しているのだろうか？　コバヤシも最初はびくついていたが、相手の背中にむかって小声で文句をいえる程度に普段の余裕を取り戻していた。映写室にいたぼくは、ここで目立つのはまずいと思い、何かいわれるたびに頭を下げていた。やむを得まい。

いまのところぼくが無事だということは、カヤマも無事なのだろうが、彼の動向が気になって仕方がない。連絡先を知らないか、サカタさんやコバヤシに聞いてみたがわからないという。なぜか二人ともぼくを馬鹿にするような態度で笑っていた。たぶん、ぼくがあまりに熱心なので、かわいい年下のカヤマに同性愛的な親しみを抱いているとでも思っているのだろう。カワイは夕方に外出したまま戻らなかったので、事務室でカヤマの履歴書をさがしてみたのだが見つからなかった。通っている学校も知らない。彼とはもう会えないのかもしれない。

帰りに近所のコンビニに立ち寄ると、噂話好きのアルバイトが客の女と大声で口論していた。ほかに客はいなかった。ぼくが店内に入ると、彼は気づいて女から離れようとしたのだが、それは無理だった。女は、自分から遠ざかろうとするアルバイトの顔を殴ったり脛《すね》を蹴ったりし、そのうち店の商品を投げつけだした。アルバイトは出入口のほうへ避難してきていたので、ぼくも巻き添えをくった。野菜やら雑誌やら弁当やらを投げつけられたぼくらは店の外へ退避するほかなかった。だが女は追いかけてこなかった。彼女は店のなかでしゃがみこみ、息を弾ませながら天井を見つめていた。誰なのかと聞くと、アルバイトは自分の妻だと答えた。ぼくは彼が結婚していることすら知らなかったので驚いた。しかしそれ以上のことは聞かなかった。ぼくが何もいわずにいると、彼はすまないとだけ告げて店内へ戻り、散らばった商品を黙々と拾い集めていた。彼の妻はそれを黙って見ていた。

八月二一日（日）

事態が急変した。イノウエと連絡をとりたいのだが何度電話しても彼は出ない。まったく腹立たしい。留守録のメッセージを聞いてないのだろうか？　あるいは何かあったのか？

いやがらせにくるヤクザの数がさらに増えている。シャブ中のような男が上映中の場内で突然舞台に上がって騒ぎだし、カワイやタチバナの部下から外へ引きずり出されて袋叩きにされたりしていた。しかしこれはぼくにとって些細《ささい》なことにすぎない。肝腎《かんじん》なのは、劇場にタチバナがきていたことだ、というか、タチバナがカワイに語ったという話の中身だ。タチバナは部下を連れて夕方に現れた。ひどく苛ついている様子だった。映画は見ず、カワイや部下たちとともに事務室に一時間ほど閉じ籠もって話しあい、いったん外出してから再び戻ってきて最終上映終了後の場内でまた何やら話しあっていた。

最初に気になったのは、タチバナが帰り際に険しい眼つきをぼくにむけたことだった。あれはどういう意味だったのか？　その答えは、タチバナを送り終えて戻ってきたカワイがすぐに教えてくれた。彼はまずぼくに、おまえの知りあいに最近刑務所で死んだやつはいるか？　と質問してきた。イノウエによれば「病死」したというマサキのことに違いない。その問いかけにより、タチバナの一瞥《いちべつ》の意味をぼくは大凡《おおよそ》理解した。さあ、わかりませんねえ、とぼくは答えた。ここは惚けるほかない。なぜです？　とこちらから訊ねると、ふうん、といってカワイは黙ってしまった。彼も惚けようというつもりなのかもしれない。はたして彼らにどこまで知られてしまっているのか？　ぼくの関心はこの一点に尽きている。何とか聞き出せないものか、ぼくはカワイの次の質問を待っていた。相手の興味がどこにあるのかを知るには、先にこちらが口を開くのはよくない。おまえ右手に入れ墨してるよなあ？　カワイはそう聞いた。ぼくはとりあえず頷く。すると彼は次のように述べた。

「じつはむこうがな、手の甲に入れ墨してる連中を捜しまわってるらしいんだ、蛸《たこ》とか蛇とか蜥蜴《とかげ》とかの」

彼のいう「むこう」とは、むろんX組のことだ。ぼくは思わず、なるほど、と口にしそうになった。カワイのその発言で、マサキの「病死」説は消えた。つまりX組は、あの自信家の組長を誘拐した犯人の正体をすでに突き止め、動き出している。刑務所内でマサキが何事か口を滑らせてしまったのかもしれない。いずれにせよイノウエはやはり嘘をついている。大粒の汗が背筋を流れ落ちてゆくのを感じた。ぼくの返答はこうだ。

「ああ、そうですか。だけどおれの入れ墨は蜘蛛《くも》だから……」

それを聞いたカワイはぼくの右手へ視線をむけ、なんだ蜘蛛か、スパイダー！　といって大笑いした。いちおうぼくも笑っておいた。彼の笑いがおさまるのを待って、今度はこちらから質問した。

「何なんですか？　その右手に入れ墨してる連中というのは」

「アイ・ドント・ノーだよ。何かへまでもやらかしたんだろう、きっと」

「最近刑務所で死んだ知りあいって話と関係あるんですか？」

「まあそうなんだろうな」

「へえ。やばい話みたいですね」

「何だ、心配なのか？　大丈夫だよ、おまえの入れ墨は蜘蛛なんだろう？　アハハハハ、安心しろ、若大将！　映写技師なんかに誰も手出しはしないよ、本当に。しかし相変わらず顔色悪いなあ、おまえ」

カワイの態度は曖昧だが、彼自身はたぶんそう多くのことは知らないのだと思う。とはいえ、彼が知っていようといまいとX組がぼくらを狙っているのは確実になった。しかもぼくは道玄坂のマンションでの一件があるので二重に危機的なわけだ。もはや危険が去ることはないのだろうか？　ぼくは人生のつづく限りこうした危機的な情況から脱け出せないのだろうか？　念のためにぼくはマカロフを常に所持しておくことにした。

今日の重大事はもう一つある。驚きでいえばこちらのほうが大きい。あらましは以下の通りだ。

帰り支度をしているときに劇場の電話が鳴り、ぼくは受話器をとった。今日のレイトショーは何かという問い合わせだった。本日のレイトショーはありません、とぼくは答えた。そのとき時計はすでに一〇時をまわっており、たとえレイトショーがあってももう上映が開始されている時間だった。相手はすぐに切るだろうと思い、ぼくはフックに指先をのせていた。しかし会話はいま少しつづいた。やや沈黙があってから、ぼくの耳に聞こえてきたのは次のような問いかけだ。

「では、『殿方はウソつき』という作品の上映はいつかね？　オヌマくん」

ムラナカだった。ぼくは言葉が出なかった。やっと思いついた返事はこうだ。

「それは今年の映画じゃない」

ムラナカは、今年の映画じゃないって？　そんなはずはないんだがなあ、と述べてから、近いうちに会いにいくよ、とぼくに告げた。いまどこにいるかと訊ねてみたが、受話器からはフフフという彼特有の笑い声しか聞こえてはこなかった。そして電話は切れた。

このような事情からぼくは現在イノウエと至急連絡をとりたいのだが彼は電話に出ないのだ。どうしてなのか教えてほしいが誰も教えてはくれないだろう。はじめからおまえらになど期待してはいない。おれは自分一人で今回も片をつけるつもりだ。フィルムの謎《なぞ》だってきれいに解いてみせるつもりだ。いまはほんのわずかばかり頭が痛いがそれは眼が疲れているせいだ。おれはいつもいろいろなものを見るので何よりも眼が疲れてしまうのだ。おまけに肩も凝っている。しかしコンタクトをはずして眼薬をさせばスッキリするだろうしサロンパスを貼《は》れば肩凝りも緩和されるはずだから問題ない。そういえばしばらくフリオの歌を聴いていない。景気づけに何曲か聴いてみるのもよいだろう。

八月二三日（火）

台風がきている。もはや何もかもおかしくなっている。ひどい雨風だ。ひどい雨風にもかかわらず、ぼくはなぜか買物に出てきた。食料品を買い込んできたのだ。そしてひどい光景を目撃してしまった。うちのすぐ前の通りだ。だから周囲は民家だらけだ。その通りを、一人の女がゆっくりと歩いていた。ひどい雨風のなかを、傘もささず、裸足《はだし》のまま、下着姿で、歩いていた。右手に縄を持って、左手に包丁を持って、彼女は口を大きく開けてゆっくりと歩いていた。よく見ると泣いているようだった。なにしろひどい雨風なのでよくは聞き取れなかったが、わんわんと声を出して泣いているようだった。そしてさらによく見ると、その女は近所のコンビニのパートタイマーだとわかった。いつも手首に疵痕《きずあと》があるあのパートタイマーだったのだ。彼女はぼくの二メートルほど先を通り過ぎていった。ぼくらのほかは誰もいなかった。ぼくはおそらく彼女に呼び出されたのだろう。泣いている理由は悲しさなのか、痛さなのか、悔しさなのか、嬉しさなのか、それら以外の何かなのか、気になるところだ。残念ながらぼくはそれを聞けなかった。彼女はそのままいってしまった。ぼくも部屋へ戻ることにした。彼女を見ていたせいでぼくはずぶ濡れになってしまった。買物袋のなかまで雨水が溜《た》まっていた。それほどひどい雨風だったのだ。

八月二七日（土）

今日、新しいアルバイトが決まった。チャンという香港《ホンコン》からの留学生だ。背はそう高くなく、俳優のトニー・レオンに似た寡黙《かもく》そうな男だが、日本語は達者である。コバヤシはあからさまに眼を輝かせて彼に仕事内容を説明していた。このときを待っていたといわんばかりだ。しかしいつからアルバイトを募集していたのか、ぼくは全然知らなかった。コバヤシに聞いてみたが、一月前からずっと募集してるでしょ、などといわれて変な顔をされた。ああそうか、カヤマが入ってからも募集はつづけていたのかというと、彼女はいっそう眉間《みけん》に皺《しわ》を寄せ、何いってんの？　こないだからいってるけどカヤマって誰のこと？　と問い返してきた。カヤマコウゾウのことだというと、カヤマユウゾウでしょう？　と返される。一〇日ほど前までアルバイトできていた学生のカヤマだといっても無駄だった。ならばカワイはどうかと思って聞いてみたが、こちらにも同様の対応をされた。彼もカヤマを知らないというのだ。しかもぼくはカワイから、やっと欠員が埋まったからおまえも普通に休みがとれるぞ、良かったな、などと真面目な顔で労《ねぎら》われてしまった。それにしても奇妙な現象だ。からかわれているだけか？　コバヤシは、こんなに時給が低くて物騒なところはいくら募集したって誰もきやしないと思ってたけどそうでもないわね、などといってすっかりはしゃいでいる。いったい何が起こったのか？　サカタさんはお休みだ。ぼくは電話して彼女にも聞いてみようかと思ったがやめた。

結論からいえばたぶんカヤマは存在しない。カヤマユウゾウは存在するのだろうがカヤマコウゾウは存在しない。コバヤシやカワイが知らないというのだからそうなのだろう。しかし、だとすれば、道玄坂のマンションでのヤクザ殺しはぼくがやったことになってしまう。それは困る。とんだ濡れ衣《ぬれぎぬ》だ。どうすればよいのか？　考えてみたが、おそらくあのとき一緒だったのはイノウエだ。ヤクザ殺しは彼がやったのだ。だからイノウエはあの事件のことを知っていたのだ。ポーカー・ゲーム屋から聞き出したなどといっていたが、自分がやったのだからそんな必要はない。知っていて当然なのだ。いや、ちょっと待て、それならなぜぼくは一緒にいたのがカヤマだと思っていたんだ？　というか、ぼくはイノウエといつ会ったんだ？　ここには恐ろしく巧妙な騙しのテクニックが作用している。いつのまにイノウエはそんな技術を修得したのか？　やはりやつはただ者ではない。ともに高踏塾で学んだこのぼくを、ここまで巧みに操ってしまうとは！

いずれにせよ今日は散々《さんざん》な日だった。上映途中でフィルムが切れてしまい、普段通り接合作業に取り掛かろうとしていたのだが、予備のスプライシング・テープが見つからず、ぼくは焦っていた。するとそこへ、いやがらせにきていたらしいヤクザ風の男がさっそく現れ、ここぞとばかりに苦情をいいはじめた。よほどカヤマの件が余裕を無くさせたようで、あまりのしつこさゆえ頭に血が上ったぼくは罵声で応じたのだった。カワイがこなかったら殴りかかっていたかもしれない。結局ぼくは怒りがおさまらなかったため、後半のセックス場面をカットしてやった。どうせくだらない映画だ。ぼくら映写技師が救ってやらねばどうにもならないようなクズ映画なのだからむしろ悦ばしいことなのだ。映写技師をなめないほうがいい。というか、映写技師だけを尊敬しろ！　映画をつくっている連中は暢気《のんき》すぎる、なぜなら映写をやるのはこのおれなのだ、渋谷国映で上映される映画はすべておれの作品なのだ、もっとおれが編集したほうがいいのだ、できれば二本立てではないほうがいい、つまり二本の映画をおれが一本に再編集して上映したほうがおもしろいに決まってるのだ！　いったいおれが何度フィルムを繋《つな》いだと思ってるんだ！　これからどんどんショットを入れ替えてやるぞ！

すべての上映が終わり、フィルムの巻き戻しが済んで映写室から出るとき、ドアのそばに持主のわからぬヴィトンのボストンバッグがあるのを見つけた。開けてみると、例のアッパー系の薬物が大量に詰まっている。なるほど、とぼくは思った。

八月三一日（水）

ぼくは現在入院中だ。打撲が数箇所、火傷《やけど》も少々、肋骨《ろっこつ》を一本折り、左の大腿部《だいたい》に銃弾を撃ち込まれた。けれどもまあ一週間程度で退院できるそうだ。警察からはいろいろと質問されたが、高踏塾で訓練を受けたぼくにはポリグラフとて通用しないはずだからまったく問題ない。

　今日はキョウコが見舞いにきている。だがここにはいない。あの女はいま、医者を狙ってる最中なので忙しいのだ。うまくいきそうかと聞いたら、まだ難しいと答えた。ぼくもいちおう協力してやるつもりだ。そして入院費をただにさせるつもりだ。決して不可能なことではない。

　なぜぼくはいまこうした状態にあるのか？　それを記しておく必要があるだろう。空白を埋めておかねばならない。すべては三日前に起きた。そしてその日にすべて片がついた。

●

八月二八日（日）

この日、ぼくはイノウエといっこうに連絡がとれないので朝から苛立っていた。なにしろムラナカから近々会いにゆくと電話で告げられ、カワイからはX組がぼくらを捜しまわっていると知らされていたのだから、至急対策を練らねばならなかったわけだ。昼の回の上映が終了した頃、苛立ちはとうとう限界に達し、ぼくは居ても立っても居られず次の上映中にイノウエの住むアパートを訪ねてみることにした。そのアパートは恵比寿《えびす》駅から徒歩で約五分ほどの場所にある。ぼくの住まいとは離れており、一度も訪れたことはなかったものの、以前購入しておいた渋谷区の住宅地図であらかじめその位置は確認済みだったので、道に迷う心配はなかった。次回上映作品の永さは一時間五〇分。往復する程度なら申し分のない時間的余裕ではあるが、ただ一つだけ問題があった。イノウエから預かったフィルムのことだ。ぼくの留守中にムラナカらが訪れ、それを奪われてしまうのはまずい。彼らなら容易に盗み出してしまうだろう。とはいえそれを持ってイノウエのところへゆくのも危険だ。ムラナカたちと出会《でくわ》す可能性もあるからだ。どうすべきか？　結論はすぐに出た。次回上映作品にそのフィルムを繋げてしまえばよいのだ。二号機にかけられた後半部のいちばん最後に繋げば時間が稼げる。しかし、これを思いついたのは次回上映開始の直前だった。むろん二号機はすでに巻き戻しをおこなっている。ぼくはそれをいったん停止させ、最後まで早送りしてフィルムを繋ぎ、巻き戻しをもう一度やりなおさねばならない。はたして次の上映中、一号機からの切換え時までに巻き戻しが終わり、滞りなく上映へ移れるのか？　ぼくはいささか焦りはじめていた。そこへカワイがやってきて、上映開始時刻をとっくに過ぎていると文句をいわれ、仕方なくぼくは映写をスタートさせた。もたもたしているとイノウエのアパートへゆくことも難しくなりそうだったので、結局例のフィルムは後半部の途中に繋ぐほかなかった。だいたい一時間三〇分ほど経つとそのフィルムが映写されてしまう。だから、ぼくはそれまでに必ず劇場へ戻らねばならなかったのである。

本篇の上映がはじまり、フィルムを繋ぎ終え、ぼくは急いで劇場を出た。三分ほどで渋谷駅に着いた。そして電車に乗った。恵比寿駅は隣だ。二分で到着する。乗車中、ぼくはフィルムの謎について考えていた。むろん謎の答えは不明のままだった。ここ数日間、ぼくにはそんなことを考えている暇はなかった。もはやほとんど無関心でさえあった。だが謎を解かねばムラナカたちやイノウエの狙いを読み切ることはできない。メモを見ながら各被写体の関連性を探っていたのだが、あっというまに二分が過ぎ、恵比寿に着いた。ぼくはひとまずメモをポケットに入れて西口の改札を出て、駒沢《こまざわ》通りを渡って区民会館方面へむかって走った。通行人が多く、今夏にしては珍しく四〇度近い暑さだ。Tシャツが汗を吸い、肌に密着する。しかしぼくは一度も立ち止まらずに走りつづけた。記憶は正確だった。どうやら最短コースで目的地に辿《たど》り着けたようだった。だいたい築三年程度の二階建てワンルーム・アパート。イノウエの部屋は101号室だ。ノックをしたが応答はない。ドアは鍵《かぎ》がかかっている。近くの公衆電話からイノウエの携帯電話にかけてみたが相変わらず留守番メッセージが聞こえてくるのみだ。窓から室内の様子を覗《のぞ》いてみようとしてもカーテンに遮られている。無駄足だ！　こうなったら錠前を抉《こ》じ開けてなかへ入ってみるしかない。ぼくはいつも持ち歩いていたピックロックを取り出し、さっそく鍵を外す作業をはじめた。日頃これは暇つぶしも兼ねてよく練習しており、容易にやり遂げられるつもりでいたのだが、慌《あわ》てていたため五、六分ほどの時間を要してしまった。幸い住民とは会わずに済んだ。アパートの敷地がブロック塀で仕切られていなければ、通行人から不審に思われたことだろう。なにしろぼくの額《ひたい》からは多量の汗が滴《したた》り落ちていたのだから。暑かったとはいえ、何という素人くささだろうか。

室内に入ってみてわかったことは、まず、イノウエは不在だということだ。むろんユニットバスのなかにも収納スペースのなかにもいはしない。その代わり、ぼくははじめてその部屋を訪れたわけだが、強烈な既視感を抱かせられた。この部屋の様子はぼくがほとんど毎日眼にしている光景にそっくりだ。つまりぼくの住んでいる部屋とまるで瓜《うり》二つに見える。というか、ここはぼくの部屋だ！　なぜだ!?　これはいったいどういうことなんだ!?　ぼくは確かにイノウエの部屋へきていたはずだ。けれどもぼくは自分の部屋へ辿り着いてしまった。ぼくは馬鹿か？　それともイノウエが何か特別な技術でも使って幻影でも見せているのか？　イノウエは、自分の部屋をわざわざぼくの部屋とそっくりにしているのだろうか？　そりゃ凄《すご》いことだ！　しかし彼はいつのまにぼくの部屋へきていたのだろうか？　いや、そうじゃない、それは違う。ここは疑う余地なくぼくの部屋なのだ。最初からぼくは自分の部屋をイノウエの部屋だと勘違いしていただけなのだ。何という間抜けな男か！　しかし、だとすれば、イノウエは現在どこに住んでいるんだ？　住所はここであっている、と思う。だからぼくは迷わずこの部屋にやってきたのだ。とはいうものの、だんだん自信がなくなってきた。ぼくはまたしてもイノウエに騙されていたのか？　いや、いくらなんでもそれほど馬鹿ではあるまい。ということは？

　結論から述べれば、イノウエはこのぼくだ。ぼくがイノウエだ。どうもそうらしい。なぜそんなことになってしまったのかを考えると思考がパニックに陥りそうなのであえて問わずにおくが、イノウエはぼくでしかあり得ない。カヤマもそれを否定しないだろう。それ以外に考えられることといえば、イノウエによる壮大な嘘にぼくが騙されているとか、そんなことくらいのはずだ。これを書いているいまでも、その点に関しては自信をもてず、決定できずにいる。とはいえ現在のことをここで述べておく必要はない。先へ進もう。

いずれにせよぼくは自分がイノウエですらあるかもしれないと知って軽い目眩《めまい》に襲われたものの、部屋にあった置時計を見るとすでに劇場から出て四〇分も経過していることに気づき、途端に冷静さを取り戻したのだった。ぼくがイノウエであれ誰であれ、もはやどうでもいいことだ。というか、ぼくが様々な機会に自分以外の誰でもあり得るのであれば、それは大いに望ましいことではないか。これまでの経緯に関しては、事態がおちつき次第あらためて検証してみればよいだろう。ともあれ、ここは劇場へ戻ってムラナカたちへの対応を思案するのが先決だ。そんなふうに思ったぼくは、部屋から出て、駅へむかって再び走りはじめたのだった。

恵比寿駅のホームまで辿り着くのにだいたい五分弱かかった。したがって、劇場を出てから約四五分経っている。ちょうど電車が発車したばかりだった。とはいえ次の電車に乗って渋谷駅から劇場へゆくまでには五分ほどしかかかりはしない。ということは確実に、あのフィルムが上映される前に映写室へ戻れる。ぼくはひとまず安心した。それにしても、イノウエの正体はこのぼくだという結論に達したときはさすがに面喰った。いまなおそれはぼくにとってショッキングな結論だ。なぜ誰も一言注意してくれなかったのか？　電車を待つ間、自分がイノウエなのであればいったいあのフィルムの謎はどうなってしまうのかという疑問で頭のなかがいっぱいになった。ぼくは自分自身へむけて謎を発信していたのか？　自分でも答えのわからぬ謎をみずからにむけて提示していたというのか？　だが何の必要があって？　これはなかなか憂鬱《ゆううつ》な気分にさせてくれる一時だった。その場で可能なのはせいぜい、ポケットからメモを取り出し、それにどう始末をつけるべきかを考えてみることくらいである。ぼくは三つに折り畳まれた紙切れを開き、そこに書き出されてある各被写体の名称を眺めていたのだが、そうしているうちにやるべきことを一つ思いついた。まずペンをとり、イノウエと記された文字の上に斜線をひいた。つづいてミヤザキ、ユザ、トヨタ、ヨコヤマ、そしてミカミにも斜線をひいた。それからサエ、キタガワ、イソベ、エシタ、アラキとひき、ムラナカにも斜線をひいた。これで高踏塾の塾生全員が抹消された。できればマサキも消してやりたかったが、彼はフィルムに写ってないので仕方がない。ともかくこれでメモがいくらか見やすくはなった。そこへ電車がきて、座席の端に腰をおろしたぼくは、項目がまだ多すぎると思い、斜線ひきをさらにつづけた。一場面しか写っていないものから画面への登場回数が少ないものを順番に消していった結果、一つのことがあきらかになった。全ショットに時計だけは必ず写り込んでいるということだ。そんなことにこのときまで気づけなかったのだから、ぼくの情報分析力はやはりそうとう劣っているのだろう。なぜならぼくは以前書いたように、各ショットが正確に一分の永さで撮られているという点がずっと気になってはいたのだから。問題のフィルムは、塾生たちの「愉しそう」な姿を記録するために撮られたのではなく、いくつかの時刻を一分間ずつ捉《とら》えることが目的で撮影されたものだったわけだ。つまりその時刻が暗号になっている。各場面の時計が何時何分なのかを確かめてしまえば謎は解けたも同然だ。この暗号法の解読はたやすい。時刻をカナに変換するだけでよいのである。短針は五〇音表の縦列を示し、長針は横列に対応している。例えば一時五分は「い」となる。ちなみに長針の6から10は濁音・半濁音を表すのだが、それらは字配りに応じて適当なものを選定する。促音・拗音《ようおん》は確か余った時刻のどれかに対応していたはずだ。この素朴な暗号法は、高踏塾の最終実習だった誘拐計画の立案段階でマサキが利用を提案した連絡手段の一つなのだが、作戦実行中はハンドシグナルですべて事足りたため、結局採用はされなかった。以上の点に思い当たったぼくは、なるほどマサキのやりそうなことだと思いながら、電車のなかで一人興奮していた。フィルムをチェックして、全ショットの時刻がわかれば、謎は解明するはずなのだから。

渋谷国映の周辺にはX組関係のヤクザらしき連中が数人うろついていた。泥塗《どろまみ》れの三tトラックが一台、駐車場の出入口付近に停車しており、ヤクザ風の男たちと運転手が諍《いさか》いを起こしている。だがそれはもはや見慣れた光景だ。劇場に戻ってすぐ、誰かぼくを訪ねてこなかったかと受付にいるサカタさんにいちおう聞いてみた。接客中の彼女が首を横に振るのを見て、ぼくは安心して映写室へむかった。往復に要した時間はおよそ六〇分弱。目的からはえらく外れた行動だったとはいえ、ほぼ予定通りだ。あとは問題のフィルムが上映される手前で映写機を停止させ、その部分を取り除けば、今日の計画はとりあえず無事に完了する。それまでにまだ三〇分ほど余裕があったので、ぼくはトイレに寄った。そんな場所でもヤクザ風の男たち三名がひそひそ話しあっている。まったく不穏な日曜日だ。その三名が、トイレから出てゆくぼくを後方からじっと見つめている姿が、鏡にはっきりと映っていた。怪しまれているのか？　通路を歩いているうちにぼくは、迂闊《うかつ》にも右手の入れ墨を曝《さら》したままだったと気づき、一挙に危機感が高まった。これは大きなミスだ。次の上映を待つ客の数が普段より多いのも気になる。若いカップルがこちらを横目で見て何やら噂話をしており、いよいよ大変な事態かもしれないとぼくは思った。しかしこれは単にぼくがズボンのチャックをしめ忘れていただけだ。そして映写室のドアを開けると、なかに男が二人立っていた。ムラナカとアラキだった。

彼らが最初に示した態度は、再会を懐《なつ》かしむ旧友のそれだった。久しぶりだなとか、元気そうじゃないかとか、わざとらしく微笑《ほほえ》みながら二人は口にしていたわけだ。ぼくはそうした腹の探りあいにはほとほとうんざりしていたので、さっさと用件を述べろとだけいってやった。しかし彼らは、いかにも困惑したような表情をつくり、せっかく会いにきたのに冷たいじゃないかなどといってみせたりして、懲《こ》りずに演技をつづけている。こちらが黙っていると、アラキがそばに近寄ってきて肩に触れようとした。ぼくはそれを撥《は》ね除《の》け、さっさと用件を述べたらどうだと強い口調でもう一度告げてみた。それでも彼らは空惚《そらとぼ》けている。腹が立ったぼくは、おれは何度でもいうぞ！　と怒鳴った。するとようやくアラキの顔つきがいくらか険しくなり、ムラナカの怪訝《けげん》そうな表情のなかにも敵意らしきものが見え隠れしはじめた。とはいえ依然、何を怒っているんだ？　などとぼくに訊ね、わけがわからないといった態度を装《よそお》ってもいる。ぼくはじれったくなり、交渉する気がないのならおれと会う意義もないんだぞ！　などと思わず口にしてしまった。二人はどう出るかと思ったら、まるでぼくとの会話を諦《あきら》めたかのごとく、言葉を返さず映写室のなかをキョロキョロ見回している。すっかりしらけちまっていやがるのだ。会話が中断したため、上映中の映画の音声と映写機の音ばかりが辺りに響いていた。その映画は、銃撃戦やエロ芝居で場面をもたすほかない二流のアクションものだ。セックス・シーンで男女の掌《てのひら》が重なりあうショットだとかを飽きもせずに挿入しているような馬鹿げた映画だ。情況が変化したのは、ぼくが以前センター街で貰《もら》ってきた妙な美容室の宣伝チラシを見つけたムラナカが、興味深そうにそれを手にとったときだった。にやにやしながら文面を読みはじめた彼は、ぽつりとこう洩《も》らしたのである。ほう、「ピカドン的工業戦力」か、と。やはり連中の関心はそこにあったのだなとぼくは思った。ムラナカはついに本心をあかしやがったわけだ。こいつらは、プルトニウムの詰まったプラスチック・ボールが欲しくてたまらないのだ。ぼくはゆっくりと自分のディパックのなかに手を入れ、間違いなくいまいったな？　とムラナカに聞いた。何を？　と彼は聞き返した。おまえらはあの大事なフィルムを取り返しにきたんだろう？　ぼくはさらに問いかけた。ムラナカとアラキは、いったん顔を見合わせてから揃《そろ》ってぼくのほうをむき、頷いた。

高踏塾と例のフィルムをめぐる一連の出来事を、推測をまじえてぼくなりに整理してみた。フィルムは当初、撮影者だったミカミが保管していたはずである。彼はそれをマサキから密かに預かっていたのだが、盗まれたのだ。おそらくマサキが逮捕されたあとのごたごたのなかで盗まれたのだが、知らずにいたミカミは何ヵ月か経ってからやっと気づいたのだろう。彼は当然それを離脱組の仕業だと考え、取り戻すために一人で東京にやってきたわけだ。そしてミカミはまず、ミヤザキたちを脅しはじめた。ミヤザキたちは四人とも同じ映画製作会社で働いていたため見つけるのは容易だ。結局その過程で何らかのトラブルが生じ、あの「事故」へ到ったに違いない。たぶん、ちょうどその頃に誘拐犯の正体を突き止めていたＸ組に殺《や》られたのだ。彼らが早々とＸ組の網にかかったのも、仲良くかたまって行動していたからなのだと思う。

　以上のようなことを、ぼくは考えつくままムラナカとアラキに語ってみた。ぼくがこれだけ事態の真相を把握していると知れば、彼らも下手な小細工は仕掛けられまいと踏んでいたのだ。もはや謎など一欠片《ひとかけら》もなく、すべてが鮮明に見えているという自信がぼくにはあった。そんなぼくに対し、話を聞き終えたムラナカは次のように述べた。

「なるほど……おそらくその通りなんだろうな」

つづいてアラキも大きく眼を見開き、そうに違いない、などと述べてすっかり感心していやがる。二人とも何だか及び腰だ。おれをなめるんじゃないとぼくはいってやった。彼らは何もいわず、ぼくの顔を穴のあくほど見つめている。数秒後、やっと口にすべきことを思いついたという様子のムラナカに、こう訊ねられた。

「そのフィルムを盗んだというのは、誰なんだ？」

姑息《こそく》にも、ぼくを罠にはめようというつもりなのだ。しかしこの質問にどう答えるべきなのか、ぼくはやや迷った。結局こう返すほかない。

「おれだ」

二人とも頷いている。同意しているのだ。しかも真面目な顔つきで。ということはやはりぼくが盗んだのだろう。

「ここにあるのか？　そのフィルムは」アラキが聞いた。

「いや、人に預けた」ぼくはわざと嘘をついた。ムラナカが厳しい表情をこちらにむけている。それでよいのだ。ぼくは言葉をつづけた。

「おまえらにとってあのフィルムにはどんな価値があるのか説明してもらいたいね。大凡《おおよそ》の見当はついてるが、はっきりさせときたいからな。おれには知る権利がある」

ここで見せた彼らの振舞いはまったく期待はずれな代物《しろもの》だった。二人揃って腕組みをし、商売だからなあ、などと一言つぶやくと、しばらく口を閉ざしてしまったのである。腑甲斐《ふがい》ない連中だ。これまでの緊迫した日々はいったい何だったのか。ぼくは激怒する寸前だった。

「おい、おれを失望させるなよ、黙るのはもうよせ、おれに答えやすいようにしてほしいとでもいうのか？　いい加減にしろよ、ガキじゃないんだぞ！　わかったらグズグズするな！　はやく説明しろ！　おい、ひょっとしておれが何も知らないとでも思ってやがるのか？　ごまかしが通用するとでも思っていやがるのか？　馬鹿にするな！　おれはすっかりお見通しなんだ、あのフィルムの隠れキャラは核爆弾の在り処《ありか》だ、マサキのコレクションなんか関係ない」

ぼくがさらに言葉をつづけようとすると、突然場内から映画の音声が届かなくなった。映写機はきちんと作動しており、画《え》も映っている。音だけが聞こえてこない。エキサイター・ランプが切れたのか？　そうではなかった。問題のフィルムが上映されだしていたのだ。渋谷国映のスクリーンに、ぼくを除く高踏塾の塾生たちの「愉しそう」な姿が映し出されていたのだ。ぼくはムラナカとアラキを窓の前まで呼び寄せ、あれをよく見て質問の答えをしっかり考えろと告げた。そしてぼく自身は、謎を解明すべく各場面の時刻を書き写しはじめたのだった。しかしそれができたのは、二時四五分、三時一五分、一時五分と、たった三ショットにすぎない。途中で映写室のドアが開けられ、確認を中断せざるを得なかったのだ。ぼくは当初、客の苦情などに構ってられないと思い、スクリーンから視線を逸《そ》らさずにいたのだが、ムラナカだったかアラキだったかに腕を強くひっぱられたため、仕方なく出入口のほうをむいた。そこにはついさっきトイレで会ったヤクザ風の三人組が立っている。じつにタイミングの悪いやつらだ。ぼくは彼らにこういってやった。

「いまは大事なところだ、それにここはおまえらのような連中が来ていい場所じゃない、わかったらさっさと出ていけ！」

三人組はさっそく何事か喚《わめ》き立てていたが、続けざまにギャアギャア怒鳴り散らし、三つの声が混ざりあうためさっぱり内容がわからなかった。しかしまあそう大したことを述べていたわけでもあるまい。そんな大声コンテストのごとき情況下で言葉をかわしても無駄なので、ぼくは連中の雄叫《おたけ》びがやむまで黙ることにした。三人組は、ぼくが反論せずにいるので調子づき、周囲のあちこちを蹴《け》りはじめ、並んで立ち尽くしていたムラナカとアラキを小突きだした。ムラナカとアラキは妙におどおどしており、ぼくはそれを戦略だと受けとっていたのだが、どうも様子が違った。自分たちはこの劇場にフィルムを取りにきただけの配給業者にすぎず、揉《も》め事に立ち入るつもりはないので許してほしいなどと偽りを述べ、二人とも本気でヤクザを怖がっているようなのだ。その程度の危機回避手段しか考えつかぬとは、しかもチンピラ相手にすっかり縮み上がってやがる、高踏塾の塾生としてはあまりにも無様な姿だ……ぼくは背負っていたデイパックを急いで降ろし、なかへ手を入れた。むろんマカロフを取り出すためだ！　クズどもに九㎜弾をぶちこんでやるためだ！　三人組は、ドアのすぐ脇に放置してあったコカイン入りの鞄をようやく発見し、あらためて大はしゃぎしている。おめでたい連中だ。ぼくの動作には気づいてない。場内のスクリーンには本来上映されていた映画の画面が復活していた。したがって音声も映写室に届いている。ちょうどよく、撃ちあいのシーンだった。

「ヤメテクレー！」

三人組に、ぼくがマカロフの銃口をむけたのを見て、アラキがそう叫んだ。しかもムラナカまで、口をポカンと開けた阿呆面《あほづら》で首を横に振りながら後退《あとずさ》りしている。こいつらはもはや高踏塾の塾生ではない、ムラナカでもアラキでもない、ただの役立たずだった。おかげでヤクザどもが銃を取り出す暇を与えてしまったのだ。三人組のうち二人がリボルバーを手にし、上等だ小僧、などと決り文句を述べ、ぼくを睨んでいる。頭にきたぼくは手初めにムラナカとアラキを撃ち殺してやろうかと思い、彼らを一瞥《いちべつ》したものの、遮蔽物《しゃへいぶつ》として利用可能だと気づき、怒りを抑えた。なにしろ二人とも身動きできずに硬直しており、彼らの背後へ逃げ込めば安全に敵を片付けられるとぼくは考えていたのだ。場内では撃ちあいの音が盛大に響き渡っている。スクリーン上でおこなわれていることが、もうすぐこの場でもはじまるだろう。しかし緊張がいったん途切れた。誰かの携帯電話が鳴りだしたのである。これは間抜けな瞬間だったが、次にくる大波瀾《だいはらん》の予告でもあった。ヤクザの一人が電話に出ると、相手と二言三言かわしただけでその男は何やら慌てふためき、早すぎるぞ馬鹿野郎！　と受話器にむかって声を張り上げたのだった。そして突然おかしなことが起きた。さらにそれが契機となり、連鎖反応的にいくつかのことが生じた。まず、物が一斉に潰れて破裂するような音と地響きに加えて人の悲鳴が立て続けに聞こえ、同時にわずかな揺れを感じた。そしてその拍子に二発の銃声が響き、ぼくの左太股《ふともも》へ一発命中した。これは跳弾だ。ぼくは跪《ひざまず》いた。もう一発もどこかで跳ね返り、結局二号機のクセノンランプを爆発させた。吹き飛んできたレンズの欠片がムラナカの右眼に突き刺さり、ウヒャッ！　と声をあげて彼は両手で顔を覆った。ドタドタと床を踏み鳴らしながら狼狽《ろうばい》している。光を失い、スクリーンは奥行のない灰色の壁となり、場内の暗闇が深まった。みな呆然《ぼうぜん》としており、誰が発砲したのかさえわからず、外の騒ぎが気になりだしている。爆発音らしきものが聞こえたあと、照明まで消えてしまった。停電だ、地震だろうか？　だがあの程度の震動で何が起きたというんだ？　もはやぼくへの関心などきれいに無くしたらしい三人組は、映写室から急いで出ていった。一方ムラナカとアラキも互いに身体《からだ》を支えあいながら何も告げずに去っていった。ぼくはマカロフをデイパックのなかにしまい、左太股をタオルで縛り、外では何が起きているのだろうかと考えながらドアのほうへ進んだ。映写室から出るために。結果的にそれは正解だった。ぼくは早めに映写室から出て、命拾いしたのだ。なぜなら渋谷国映はその後すぐ、火の海と化すのだから。

劇場の通路へ出ると、受付の周辺が目茶苦茶に壊れて大きな炎に包まれており、数十人の客たちが外へ出られず恐慌《きょうこう》状態に陥っていた。後にわかったことだが、X組の連中が渋谷国映の出入口に三tトラックを突っ込ませたのである。そばを通り過ぎようとしたチャンをつかまえて、カワイはどこだと聞くと、彼は出入口のほうを指さした。しかしどこにもカワイの姿はない。もう一度どこにいるのか訊ねると、トラックの下敷になっているはずだという。もはや助けようがなかった。カワイは死んだのだ。ならばサカタさんはどこだと聞くと、外出中だという。そのため客がまだ大勢残っているのだ。煙が充満しつつあり、かなりの息苦しさのため、何分もつかわからない状態だった。チャンは情況を説明しながらも、働きはじめたばかりの自分はどう対処してよいかわからないのだと頻《しき》りにくり返す。消火器を抱えている彼に、それはもう役に立たないから床に置けと告げ、非常口の場所を確認してから、とにかく客を連れて外へ出ようとぼくはいった。しかし非常口のところでは、すでに四、五人の男たちがドアを叩いたり蹴ったりしている。開かないのだ。冗談じゃない。ぼくはドアのほうへ右脚で跳ねてゆき、そこにいる男たちに近寄った。すると急に胸倉をつかまれ、おまえ従業員だろう、早く何とかしろ！　などと怒鳴られたり小突かれたりした。さっきの三人組だ。さらにほかの客も加わり、ぼくは周りをとり囲まれてしまった。こいつらは、何とかしろ！　とうるさく喚き立てながらぼくの身動きを封じている。これでは何とかしようにも何もできない。馬鹿な連中だ！　そこへ突然、ドン！という爆発音が響き、客席の辺りにいた客たちが勢いを増した炎から逃れて一斉にこちらのほうへ押し寄せてきたため、悲惨な事態となった。まず、非常口付近の通路が鮨《すし》詰《づ》め状態となった。ぼくは首を締められたまま圧《お》し潰されそうになり、もはや左脚の感覚を失っているためとても立ちつづけていられそうにはなかった。チャンの姿は見えないが、オヌマさぁん、オヌマさぁん、とぼくに呼びかける彼の声が聞こえてくる。どうやらあいつはまだ無事らしい、しかし働きはじめて二日目でこんな事態にある。

っちまうとは何とも不幸な男だ、チャンの呼びかけを聞きながらぼくはそんなふうに思っていた。そして背後からの圧力が一挙に強まるのを感じた。ぼくらは将棋倒しになったのだ。これ以後のことはほとんど憶えていない。外から非常口のドアが開けられ、消防署員から助け出されたというが、記憶に残っているのは、異常な暑さとひどい息苦しさと強烈に圧迫される感触だけだ。ぼくが劇場に戻ってから、一時間も過ぎてはいないはずだった。ひどい一日だ。

●

こうして渋谷国際映画劇場は焼失した。ぼくは失業したわけだ。サカタさんも永年勤めてきた職場を失った。買物から帰ってみたら、劇場の辺りに消防自動車が何台も停まっているのを見て、とうとう起こった、と彼女は思ったのだという。確かにあの日までの経緯を考えれば、従業員たちは皆、ああした事態はそれなりに予期できていたのだろう。見舞いに訪れたコバヤシもそんな様子だった。二人ともカワイのことを悲しんでいたが、ぼくの前では終始明るく振舞い、言葉にいくらかの迫力すら窺わせた。なぜかぼくを説得するような口ぶりだった。凄みのある女たちだ。ぼくは感心させられた。チャンは無事だ。彼も同じ病院のどこかにいるらしい。まだ会ってはいない。カワイのほかにも何人か死んでいる。ぼくより先に映写室から出たにもかかわらず、ムラナカとアラキは逃げ遅れたようだ。ムラナカが右眼に怪我を負ったためだろうか？　どうやら彼らは本当に配給会社で働いていたらしい。しかも偽名で。なぜかはわからない。これらのことはキョウコからむりやり聞き出したのだが、彼女もわからないという。

渋谷はいま戦争状態みたいだ。そりゃそうだ。タチバナもそうとう頭にきてるに違いない。ただしやつはあの劇場を改築しようと思っていたのだから、案外悦んでるかもしれない。いや、あれはX組がやったんじゃなく、本当はタチバナが自分の部下にやらせたんじゃないのか？　大いに考えられることだ。キョウコに調べさせようと思うが、彼女はその種のことに非協力的なので、期待はできない。おれは医者の誘惑に協力してやってるのに。

あのフィルムも燃えてしまった。これでもう謎は解けない。プルトニウムの隠し場所を知ることもできない。すべて終わったのだ。このおれ以外は。そう、ともかくおれは、ここ数ヵ月間極めて危機的な情況下にありながらもちゃんと生き延びられた。これは欲望の統制がうまくいった証拠だろう。おれはもはや素人ではない。これからはたぶんおれのような男が必要とされるはずだ。そろそろ誰かの役に立ってもよい時期だと考えている。おれの技能は積極的に活《い》かされるべきだ。むろん正義のためにだ。やるべきことは充分わかっている。しかしおれだけでは足りない。おれのような人間を何人も養成する必要があるだろう。退院でき次第、おれは動き出すつもりだ。

九月三日（土）

退院は来週の月曜日に決まった。退屈な日々に耐えるのも訓練の一つとして有効だとはいえ、緊迫感が稀薄《きはく》なためどうもおちつかない。長期休暇は久しぶりだが、それが入院生活を送るばかりでは気が滅入《めい》る。情報収集にも身が入らない。すでに軽い筋力トレーニングをはじめてはいるが、一日も早く本格的な訓練を開始せねば身体を以前の状態へ戻すのに苦労する。左脚はもう平気だ。頭も冴えている。何もかも極めてクリアーだ。頭も身体も、もはやまったく問題ない。

さっきまでここにアヤコがいた。ついさっき帰ったところだ。アイスクリームを持って見舞いにきてくれた。もう夏休みは終わってる。だから制服を着ていた。彼女の制服姿は久しぶりだ。三〇分ほど一人でしゃべりつづけていた。ぼくは黙って聞いていた。むろん以前注意されたことは忘れていない。一度も他所見《よそみ》をせずに、ぼくは彼女の仕草に注目していた。それがぼくの愉しみ方だ。サカタさんは昨日離婚したという。彼女もごたごた続きというわけだ。今後の運勢は？　とアヤコに聞くと、上昇傾向にあると教えてくれた。退院したらさっそくカラオケにゆこうと誘った。彼女にはまず、フリオの歌を聴かせてやろうと思う。

九月一五日（木）

昼過ぎに電話があり、受話器を取ると、名前も告げずに相手は、久しぶりだな、といった。イノウエだった。車で近くにきているから出てこいという。むろんぼくは驚いた。絶句して、鏡に映った自分をしばらく眺めてみたりした。けれども受話器から聞こえてくる、もしもし、という声の主は、紛れもなくイノウエだった。とりあえずぼくは、四時にアヤコと会ってカラオケにゆく約束をしているのであまり時間はとれないと述べたのだが、それでもいいといわれた。本当にイノウエか？　と聞くと、おれの偽者《にせもの》でもいるのか？　と問い返されてしまった。そうなんだ、おまえの偽者だったのさ、とぼくは心のなかで思っていた。まったく愚かしい錯誤に悩まされていたものだ。イノウエはこのぼくだなどと危うく信じ込みそうになっていた自分自身に呆《あき》れるほかなかった。入院して以後のぼくは心身ともにすっかり良好なので、そんな混乱には陥らないはずだ。だからもうイノウエに気後れすることもないだろうと思い、彼と会うことにした。こうなったらいろいろと確かめずにはいられなかったから。

部屋から出てみたら、イノウエはすでにアパートの前の通りに日産ラルゴを停車させていた。ぼくが助手席に乗り、おまえのかと訊ねると、借りてきたと彼は答え、車を発進させた。久しぶりだな、などという台詞《せりふ》を、ぼくはこれまで彼の口から聞いたためしがない。だからその点が強く引っ掛かっていた。一月ほど行方をくらませていたイノウエが、近くにきているからという理由だけでぼくを呼び出すはずがないのは明白だ。ただし彼は、会ってすぐにべらべらとしゃべりだす男でもない。イノウエがまともに話しかけてきたのは、車が明治通りに入った辺りからだった。

「それでどこなんだ?」

「何が?」

「待合せ場所」

「ああ、109の前だよ」

「渋谷か。おまえもそろそろ渋谷から離れてみたらどうだ?」

「まあな。しかしどこでも変わりはしないよ」

ぼくには余裕があった。危機的な情況を自分一人で脱け出せたことがかつてない自信をもたせていた。イノウエが、渋谷国映焼失事件についてどの程度の情報を得ているのか、この時点ではまったく定かでなかった。あのフィルムが消滅してしまったと知り、イノウエは腹を立てているのかもしれない。しかしながら彼がどういった考えを抱いていようとぼくはちっとも気にならなかった。この調子なら今日は彼から容易に本音を聞き出せそうだとさえ思っていた。

「その女の子の家はここから近いのか？」

「わりと近くだが、なぜだ？」

「何なら迎えにゆくか？」

「いや、せっかくだがそれはよそう。たぶん彼女はもう外出してるはずだ。おれと会う前に買物するとかいってたからな」

「そうか。だったら少しドライブにつきあえよ」

「ああ。少なくともおまえの真意を突き止めるまではね」

ぼくはここから質問攻めに転ずるつもりでいた。どうせ彼もこちらから根掘り葉掘り聞かれる覚悟でいるだろうと思っていたので、ぼくは気軽にそう述べたのだ。ところがイノウエは厳しい顔つきをして再び黙り込み、明治神宮のそばを通りかかったところで車を停車させた。あまりにも短いドライブだ。

「何だ、もう終わりなのか？」

イノウエは煙草《たばこ》に火をつけてからドアを開け、口を閉ざしたまま外へ出ていった。つづいてぼくも車から降りた。

「どうした？」

依然彼は煙草を吸うばかりで返答はない。このときぼくはいやな予感がした。こちらへはまったく眼をむけずにいるだけに、イノウエは不気味に見えた。こいつはおれを殺す気でいるのかもしれない、そんなふうに思わせられもする雰囲気さえ漂っていた。それにしては人目の多い場所だが、油断すべきでないのも確かだった。しかし、煙草を吸い終えてからイノウエがとった行動は、ごく慎《つつ》ましいものだった。ソブラニーの紫色の吸い殻を路上へ投げ捨てた彼は、まだ気づかないのか？　とぼくに聞きながら、後部座席をそっと指さしてみせた。見るとそこにはいかにも頑丈そうな鋼鉄製らしき箱が一つ置かれてある。その箱は、例えばあの、プルトニウム詰めのプラスチック・ボールをおさめるのには手頃な大きさだ。

「説明は不要だな？」

イノウエはゆっくりとぼくのそばへ近寄ってきていた。

「でかくて食えない西瓜《すいか》だ、しかも凄まじい殺傷力をもっている」

「そういうことだ」

唐突に肩へ手をかけられ、ぼくは一瞬身を震わせた。さきほどまでの余裕をほとんど失っている。

「はじめから謎の答えを知ってたわけか」

「何の？」

「フィルムだよ、フィルム！　もう惚《とぼ》けるのはやめろ」

そういいながらぼくは身を引き離そうとしたが、逆に肩を強くつかまれて寄せつけられてしまった。イノウエは、ぼくの顔へ息を吹きかけるようにしてこう述べた。

「あのフィルムには謎なんてないよ。おまえが勝手にそう信じ込んでただけだ」

「嘘だ！　そんなはずはない！」

「じゃあこういえば納得するか？　いかにも謎がありそうなあのフィルムを預けておけば、おまえは余計な行動に出ないとおれは判断したんだよ。実際そうなったじゃないか。おまえはひたすら謎を解くことしかできなかったからな」

まるでラッキョウを与えられた猿だ。ぼくを猿だといいたいわけだ。確かにぼくは猿だ。それは否定しなかった。事実を確かめるほうが先だ。

「おまえは何だ？　何を考えてるんだ？　何がしたいんだ？」

「そんなにおれの真意とやらが知りたいか？」

「あたりまえだ！　ここで全部はっきりさせろ！」

「じゃあいいことを教えてやろう。おまえ以外の塾生は全員おれが始末したよ。どうだ？　おもしろい話だろう？　もう生き残ってるのはおれとおまえしかいないのさ。ミヤザキたちの『事故』を仕組んだのもおれなんだ」

「どういうことだよ、それは、どういうことなんだよ!?　おまえは裏で何やってんだよ！」

イノウエの呼吸は荒くなっていた。興奮しているのだ。ぼくにとってはかなりまずい情況だ。いちおう次のように聞いてみるほかない。

「……おれが確かめたいのはたった一つだ。しかもまったく単純なことだ。おまえは嘘をついてるのか？　それともいまいったことは事実なのか？」

そう問いかけながらぼくは脱力感を覚える一方だった。これまでの彼ならともかく、眼の前にいるそのイノウエが偽りなど述べているはずがないのは疑う余地がなかった。充血した瞳《ひとみ》が、ぼくの顔を見据えていた。すべてを肯定しているわけだ。

「サエもか？」

「例外はないよ」

「どうしてだ？」

「商売で揉めた。それに今後も邪魔になる」

「サエは関係ないだろう、あいつは農家の婿《むこ》になったはずじゃないか！」

「とんでもない。あの男は悪いやつだよ。おれを脅迫しやがったんだ。だから有機燐《りん》剤を飲み込ませてやったよ」

「馬鹿げてる」

「そんなことはない」

「なぜおれを騙した？　あんなつまらぬフィルムなんか預けやがって、すべて計画通りか、いったい何の計画だ!?」

「計画はいろいろあるが、ここでおまえにすべてを明かす必要はない。いずれ西瓜が本物かどうか試してみるつもりだといえば充分だろう」

　ぼくは言葉に詰まり、イノウエと眼をあわすのに耐えられず、後部座席に置かれた箱へ視線をむけた。なるほどイノウエとはこういう男だ、一度はそれに気づいていたはずなのに、おれはフィルムの謎に拘《こだわ》りすぎていた……　何もいわずにいるぼくに、彼は次のように問いかけてきた。

「おまえも気にしてたな、こいつのことを。どうだ、欲しいか？」

「そんなものを欲しがったことは一度もないよ」

「そのうち必要になるよ、おまえもな」

「どうやって見つけた？」

「ムラナカから聞き出したのさ。おれが使うから渡せといったら、あいつはビビッて隠しちまったんだ。せっかく苦労して捜し出したのに、やっぱり使えないといってきやがった。死ぬ直前まで口を割らなかったよ」

このときやっとぼくのなかで、渋谷国映にきていた二人はムラナカとアラキではなかったのかという疑問が芽生えた。イノウエはぼく以外の塾生を皆殺しにしたというのだから、焼死したあの二人はただの配給業者にすぎなかったのかもしれない、だとすれば、あの日のぼくはそうとうひどい錯乱状態にあったわけだ。第一、同じ町内にあるイノウエのアパートを訪れたつもりが誤って自分の部屋に辿り着いてしまい、それだけで自分がイノウエなのだと思い込むほどの精神衰弱ぶりだったのだから、無理もない。おそらくはっとしたような表情をしていたのだと思うが、イノウエはぼくの顔を見ながら満足げに笑っていた。東京へ戻ってからも彼はムラナカたちと接触していたのだという。商売で揉めたから殺したというが、その点は本当かどうかわからない。少なくとも彼はプラスチック・ボールの獲得を目的に動き、その過程で邪魔になった連中を殺していったわけだ。そしてぼくだけが残った。ぼくは彼に、おまえはおかしいよ、といってやった。

「おれを殺さないのはなぜだ？」

「おまえは無害だ。それに、おれはおまえが好きだからな。だからわざわざ今日もこうして会いにきたわけさ」

イノウエはぼくを安心させようとしていたのかもしれない。けれどもぼくは頭にきた。ミヤザキたちよりもおれが劣ってるというのか？　ただフィルムだけ預けて謎解きさせておけば片付けたも同然の役立たずだというのか？　このおれが！　こんな考えしか思い浮かばなかった。

「おい、おれをなめるなよ、イノウエ。おまえだろうが誰だろうがおれはいつでも相手になるぞ。あんまり調子に乗ってべらべらしゃべらないほうがいい。おまえにしてはくだらないことばかりしゃべりすぎてる。おれを怒らせるのは得策じゃない。でないと西瓜の実験は確実に失敗するぞ！」

イノウエは数秒間黙っていた。表情は真顔だ。笑おうともしないし強張《こわば》りもしない。いつのまにかぼくは彼の唇を注目していた。妙に赤く、分厚い唇だ。かつてこいつに吸いつかれたような気がする。

「おまえ、カヤマという男が何者なのか知ってるか？」唐突にイノウエがそう訊ねた。ぼくはまさかと思いながら問い返した。

「おまえこそ、カヤマを知ってるのか？」

「ああ。カヤマはおれの相棒だ」

「えっ!?」

ぼくは混乱した。というか、自分がいつから混乱していたのか、まるでわからなくなった。カヤマはぼくの見張り役だったのだとイノウエは語った。ヤクザを殺したのもそのあとすぐに姿を消したのも計画通りだという。しかしそれは本当か？　出来過ぎた話だ、納得できない、コバヤシもカワイも、カヤマなどという男は知らないといっていたぞ、またしてもおれはイノウエに騙されているんじゃあないのか？

「おれたちにとっておまえなどいつでも処理可能だ。だから放っといてやる。おれたちと組みたくなったら連絡しろ。やるべきことは山ほどある」

混乱はつづいていた。このままイノウエの言葉に惑わされていては以前の状態へ逆戻りしてしまう。ぼくはここで明確な意志を告げねばならないと強く思った。それが無理なら、混乱を克服できぬままでいつづけるしかない。

「おれはおまえらとは組まない。おれは独自にやるつもりだ。おまえらはおまえらで勝手にやればいい。だがおれに危害を加えようとしやがったら必ず反撃する。絶対におれはおまえらには従わない。脅そうが何をしようが無駄だぞ。おれはおれで正しいことをするつもりだからな」

イノウエは、そうか、と一言だけ口にすると、再び永い沈黙に入った。

待合せの時刻に一分も遅れず、イノウエはぼくを109前の広場に届けた。いまのおまえに女と遊ぶ暇があるのか？　という問いが、去り際《ぎわ》に彼がいい残した言葉だ。大きなお世話だといい返してやったが、たぶん彼には聞こえてない。ここでみすみすイノウエの術策にはまってしまうようでは、彼の呪縛から逃れ出ることはできないだろう。とはいえアヤコと会えばすぐにでも気分を変えられるはずだとぼくは楽観的に考えていた。しかし彼女の姿はどこにも見当たらなかった。三〇分たっても現れなかった。休日なので買物に手間取っているのかとも思ったが、またしてもいやな予感がしておちつけない。ぼくはアヤコの携帯電話にかけてみた。すると彼女はいま、スペイン坂沿いにある喫茶店にいるのだという。どうやら彼女は時間を間違えていたようだ。

店内に入ると、窓際の席からこちらを見て、アヤコは肩をすくめてみせた。笑みを浮かべながらゴメンナサイと口を動かしてもいる。そうした彼女の姿を眼にしただけで、さきほどとはまったく別の気分になれた。期待通りの展開に、ぼくはひとまずほっとした。

「何買ったの？」

空いている席に置いてある紙袋を見て、ぼくは聞いた。

「内緒」

「靴か何か？」

「だから内緒」

アヤコはぼくから眼を逸らし、ときどき困ったような表情をしながら紙袋を眺めていた。どうしたの？　とぼくが聞くと、力が抜けたような顔をして溜息をつき、次のように述べた。

「やっぱり駄目だ。内緒にできない」

「どういうこと？」

これおかあさんとあたしから、そういってアヤコはぼくに紙袋を差し出した。それは退院祝いと誕生日のプレゼントを兼ねたぼくへの贈物だった。ぼくの誕生日はまだ数日先だったので、その日までは絶対に黙っているつもりでいたのに失敗したと、彼女は悔しがっていた。いうまでもなくぼくはひどく感激した。これほど感激したのはじつに久しぶりのことだった。贈物の中身はここに書かない。とにかくそれはぼくにとって大事なものだ。

その後ぼくらはカラオケにゆくのも忘れて会話をつづけていた。サカタさんが仕事を見つけられずにいることや、ぼく自身の今後の身の振り方など、いささか深刻な話題ばかりに触れてはいたものの、二人ともほとんど冗談のごとくそれらについて述べあっていた。むろんぼくはここでも約束通りアヤコだけを見つめていた。とりわけ彼女の所作を徹底して注視していた。しかし今日はどういうわけか彼女のほうが他所見《よそみ》ばかりしている。それがあまりにも頻繁になってきたため、アヤコの精悍《せいかん》な顔つきから眼を離さず、ぼくは指摘した。

「さっきからしょっちゅう横見てるなあ、約束違反だよ」

そういわれても彼女は横をむいたままだったが、納得のゆく説明をしてくれた。

「だって、オヌマくんは気にならないの？　あそこのテーブルの人たち、さっきからずっとこっち見てるよ」

アヤコの視線の先へ眼をむけてみると、見憶えのある長髪の高校生たちがこちらを睨みつけ、ぼくを狙っていた。イノウエのいう通り、もはや遊んでいる暇などないらしい。胃薬が必要になるかもしれないと、ぼくは思った。

感　想

概《おお》ね問題ない。相変わらず身体感覚が稀薄《きはく》であり、多少強引すぎる判断やいくつかの齟齬《そご》もあるが、それなりによく整理できていると思う。訓練の成果だといってよかろう。さらに多数の意識を同時に始動させ、うまく統御し得れば、より完全な状態へと近づけるはずだが、君はあまりそれを望んではいないように思える。だとすれば危険なことだ。

君はフリオ・イグレシアスが七七年に発表した「33歳」の歌詞について考え、それが二項対立の「あいだ」に立つことの歌だと結論づけた。ならば、そうした「33歳」的な情況がその後フリオの作品のなかでどのように発展したのか？　私はむしろこちらのほうに関心がある。ここで私なりの考えを述べておこう。例えば八二年に発表された「さすらい」という歌の詞は、こんなふうに始まる。

「わたしは自由を夢みる者／海のない帆船の船長／ある場所を探し求めて生きている者／年齢のないひとつの時代のドン・キホーテ／わたしは本物の人たちが好き／ボヘミアン／詩人／宿無し／みんなわたし」

「わたし」は「年齢のないひとつの時代のドン・キホーテ」だというのだから、フリオが「33歳」的な情況から脱し、別種の問題系に直面しているのは確かだろう。「きのうという時」と「肌に／かすかな／しわが見えはじめたとき」による二重の抑圧から、とりあえずフリオは解放されたのだといえる。しかし同時に彼は、別の問題を抱え込む。「さすらい」において浮上した新事態とは、次のようなものだ。

「わたしはワインとパンひとかけらで幸福／それは勿論《もちろん》キャビアとシャンペンでもよい／わたしは平安に生きられないあの放浪者／無に満足する／全部にも／それ以上にも満足／わたしはすぐ逃げてしまう時がこわい／おしゃべりな人／一言多い人々がこわい／わたしは更に彼方《かなた》の世界から来たのだ」

「無」にも「全部」にも「満足する」にもかかわらず、「わたしはすぐ逃げてしまう時がこわい」のだという。「年齢のないひとつの時代のドン・キホーテ」の「わたし」が。なぜか？　これは現実認識の問題なのだ。「すぐ逃げてしまう時」とは、いくつもの重要な情報が凝縮された瞬間を意味している。つまり「わたし」は、それを見過ごしてしまうことが「こわい」。ゆえに、一挙に大量の情報を発信させる「おしゃべりな人」や「一言多い人々がこわい」のだ。「年齢のない」状態とは、無制約を意味し、「更に彼方の世界から来たのだ」という「わたし」はいま、若さと老いとの

「あいだ」ですらない、いわばどこでもない場所に立ちながら、「ある場所を探し求めて生きている」。「あいだ」にいた頃であれば、「時」に含まれた情報の選別もそれほど困難ではなかっただろう。二重の抑圧によって逆説的に自身の立場は明確化され、それに応じて問題の端緒や情報の差異もはっきりと看取し得たはずなのだから。しかし、どこでもない場所にいる「さすらい」の「わたし」は、もはや自分がどういったものに取り囲まれているのかすらわからず、大きな価値をもつ情報をやり過ごしてしまうかもしれないわけだ。そんななかで「ある場所」を見出さねばならない。フリオ・イグレシアスは情報収集の困難さを訴えている。これは極めて今日的な情況だ。いまや誰もがどこでもない場所に立っており、情報の渦のなかで戸惑っている。そのことに無自覚な者さえ数多くいるだろう。われわれの活動の意義もそこにある。混乱はつづいているが、「ある場所」としての正しい道を、決して見逃してはならない。

そう、すでに君も気づいているかもしれないが、これはまさに私の歌でもある。「ボヘミアン／詩人／宿無し／みんなわたし」だとフリオはいう。私もそうだ。君はどうか？　そろそろ君も、「みんなわたし」だと言い切らねばならぬ頃だと思うが、どうだろう？

M

参考文献

『KGB』ブライアン・フリーマントル／新庄哲夫訳（新潮選書）
『CIA』ブライアン・フリーマントル／新庄哲夫訳（新潮選書）
『産業スパイ――企業機密とブランド盗用』ブライアン・フリーマントル／新庄哲夫訳（新潮選書）
『ザ・モサド』デニス・アイゼンバーグ＋ユリ・ダン＋エリ・ランダウ／佐藤紀久夫訳（時事通信社）
『ギネス　スパイブック』マーク・ロイド／大出健訳（大日本絵画）
『CIAとアメリカ』矢部武（廣済堂出版）
『実録KCIA――南山と呼ばれた男たち』金忠植／鶴眞輔訳（講談社）
『ミカドの国を愛した［超スパイ］ベラスコ』高橋五郎（徳間書店）
『公安警察スパイ養成所』島袋修（宝島社）
『公安調査庁の暴走』宮岡悠（現代書館）
『ヤクザ――ニッポン的犯罪地下帝国と右翼』ディビット・E・カプラン＋アレック・デュブロ／松井道男訳（第三書館）
『ザ・殺人術』ジョン・ミネリー／富士碧訳（第三書館）
『SAS戦闘マニュアル』マイク・ロビンソン／柘植久慶監訳・北島護訳（並木書房）

『SASサバイバル・ハンドブック』ジョン・ワイズマン／柘植久慶監訳（並木書房）
『KGB格闘マニュアル――アルファチーム極秘戦闘術』パラディン・プレス編／毛利元貞監訳・稲垣收訳（並木書房）
『コンバット・バイブル3　特殊作戦部隊編』上田信＋毛利元貞（日本出版社）
『別冊Gun』『別冊Gun Part2』（国際出版）
『図解完全武装マニュアル』銃器問題研究プロジェクト編（同文書院）
『図解都市破壊型兵器マニュアル』軍事アナリスツ・プロジェクト（同文書院）

なお、フリオ・イグレシアス「33歳」及び「さすらい」の歌詞は、『ザ・ベリー・ベスト』(EPIC／SONY 25・8P-5266) から、高場将美による訳詞を引用した。

解説

佐々木敦（思考家）

本文庫は、一九九四年に群像新人文学賞を受賞した阿部和重のデビュー作「アメリカの夜」と、一九九七年初頭に「新潮」に発表され、あとでも触れるが「J文学」ブームの起爆剤となった「インディヴィジュアル・プロジェクション（以下「IP」）」の二編を一冊に纏《まと》めたものである。「アメリカの夜」は単行本↓初文庫以後、他の作品が同時収録された文庫化は今回が初めて、「IP」は単行本↓単独での文庫化の後、二〇〇一年発表の「ニッポニアニッポン」との併録で再文庫化（『IP／NN阿部和重傑作集』）されていた。CD（という喩《たと》えもいささか古くなってしまったが）で言うところの2in1というやつだが、今回の組み合わせのほうがよりしっくりくる気がする。なぜならば、二つの小説は一種の姉妹編として読めるからだ。「IP」は「アメリカの夜」の――倒錯的にパワーアップした――「語り直し」であり、「アメリカの夜」の主人公＝語り手が〝転生〟した姿が「IP」の語り手＝主人公なのだと解することが出来るのである。更に言えば、この二作と「ニッポニアニッポン」を「阿部和重自意識暴走三部作」とでも名付けることが可能であるように思われる。「ニッポニアニッポン」は短編集『無情の世界』との2in1で本書と同時に新たに文庫化されることになっているので、ぜひ（未読の方は特に）併読をお薦めする。

と、いきなり先走ってしまったが、まずは「アメリカの夜」のことから述べていこう。阿部和重の記念すべき第一作であるこの小説は群像新人文学賞応募時には「生ける屍の夜」――ジョージ・A・ロメロ監督『ナイト・オブ・ザ・リビングデッド』（一九六八年）へのオマージュ――という題名だったが、ホラーと勘違いされかねないのと、おそらくは山口雅也の（偶然にもやはりデビュー作の）『生ける屍の死』（一九八九年）と紛らわしいという理由でタイトルが変更されたものと思われる。しかし周知のように「アメリカの夜」もフランソワ・トリュフォー監督の有名な映画と同じであり（もともとは日中を「夜」に見せかけるハリウッド出自の撮影技法のこと）、紛らわしいことに変わりはないのだが。「アメリカの夜」に変えて正解だったと思うが（「生ける屍の夜」のままだったら随分と印象が違っていたことだろう）、しかしいずれも紛らわしい二つの題名は、この小説の主題を的確に表している。語り手である「私」が「中山唯生《なかやまただお》」と呼ばれる架空の存在を通して哀切かつ滑稽に物語ってみせる、一九九〇年代の東京の渋谷で二十代の半ばにならんとするまだ何者でもない（そしてこの時点では永遠に何者にもなり得ないのかもしれない）無名の青年の生の様態は、まさしく「生ける屍」のごときものだし、トリュフォーの同名作品は映画製作を題材にしているが、こちらの「アメリカの夜」も自主映画の撮影が物語の基軸になっており（それは「ＩＰ」にも引き継がれる）、そればかりでなく、最後まで読めばそこに書かれてある通り、「唯生≒私」――この二者の関係は「分身」であり「分裂」でもあるが、イコールでもノットイコールでもなく、ニアリーイコールと言うべきだろう――にとって「昼」と「夜」の闘争（分割と配分）は何よりも重大な実存的問題であるからだ。「唯生≒私」は九月二十三日すなわち「秋分の日」に生まれた。「特別な存在」でありたいと強く望む彼はまずそこに「特別」さを見出したいと思うのだが、一年に二度、昼夜の時間が同じ長さになる「春分」と「秋分」にあって後者はその翌日から「昼」より「夜」のほうが長くなっていくわけで（これも「生ける屍の夜」という原題名の由来だろう）、要するに陽の目の見られなさがそこから日々極まっていくのだと思って「唯生≒私」はすぐさま絶望しかかってしまう。自分は生まれつき「特別」ではありえないと考えた彼はどうにかして「特別」になろうと思い立ち、「読書のひと」や「映画のひと」といった「〇〇のひと」を演じることで他者との選別を果たそうとする。そんな彼の自意識、現在は承認欲求などと呼ばれる欲望は、やがて奇しくも「春分の日」を誕生日に持つ「人気者」の「武藤《むとう》」が監督する映画への出演をめぐって暴走を始め、膨張し、遂には破裂することになる。

「唯生＝私」がバイトしている「都内S区」の「Sホール」が、かつて阿部和重が実際に働いていた渋谷の「シードホール」をモデルにしており、更には「秋分の日」＝九月二十三日が阿部和重自身の誕生日でもあるという事実から、この作品は或る種の私小説として読むことが可能であり、作者もそれを隠しても拒んでもいない。実は最初の文庫化の解説も筆者が担当したのだが、そこではこの点にフォーカスして書いたのだった。だが今にして思えば、フィクションの向こう側に作家自身のライフヒストリーを見出して何かをわかったつもりになるという、それ自体としては必ずしも間違っているわけではない読解よりも、たとえ阿部和重の実人生が何らかの意味で素材になっているのだとしても、それをこのように書いた、いや、このようなやり方でしか書けなかった、この語り方を選ぶことによってはじめてこれが書けたのだ、ということこそが重要なのだ。

デビュー作にはその作家の全てがあるとよく言われるが、それは紋切型であると同時にやはり正しくもあって、「アメリカの夜」には阿部和重という作家が現代日本文学において疑いなく「特別な存在」であり、その後ますます「特別」になっていった根本原因のようなものが、ひねくれつつも初々しく鮮やかに刻印されている。

その「根本原因」とはいかなるものなのか、という点に筆を進める前に、本書のもうひとつの収録作である「IP」について述べよう。デビューから実のところまだ三年足らず、この間に阿部和重は第二作「ABC戦争」（一九九四年）、「公爵夫人邸の午後のパーティ」（一九九五年）、「ヴェロニカ・ハートの幻影」（一九九七年）を発表している。だが、この「ＩＰ」で阿部は大きく変貌したと当時盛んに言われたものである。今あらためて読み直してみると、断絶よりも一貫性のほうが強いのではないかとも思われるのだが、ともあれ「ＩＰ」は単行本化されるやいなや、それ以前とは確かにイメージを刷新した当時人気のアートディレクター常盤響《ときわひびき》によるスタイリッシュな装丁と、本文からの引用ではあるが時代の空気に見事に合致した「渋谷はいま戦争状態みたいだ」というオビの惹句の引きも相俟《あいま》って、狭義の「文学」を超えた話題性を醸すこととなり、河出書房新社の「文藝」が打ち出した「Ｊ文学」ムーヴメント（恥ずかしながら筆者も深くかかわっていた）の中心にしてトップランナーに据えられて、阿部和重という存在は一躍スターダムにのし上がったのだった。ちなみに「Ｊ文学」とは特に明確な定義があったわけではなく、ニッポンの同時代のポップミュージックの呼称としてすでに完全に定着していた「Ｊポップ」を拝借することによって、九〇年代後半という日本における音楽産業の爛熟期の盛り上がりを「文学」に移植しようと目論んだ策略（！）であり、それはかなりの程度成功した。そして本人の意志とはまるで別に、その一時的な流行現象にとって阿部和重と「ＩＰ」は最大級の貢献を果たしたというべきだろう。「Ｊ文学」とは「日本文学」がサブカルチャーに最も接近した歴史的な一時期を象徴するキーワードである。偶然にも「文藝」二〇二三年春季号（本稿執筆時点の最新号）に阿部和重が「J文学」特集時に同誌編集長だった阿部晴政を聞き手に当時を振り返ったインタビューが掲載されているので、興味のある方は一読されたい。

では「IP」とはどんな小説なのか。物語は「オヌマ」という男の日記形式で進行する。「アメリカの夜」は香港出身のクンフー映画の大スター、ブルース・リーの話から始まるが、こちらは初めにスペイン出身の国際的なポピュラー歌手フリオ・イグレシアスの「33歳」という曲の歌詞が引用される。舞台はやはり渋谷であり、「アメリカの夜」の「唯生＝私」と同じく「オヌマ」も映画館で（こちらは映写技師として）働いている。だが時間的には（ちょうど二作の間隔と同じくらい）進んでおり、「オヌマ」の勤務先も「Sホール」ではなく「渋谷国際映画劇場」という（おそらく）架空の映画館である。アメリカでオリンピックが始まったという記述が出てくるので一九九六年と推定出来るのだが、ここには巧妙にして深遠なトリックが存在している。それについてはあとで触れるとして、まず述べていくべきは、たった数年の間に渋谷という街の風景が、八〇年代末のバブル景気の残滓《ざんし》を留めたファッショナブルな雰囲気から、暴力と犯罪の空気を濃厚に湛《たた》えた危険きわまりないそれに変貌してしまったということだ。「若者の街」であることは変わりないのだが、そこに集まってくる「若者」が変質したのである。チーマー（死語）とヤクザが跳梁《ちょうりょう》する街シブヤ。なにしろ「渋谷国際映画劇場」も実は暴力団のフロント企業による経営という設定になっており、「Sホール」の

「S百貨店」こと西武百貨店とは大違いである。そんなデンジャラスシティに棲息する「オヌマ」は、バイトの後輩「ヒラサワ」がカツアゲに遭った不良高校生たちにお礼参りするのに随行し、相手数人を難なく倒してしまうほどの高度な武闘能力の持ち主だが、実は彼自身の実家がある「東北の田舎町」に「マサキ」という正体不明の男が開いた「高踏塾」という道場で五年もの間、武闘や諜報の訓練を密かに受けた経験があり、「マサキ」の逮捕によって「塾」を離脱して、東京に戻ってきたのである。もともと「オヌマ」たちは映画専門学校の学生だったが、卒業製作で「塾」を題材にドキュメンタリー映画を撮ろうとしたのがきっかけで「マサキ」の教えに傾倒し、入塾したのだった。「オヌマ」は過去を秘匿しながら映写技師の仕事を黙々と続けていたが、ある日、彼と同じく映画専門学校の元学生で、ともに「塾」で五年を過ごした後に抜けた者ら数人が交通事故で死亡したことを新聞記事で知る。いつか来るのではと身構えていた忌まわしき出来事がいよいよ始まったのだと思い「オヌマ」は緊張する。そしてやはり元塾生の「イノウエ」がとつぜん彼を訪ねてくる……道具立ては似通っていても、「アメリカの夜」とはまるで違った、なんとも荒唐無稽な、さながら映画や劇画を思わせるようなストーリーである。だが「オヌマ」の「日記」が進むにつれて、事態は読者の予想の斜め上をいく失調と混乱に陥っていく。「アメリカの夜」における「分身＝分裂」のテーマが、増幅と増殖の度合いをダイナミックに強化しつつ変奏される。「唯生＝私」が

「自意識」の牢獄の中でやみくもに自家発電していったとするならば、「オヌマ」は「無意識」を持て余し制御し切れなくなったあげく、厄介にして奇怪なる「無意識」を招き寄せてしまうのだと言ってもいいかもしれない。そう、この意味で、これは明らかに「アメリカの夜」の「語り直し」なのである。「唯生≠私」は「特別な存在」に憧れる特別ならざる存在だった。「オヌマ」はあからさまに「特別な存在」として登場するのだが、その実態（正体）はといえば……読まれる通りである。やがて「オヌマ」の「日記」、その「記述＝語り」は自己崩壊を来し、いかにも意味ありげな「感想」というパートが付け加えられて（M（マサキ？）という署名が末尾に置かれている）、この小説は幕を閉じる。「オヌマ」が「唯生≠私」の〝転生〟であるという見解には多くの読者に首肯してもらえるのではないか。「自意識」の果てにカタストロフが待っているのが「アメリカの夜」だとするなら、その向きを逆行させたのが「ＩＰ」だと言ってもよい。だがそれは読み進め、読み終える間際になってようやく露見する仕組みになっているのである。デビュー以後、鋭敏な方法意識と卓抜な企みを一作ごとに披露してきた阿部和重が、一挙にポップになり、ぐっとわかりやすくなったのが「ＩＰ」だという評価が（とりわけ発表当時は）散見されたが、それはけっして間違いではないとしても（本人にもそのつもりはあっただろう）、現在の視座からするとむしろ、そこにあるのは頑固なまでの一貫性、なかば強迫観念的に同様のテーマやモチーフをしつこく反復させせながら進化／深化してゆくひとりの小説家の姿である。そして先にも述べておいたように、この二作で描かれた「自意識」という問題は「ＩＰ」から四年余りを経た「ニッポニアニッポン」で更に変奏されることになる。「自意識暴走三部作」と称するゆえんである。

ここで前に先送りしておいた「巧妙にして深遠なトリック」に触れておかなくてはなるまい。「オヌマ」の日記は「五月一五日（日）」から始まる。まず、なぜわざわざ日付と曜日のある「日記」という体裁が採用されているのかという疑問が湧き上がるのだが、調べてみると、アトランタ・オリンピックが開催された一九九六年の「五月一五日」は水曜日なのだ。しかしもちろん「アメリカ」の「オリンピック」といえばこの年しかない。これはどういうことなのか。阿部和重自身が対談などでネタバラシをしているので答えを書いてしまうと、この小説の「日記」の日付は「一九九六年」ではなく「一九三二年五月一五日」のものなのだ。それは「五・一五事件」、海軍の青年将校たちのクーデターによって内閣総理大臣犬養毅が官邸内で殺害された事件が起きた日である。この点を踏まえてみると、実は登場人物の名前も、「オヌマ」は「五・一五事件」に先行する「血盟団事件」（小説内でも言及されている）の実行者のひとり小沼正《おぬましょう》から、「イノウエ」は小沼に殺害された政治家井上準之助および「血盟団」の中心人物だった井上日召《にっしょう》（井上昭）から採られているものと思われる。これらの仕掛けに気づいてみると、この小説の様相は一変する。もちろん、かといって、そのような読み方が唯一無二の「正解」ということではあるまい。あらゆる小説と同じく、いや、他の数多《あまた》の小説以上に、この小説は多種多様な解釈へと開かれている。しかし表面的な物語や記述の裏側に、「歴史」の問題や「日本」と「アメリカ」という問題、あるいは「天皇制」という問題などなどをこっそりと、あるいはぬけぬけと忍ばせてみせるのが阿部和重の小説の流儀であることは確かである。

　最後に、棚上げにしておいた「根本原因」の話をしておく。阿部和重という小説家を「特別な存在」たらしめているものとは何か？　それはむろん一個ではないが、本書の二作について言うならば、それは他でもない、「特別な存在」と「分身＝分裂」の止揚ということになるのではないか。前者は唯一性や単独性のことであり、後者は反復や模倣を導き出す。両者は真逆であり、矛盾している。だが、その両方をどうにかして肯定しようとするのが阿部和重の小説なのだ。この欲望は「記述＝語り」すなわち「テクスト」と、承認欲求を核とする「実存」の双方にまたがっており、「唯生＝私」や「オヌマ」がそうであるように、屈折と純粋という二面性を備えている。捩《ねじ》くれまくった単純さ、真っ直ぐなヒネクレぶりこそ、阿部和重を現代日本文学において「特別な存在」にしている「根本原因」なのだと私は思う。

本書は二〇〇一年七月に講談社文庫より刊行された『アメリカの夜』と、二〇一一年一月に講談社文庫より刊行された『IP/NN　阿部和重傑作集』収録の「インディヴィジュアル・プロジェクション」を再編集したものです。

|著者| 阿部和重　1968年生まれ。'94年『アメリカの夜』で第37回群像新人文学賞を受賞しデビュー。'99年『無情の世界』で第21回野間文芸新人賞、2004年『シンセミア』で第15回伊藤整文学賞、第58回毎日出版文化賞をダブル受賞、'05年『グランド・フィナーレ』で第132回芥川賞、'10年『ピストルズ』で第46回谷崎潤一郎賞をそれぞれ受賞。その他の著書に『無情の世界　ニッポニアニッポン　阿部和重初期代表作Ⅱ』『クエーサーと13番目の柱』『ミステリアスセッティング』『オーガ(ニ)ズム』『Ultimate Edition』、対談集『和子の部屋』など。

アメリカの夜《よる》　インディヴィジュアル・プロジェクション　阿部和重初期代表作《あべかずしげしょきだいひょうさく》I

阿《あ》部《べ》和重《かずしげ》

講談社文庫
定価はカバーに
表示してあります

2023年3月15日第1刷発行

発行者――鈴木章一
発行所――株式会社　講談社
東京都文京区音羽2-12-21　〒112-8001
電話　出版（03）5395-3510
　　　販売（03）5395-5817
　　　業務（03）5395-3615

Printed in Japan

KODANSHA

デザイン―菊地信義
本文データ制作―講談社デジタル製作
印刷―――株式会社KPSプロダクツ
製本―――株式会社国宝社

ISBN978-4-06-530543-0

講談社文庫刊行の辞

二十一世紀の到来を目睫に望みながら、われわれはいま、人類史上かつて例を見ない巨大な転換期をむかえようとしている。

世界も、日本も、激動の予兆に対する期待とおののきを内に蔵して、未知の時代に歩み入ろうとしている。このときにあたり、創業の人野間清治の「ナショナル・エデュケイター」への志を現代に甦らせようと意図して、われわれはここに古今の文芸作品はいうまでもなく、ひろく人文・社会・自然の諸科学から東西の名著を網羅する、新しい綜合文庫の発刊を決意した。

激動の転換期はまた断絶の時代である。われわれは戦後二十五年間の出版文化のありかたへの深い反省をこめて、この断絶の時代にあえて人間的な持続を求めようとする。いたずらに浮薄な商業主義のあだ花を追い求めることなく、長期にわたって良書に生命をあたえようとつとめるところにしか、今後の出版文化の真の繁栄はあり得ないと信じるからである。

同時にわれわれはこの綜合文庫の刊行を通じて、人文・社会・自然の諸科学が、結局人間の学にほかならないことを立証しようと願っている。かつて知識とは、「汝自身を知る」ことにつきていた。現代社会の瑣末な情報の氾濫のなかから、力強い知識の源泉を掘り起し、技術文明のただなかに、生きた人間の姿を復活させること。それこそわれわれの切なる希求である。

われわれは権威に盲従せず、俗流に媚びることなく、渾然一体となって日本の「草の根」をかたちづくる若く新しい世代の人々に、心をこめてこの新しい綜合文庫をおくり届けたい。それは知識の泉であるとともに感受性のふるさとであり、もっとも有機的に組織され、社会に開かれた万人のための大学をめざしている。大方の支援と協力を衷心より切望してやまない。

一九七一年七月

野間省一